人民共和國文化與文學叢書

三 編

李 怡 主編

第8冊

中國新時期小說「人」的話語流變論（1976～2006）

周新民 著

花木蘭文化出版社

國家圖書館出版品預行編目資料

中國新時期小說「人」的話語流變論（1976～2006）／周新民著 — 初版 — 新北市：花木蘭文化出版社，2016〔民105〕
序2+目2+216面；19×26公分
（人民共和國文化與文學叢書 三編；第8冊）
ISBN 978-986-404-655-3（精裝）
1. 中國小說 2. 文學評論
820.8　　105012610

ISBN-978-986-404-655-3

人民共和國文化與文學叢書
三　編　第八冊　　ISBN：978-986-404-655-3

中國新時期小說「人」的話語流變論
（1976～2006）

作　者　周新民
主　編　李　怡
企　劃　北京師範大學民國歷史文化與文學研究中心
　　　　四川大學現代中國文化與文學研究中心
總編輯　杜潔祥
副總編輯　楊嘉樂
編　輯　許郁翎、王　筑　美術編輯　陳逸婷
印　刷　普羅文化出版廣告事業
出　版　花木蘭文化出版社
社　長　高小娟
聯絡地址　235 新北市中和區中安街七二號十三樓
　　　　電話：02-2923-1455／傳真：02-2923-1452
網　址　http://www.huamulan.tw 信箱　hml 810518@gmail.com
初　版　2016年9月
全書字數　193572字
定　價　三編20冊（精裝）台幣36,000元

中國新時期小說「人」的話語流變論
（1976～2006）

周新民　著

作者簡介

周新民，一九七二年生於湖北黃岡浠水縣，現爲湖北大學文學院教授，博士生導師。兼任中國新文學學會副會長、武漢作家協會副主席等社會職務。主要學術專長爲當代文學史研究、文學批評、小說理論研究。二〇〇二年畢業於武漢大學，獲文學博士學位。曾在華中師範大學中國語言文學博士後流動站工作，二〇〇六年獲「中國博士後」證書。曾在《文學評論》、《中國現代文學研究叢刊》等刊物發表學術論文、文學批評一百二十餘篇，有著作五部問世。先後主持國家社科基金、教育部人文社科基金、湖北省社科基金等各類項目十餘種。先後入選武漢市黃鶴英才（文化）計畫、湖北省宣傳文化人才培養工程哲學社會科學百人計劃、文學百人計劃、湖北大學首屆青年英才計劃。曾獲中國當代文學研究優秀成果獎、湖北省文藝論文獎一等獎、二等獎多次，獲湖北省社會科學優秀成果獎、武漢市社會科學優秀成果獎一、二、三等獎多次。

提　　要

新時期小說豐富的人學思想，無疑是新時期政治、文化、經濟作用的結果。如何探究新時期的政治、文化、經濟對於新時期小說的人學思想的影響，是《中國新時期小說「人」的話語流變論》的主要內容。爲了探討新時期小說人學思想在政治、文化、經濟影響下的歷史流變過程和所表現出來的豐富形態，著作借鑒話語理論，深入探討了在新時期歷史語境中「人」的話語的歷史演化過程和邏輯層次。

《中國新時期小說「人」的話語流變論》表明，重建人的歷史價值、呈示人的自然性生命、彰顯個體價值、探尋終極精神，以身體回歸作爲思考人與自我、外界的關係的起點，是新時期小說人學思想發展的歷史流變過程。上述新時期小說人學思想發展的階段性特徵，共同構成了新時期小說人學思想的豐富形態。

《中國新時期小說「人」的話語流變論》發掘出新時期許多有價值的小說作品，通過細緻的文本分析，帶給讀者細膩、鮮活的文學審美快感；作者耙梳了大量史料，把讀者帶入新時期文學現場，觸摸到新時期文學豐富的歷史場景；作者長於哲理思辨的學術特長，在充分彰顯了新時期小說的思想深度和廣度的同時，還會把你帶到深沉的玄思冥想的思想境界。

正在成為「知識」建構的中國現當代文學研究——「人民共和國文化與文學叢書」三輯引言

李　怡

一

回顧自所謂「新時期」以來的中國現當代文學研究的發展，我們會明顯發現一條由熱烈的思想啓蒙到冷靜的知識建構的演變軌跡：1980 年代的鋪天蓋地的思想啓蒙讓無數人為之動容，1990 年代以來的日益冷靜的學科知識建構在當今已漸成氣候。前者是激情的，後者是理性的，前者是介入現實的，後者是克制的，與現實保持著清晰的距離，前者屬於社會進步、思想啓蒙這些巨大的工程的組成部分，後者常常與「學科建設」、「知識更新」等「分內之事」聯繫在一起。

當文學與文學研究都承載了過多的負荷而不堪重負，能夠回返我們學科自身，梳理與思索那些學科學術發展的相關內容，應當說是十分重要的。很明顯，正是在文學研究回返學科本位之後，我們才有了更多的機會與精力來認眞討論我們自己的「遊戲規則」問題——學術規範的意義，學術史的經驗，以及學科建設的細節等等。而且，只有當一個學科的課題能夠從巨大而籠統的社會命題中剝離出來，這個學科本身的發展才進入到一個穩定有序的狀態，只有當旁逸斜出的激情沉澱為系統的知識加以傳播與承襲，這個學科的思想才穩健地融化為文明體系的有機組成部分。從這個意義上說，正在成為「知識」建構的中國現當代文學研究，是我們學科成熟的眞正標誌。

當然，任何一種成熟都同時可能是另外一些新的危機的開始，在今天，當我們需要進一步思考學科的發展與學術的深化之時，就不得不正視和面對這樣的危機。

二

當中國現當代文學研究在日益嚴密的「學術規範」當中成爲文明體系知識建設的基本形式，這是不是從另外一個方向上意味著它介入文明批判、關注當下人生的力量的某種減弱，或者至少是某些有意無意的遮蔽？

學術性的加強與人生力量的減弱的結果會不會導致學科發展後勁的暗中流失？例如，在 1980 年代，中國現當代文學研究的曾經輝煌在很大程度上得之於廣大青年學子的主動投入與深切關懷，在這種投入與關懷的背後，恰恰就是中國現當代文學研究的人生介入力量：中國現當代文學與廣大青年思考中、探索中的人生問題密切相關。在這個時候，中國現當代文學的存在主要不是作爲一種「學科知識」而是自我人生追求的有意義的組成部分。在那個時候，不會有人刻意挑剔出現在魯迅身上的「愛國問題」、「家庭婚姻問題」乃至「藝術才能問題」，因爲魯迅關於「立人」的設想，那些「任個人而排眾數，掊物質而張靈明」的論述已經足以成爲一個「重返人性」時代的正常的人生的理直氣壯的張揚。同樣，在「五四」作家的「問題小說」，在文學研究會「爲人生」，在創造社曾經標榜「爲藝術」，在郭沫若的善變，在胡適的溫厚，在蔡元培的包容，在巴金的眞誠，在徐志摩的多情，在蕭紅的坎坷當中，中國現當代文學不斷展示著它的「回答人生問題」的能力，而中國現當代文學研究則似乎就是對這些能力的細緻展開和深度說明。今天的人們可能會對這樣的提問方式及尋覓人生的方式感到幼稚和不切實際，然後，平心而論，正是來自廣大青年的這份幼稚在事實上強化了中國現當代文學的魅力，造就和鞏固了一個時代的「專業興趣」。今天的學術界，常常可以讀到關於 1980 年代的批判性反思，例如說它多麼的情緒化，多麼的喪失了學術的理性，多麼的「西化」，也許這些反思都有它自身的理由，然而，我們也不得不指出，正是這些看似情緒化的中國現當代文學研究方式，不斷呈現出某些對現實人生的傾情擁抱與主體投入，來自研究者的溫熱在很大的程度上煽動了青年學子的情感，形成了後來學術規範時代蔚爲大觀的學術生力軍。

從 1980 到 1990，從「人生問題」的求解到「專業知識」的完善，這樣的轉換包含了太多的社會文化因素，其中的委曲非這篇短文所能夠道盡。我這裏想提到的一點是，當眾所週知的國家政治的演變挫折了知識分子的政治熱情，是否也一併挫折了這份熱情背後的人生探險的激情？當知識分子經濟地位的提高日益明顯地與專業本位的守衛相互掛靠的時候，廣大的中國現當代文學工作者的自我定位是否也因此已經就發生了根本性的改變？

而這些自我生存方式的改變是不是也會被我們自覺不自覺地轉化爲某種富有「學術」意味的冠冕堂皇的說明？

如果眞是這樣，那麼，作爲今天的文學研究者，我們不僅要保持一份對於非理性的「激情方式」的警惕，同樣也應該保持一份對於理性的「學術方式」的警惕。

三

在中國現當代文學研究日益成爲知識建構工程的今天，有一種流行的學術方式也值得我們加以注意和反思，這就是「知識社會學」的研究視野與方法。

知識社會學（sociology of knowledge）著力於知識與其它社會或文化存在的關係的研究。其思想淵源雖然可以追溯到歐洲啓蒙運動以來的懷疑論傳統和維科的《新科學》，首先使用這一詞彙的是 1924 年的馬克斯・舍勒，他創用了 Wissenssoziologie 一詞，從此，知識社會學作爲一門獨立的學科確立了起來。此後，經過卡爾・曼海姆、彼得・伯格和托馬斯・盧克曼的等人的工作，這一研究日趨成熟。1970 年代以後，知識社會學問題再次成爲西方社會科學研究中的焦點。據說，對知識的考察能夠從知識本身的邏輯關係中超越出來，轉而揭示它與各種社會文化的相互關係，乃是基於知識本身的確在一個充滿了文化衝突、價值紛爭的時代大有影響，而它所置身的複雜的社會文化力量從不同的方向上構成了對它的牽引。

同樣，文化的衝突與價值的紛爭不僅是 1990 年代以降中國知識界的普遍感受，它們更好像是中國近現當代社會發展過程的基本特徵。中國現當代文化的種種「知識」無不體現著各種文化傳統（西方的與古代的）、各種社會政治力量（政黨的、知識分子的與民間的、國家的）彼此角逐、爭奪、控制、妥協的繁複景象，中國現當代文化的許多基本概念，如眞、善、美，「爲人生」、「爲藝術」、現實主義、浪漫主義、現當代主義、古典主義、象徵主義、生活等等至今也沒有一個完全統一的解釋，這也一再證明純知識的邏輯探討往往不如更廣闊的社會文化的透視，此種情形聯繫到馬克思「社會存在決定社會意識」這一著名的而特別爲中國人耳熟能詳的觀點，當更能夠見出我們對「知識社會學」的強大的需要。事實是，在西方知識社會學的發生演變史上，馬克思的確就是為知識社會學給出了一條基本原理，即所有知識都是由社會決定的。正如知識社會學代表人物曼海姆所指出的那樣：「事實上，知識社會學是與馬克思同時出現：馬克思深奧的提示，直指問題的核心。」〔註1〕

今天的中國現當代文學研究，正需要從不同的角度揭示出精神的產品背後的複雜社會聯繫。這樣的揭示，將使我們的文化研究不再流於空疏與空洞，而是通過一系列複雜社會文化的挖掘呈現其內部的肌理與脈絡，而這樣的呈現無疑會更加的理性，也更加的富有實證性，它與過去的一些激情式的價值判斷式的研究拉開了距離。近年來，學術界比較盛行的關於現當代傳媒與現當代文學關係、現代社會體制與現當代文學關係、現代政治文化與現當代文學關係、現代經濟方式與現當代文學關係等等的探索都是如此。

當然，正如每一種研究方式都有它不可避免的局限一樣，知識社會學的視野與方法也有它的限度。具體到中國現當代文學的闡釋當中，在我看來，起碼有兩個方面的局限值得我們加以注意。

其一是「關係結構」與知識創造本身的能動性問題。知識社會學的長處在於分析一種知識現象與整個社會文化的「關係」，梳理它們彼此間的「結構」，這樣的研究，有可能將一切分析的對象都認定為特定「結構」下「理所當然」的產物，從而有意無意地忽略了作為知識創造者的各種能動性與主動性，正如韋伯認為的那樣，把知識及其各種範疇歸併到一個以集體性為基礎的潛在結構之中容易導致忽視觀念本身的能動作用，抹殺人作為主體參與形成思想產品的實踐活動。關於中國現當代文學的研究也是如此，一方面，我們應該對各種社會文化「關係網絡」中的精神現象作出理性的分析，但是，在另一方面，卻又不能因此而陷入到「文化決定論」的泥沼之中，不能因此忽略現代中國知識分子面對種種文化關係之時的獨立思考與獨立選擇，更不能忽視廣大知識分子自身的生命體驗。在最近幾年的中國現當代文學與現當代文化研究當中，我以為已經出現了這樣的危險，值得我們加以警惕。

其二便是知識社會學本身的難題，即它學科內部邏輯所呈現出來的相對主義問題。正如默頓指出的那樣，知識社會學誕生於如下假定，即認為即使是眞理也要從社會方面加以說明，也要與它產生於其中的社會聯繫起來，因為不僅謬誤、幻覺或不可靠的信念，而且眞理都受到社會（歷史）的影響，這種觀念始終存在於知識社會學的發展中。西方批評界幾乎都有這樣的共

〔註1〕曼海姆：《知識社會學導論》中譯本97頁，臺灣風雲論壇有限公司1998年。

識：知識社會學堅持其普遍有效性要求就意味著主張所有的知識都是相對的，所以說全部知識社會學都面臨著一個共同的相對主義問題，知識社會學止步於眞理之前，因為這門學科本身即產生於用一種對稱的態度看待謬誤和眞理。應該說，中國現代文化的發展本身是一個「尚未完成」的過程，包括今天運用著知識社會學的我們，也依然置身於這樣的歷史進程，作為一個時代的知識分子，並且必須為這樣的過程做出自己的貢獻，因而，即便是學術研究，我們也沒有理由刻意以學術的所謂中立性去消解我們對眞理本身的追求和思考，我們不能因為連續不斷的「關係結構」的分析而認為所有的文化現象都沒有歷史價值的區別，在這裏，「公共知識分子」的精神應該構成對「專業知識分子」角色的調整甚至批判，當然，這首先是一種自我的反省與批判。

總之，知識社會學的視野與方法無疑有著它的意義，但是，同樣也有著它的限度，在通常的時候，其研究應該與更多的方法與形式結合在一起，成為我們思想的延伸而不是束縛。

在中國現當代文學研究日益成為「知識化」過程一部分的時候，我們能夠對我們所依賴的知識背景作多方面的追問，應當是一件富有意義的事情。

序

在文學領域，「文學是人學」，是一個至高無上的命題；唯其至高無上，所以就存在被架空的危險。就好比一個愛說大話的人，自詡自己活著就是爲人民服務的。雖然對照他的行動，明知這是一句空話，但實在也不好說，他做的哪一件事，不是爲人民服務的，因爲連他自己也是人民的一員呀。說文學是人學，有時候也是這樣，拿著「人」這個標準看文學，放眼中外古今，你能說，哪一種文學不是人學，或者說，寫花鳥蟲魚、山水田園的，不是人學？無須我來回答，20 世紀 60 年代關於「山水詩和共鳴」問題的討論，雖然重點在階級性問題，但不管最終的結論如何、有無結論，山水詩終歸是人寫的，是表達人的思想感情的，所以也就離不開人。或者說，在當代中國，極左的政治化時期的文學，是「非人」的。殊不知，恰恰是那時候的政治，把「人的因素」，放到了「第一」的位置上，你說被這種政治「化」過了的文學，反而是「非人」的，似乎也說不過去。只不過，那時候的人，往往是魯迅所說的「眾數」，即群體意義上的或集合概念的人，而不是五四時期啓蒙思想家眼裏的「個人」。凡此種種，既然中外古今的文學都咸與「人學」了，說文學是人學還有什麼意義呢。

我說這番話，並非在這兒瞎抬扛，而是說，研究文學的人，不要滿足於拿文學是人學這句話到處去套，這樣，要麼搔不著癢處，要麼說了等於白說。再說，與文學有關的人，如同現實中的人一樣，也在不斷地發生變化。創造文學的人，即作家在變，被作家創造的人，即文學中的人物形象，包括思想感情，同樣也在不斷發生變化。而且，在這些變化背後，還隱含著一個更重要的東西，就是作家對人的認識和理解，即關於人的觀念的變化。這個變化直接決定了文學作品中的人物形象的變化。遠的例子不舉，就說近半個世紀以來的中國作家，先前認定人是分屬不同階級的，是有階級性的，所以文學中所寫的愛和恨之類的感情，都不是「無緣無故」地發生的，是階級感情的一種表現。近三十年來，由於社會歷史的變化，作家對人的認識和理解，也發生了變化，這回不再死摳人的階級性問題了，而是更多地關注超出階級之上的人的自然屬性或普遍人性。由於作家頭腦中關於人的觀念變化了，所以作爲人學的文學也隨之發生變化。從這個角度來看文學，既可以看出文學的變化，也可以從文學中反身觀照人自身的變化，對歷史地「認識你自己」，是饒有意味的。

周新民的這部著作，就是研究最近三十年來，當代小說中「人的話語」（即人的觀念及其表現）的變化的。這原本是他的博士學位論文，答辯時頗得好評，後來又經過修改調整、增刪打磨，顯得更加完善。新民在碩士研究生階段，原本是學文藝學的，後來到我門下「被迫」轉向現當代文學，就像當年知識分子的思想改造一樣，雖然吃了一些苦頭，但也頗見成效。所以他的這部著作，既帶有他的出身成分決定的長於思辨的色彩，也帶有接受改造後練就的經驗實證的功夫。雖然新民還沒有把二者結合到水乳交融的地步，但這部著作的出版，畢竟預示了他在這方面的一個良好的發展趨勢。

於可訓

2007 年 10 月 31 日寫於珞珈山兩不厭樓

目次

導　論

1976 年，隨著「文化大革命」的結束，中國社會進入一個新的歷史時期，這一時期的中國文學也跨入了一個新的歷史發展階段。其中，最爲根本的變化是：人的尊嚴、人的價值、人的心理活動、人的生命意識等等成爲文學表現的重要內容。在此前的一個歷史階段，主要以其負載的社會性內容的深廣度和政治正確性爲文學的評價尺度，而在這新的歷史階段，文學的評價尺度是「人」，是對人情、人性和人道主義表現的深廣度。

文學評價尺度的顯著變化也給文學研究提供了新的對象。20 世紀 80 年代初，即有研究者對這一現象作出了準確、及時的描述。俞建章的《論當代文學創作中的人道主義潮流——對近三年文學創作的回顧與思考》（《文學評論》1981 年第 1 期），就是其中較早描述這一現象的文章。俞建章從人道主義的立場出發，觀照「文化大革命」後的文學中所表現出來的人的價值、尊嚴等現象。隨後許多文章都注意到了這一問題，人道主義成爲這期間文學研究的中心詞。同時，也有研究者涉及與人道主義相關聯的人性問題，如白樺的《當前文學創作中的人性、人道主義》（《文藝理論研究》1983 年第 3 期）和張韌、揚志傑的《從〈啊，人……〉到〈人啊，人！〉——評近幾年文學創作中的人性、人道主義》（《文學評論》1984 年第 3 期）等，就把人性和人道主義連用，把人性看作是與人道主義一樣的概念。稍後，劉再復的《論新時期文學主潮》（《文學評論》1986 年第 6 期）甚至用人性和人道主義來描述和概括新時期文學十年的歷史。在稍後幾年裏，主體性也成爲研究這一時期文學的又一關鍵性概念，如李裴的《新時期小說表現的主體性問題》（《山花》1988 年第 10 期）等。無論研究者使用人道主義還是人性抑或是主體性等關鍵詞來研究這一時期的文學創作，其基本思路是一致的，即用「人」這個概念來透視、研究文學對象。這一研究思路打破了長期以來單純從政治角度研究文學的狹窄視野，開闢了從「人」的角度研究文學的新理路，爲新時期文學研究回歸文學的人學本體奠定了重要的基礎。此後的文學評論和文學研究一直沿襲這種思路，以至於逐漸形成了一種比較固定的研究模式。

但是，這種研究方法和思路顯然忽視了一個重要問題，即在新時期文學發展 30 多年的時間裏，文學中的「人」本身就是一個無法統一的理念。在「人」的空洞概念統攝下，各種「人」的觀念，如生命意識、存在、神性、身體等，無法得到詳盡而充分的理論闡釋，同時，我們也無法解釋，新時期文學中的「人」的理念發生變化的根本原因。

因此，以「人」來透視、研究文學時，必須尋找到一個新的切入點。福柯的話語理論爲我們尋找新的切入點提供了十分寶貴的方法論啓示。在福柯那裏，人文學科中的「人」只是一個話語，它本身並不是眞理性的判斷。福柯所說的話語（discourse）指的是實踐的語言，它不同於語言學中的言語和語言，而是更廣泛意義上的語言使用。同時，話語分析也不同於語言學上的詞義、語法、句子、命題的性質，而是同社會生活的諸多方面——政治、經濟、文化、社會性制度——發生聯繫。

在諸多話語中，「人」的話語是一種普遍性的話語，研究人的話語，能有效揭示社會諸多方面的性質。如何研究人的話語，福柯給我們提供了極有意義的方法論啓迪。在福柯看來，話語是一種嚴肅的言語行爲，這種行爲產生的言語，福柯稱之爲「陳述」（Statement），它是權威主體以某種被人們接受的方式所說的話（包括寫作、繪畫等）。福柯把對話語進行分析的方法分爲「譜系分析」（critical analysis）和「批判分析」（discursive series）兩個部分。譜系分析研究的是話語系列的形成過程，各種話語特殊的規範、話語出現、發展、變化的條件。批判分析主要研究話語的排斥、性質和佔有形式。

首先，我們看譜系分析的主要含義及在人的話語研究中的應用。

關於譜系分析，福柯這樣定義：

> 這種研究不屬於思想史或科學史，它的目的在於發現知識和理論是在什麼樣的基礎上成爲可能的，是在什麼樣的知識系統中被建構的，究竟在什麼樣的歷史先在假設條件下思想才會出現，科學才會確立，經驗才被反映進哲學，理性才會形成，而這一切（隨著新

的歷史先在假設的出現），以後又會瓦解和消失。〔註1〕

在福柯的譜系分析方法中，話語不是一個連續不斷的整體，它有起源，有發展與變化的可能，而且經歷了一段發展過程，話語可能會消失。在進行譜系分析時，要尋找那些制約話語產生的因素，這些因素可能被大多數人所忽視。但是福柯認爲，在這些爲人們所忽視的事件、現象上，往往具有改變歷史流向的功能。例如，福柯在探討生產馴服且訓練有素的肉體的「正確訓練」的新手段時發現，在當時，出現了一些有關記錄、登記、建立檔案、分類製表的瑣碎技術，這些現象並不爲人們所重視，但是福柯卻認爲，在這些瑣碎的技術背後，卻蘊藏著人文學科崛起的新徵兆。

由譜系分析的方法考察人文學科的誕生與演變時，福柯提出了「知識共因」這個概念：

> 所謂知識共因……就是一種總關係。在特定的時期中，那些引起認識修辭、科學和可能的形式系統，就是由這一總關係聯結在一起的。……知識共因不是一種知識形式，也不是一種貫穿於各不相同的科學之間，顯示出議題、精神或者時代崇高統一性的所謂理念。它是當我們在話語規律層次上分析科學時，在那些屬於某一時期的可以發現的關係的總和。〔註2〕

福柯之所以提出知識共因這個概念，是因爲知識共因是引起「人」誕生的決定性因素。他曾經從西方思想中抽取出三個時期來標誌和描述由知識共因所構成的系統。這三個時期分別是「文藝復興時期」、「古典時期」和「現代時期」。這三個時期的知識共因與「人」的誕生有著緊密的關聯。古典時期的知識共因是「相似」（resemblance），人是和神相對應的；文藝復興時期的知識共因是「代表」（repsesentation），人只是自然意義上的人，而不是人自己創造的人（它才是人文科學的可能對象）。福柯認爲，到了現代時期，由於知識共因發生了根本性的變化，人才成爲人文科學的對象。

結合中國30年來文學中的實際情況，借助福柯的譜系分析，本書在研究30 年來小說中「人」的話語時，注意到這一階段的「人」的話語內部，並不存在一個連續體。在不同因素的影響下，「人」的話語，無論是觀念還是表現形式，都存在著斷裂。福柯面對西方的人的話語起源與流變過程，經歷了一

〔註 1〕福柯：《事物秩序》，New York: Landom House，1972 年版，第 28～29 頁。
〔註 2〕福柯：《知識考古學》，New York：Random House\Pantheon，1972 年版，第 91 頁。

個比較長的歷史時期，在這一時期「人」的話語流變中，存在著影響人的話語斷裂的因素，是難免的。而本著作所研究的「人」的話語，只是涵括了 30 年來的歷程，在這樣一個相對短的時間裏，提出「人」的話語的斷裂性，似乎有些牽強。但是這 30 年，時間雖短，對中國人的心路歷程來說，卻並不短暫。在這 30 年裏，影響中國人心態的不僅有政治原因，還有文化因素，當然也包含經濟的作用。這些在短短 30 餘年裏發生的引起中國人心態變更的社會生活現象，不能不影響到文學，並以審美的方式投射出來。因此，我認爲，近 30 年來小說中的人的話語並不是一個連續體，它出場之後，並不以一個連續不斷的面目持續存在，在不同的階段，它表現出了不同的形態與特徵。我認爲，在近 30 年裏，有三種因素對這 30 年來小說中的人的話語產生了重要影響。首先是 20 世紀 70 年代末，「四人幫」的覆沒與「文化大革命」的結束，這一政治性事件直接決定了人的話語的出場；其次，在 20 世紀 80 年代中期，中國湧起了文化熱，這一文化潮流直接改變了 70 年代末出場的人的話語形態；最後，在 90 年代初期，中國市場經濟的崛起，又使人的話語發生了一次新的嬗變。正是在不同的時期影響人的話語的因素變化，決定了各個時期「人」的話語的內容及表現形態各不相同。因此，本書的一個重要的目的，就是要研究在不同的時期，影響人的話語的因素是什麼，探討在這一因素的影響下，人的話語的具體內涵及表現形態。

福柯還利用了另外一個重要的方法——批判分析的方法。批判分析的方法旨在通過考察話語主體的話語生成過程，來分析話語同社會文化、社會制度、社會思想之間的關係，揭示話語的實質。在這裏，福柯懸置起話語本身的眞理性，而側重於話語實踐產生的條件。在福柯看來，話語的產生受到一系列排斥、控制，這些排斥、控制形式，可分爲話語外在控制過程、內在控制過程、應用控制過程。福柯認爲，揭示話語控制過程，有助於瞭解人文學科同外在的社會文化、社會制度的關係。爲了比較全面地瞭解福柯的話語理論及福柯分析人文學科話語的方法，有必要瞭解他的話語控制過程理論。

首先來看他對話語外在控制過程的論述。話語外在控制過程是指社會性的禁止和排斥過程，這種禁止和排斥過程在福柯看來主要有三個方式：言論禁止、歧視瘋狂和眞理意志。眞理意志是指我們想要得到什麼樣的眞理。在話語形成過程中，它具有重要作用。而話語內在控制是話語對自身的限制和規定。這是一種話語使自己的意義局限化的過程，它分爲三種情況，分別稱爲評論原則、作者原則和學科原則。評論原則是指在每個社會中都存在著某些主要的敘述話語，它被其它的敘述話語重述、重複或變換。福柯認爲，作者不是指寫作文本的說話者和個人，而是一種組織話語的原則。它代表著話語意義的來源，代表著文本話語的統一性和連貫性。學科原則是指話語要受到學科範圍內的關於眞理與僞眞理的陳述的制約。話語應用原則是指應用話語的先決條件，這是一種對話語主體的控制過程，它顯示了話語領域對話語主體開放的原則。對話語主體的控制一般有以下幾種情況：言語程序、話語社團、思想原則和社會佔有。

福柯關於「人」的話語同社會文化制度的聯繫以及話語的外在控制過程，對本書的研究有較大的啓發。討論近 30 年來小說中的「人」的話語時，我們可以看到，「人」的話語與中國社會政治文化有著千絲萬縷的關聯。這種關聯主要體現在，「人」的話語的產生、流變與中國社會的政治理念對人的觀念的認同和許可息息相關。本書認爲，1976 年以來，中國小說中的「人」的話語，從總體上是對在中國現代革命史乃至以後的現代化建設中所形成的主流的「人」的觀念的反撥。在相當長的一段歷史中，中國主流話語中的「人」的話語更多的是意識形態的被動載體，「人」失去應有的個性及個體的生命體驗。這種「人」的話語與在特定歷史時期中國爲擺脫西方現代化國家的政治、經濟壓力及現代化焦慮相關，在一定程度上，它表現出對西方觀念中的人的理念的排斥。而 1976 年「文化大革命」的結束爲中國小說中的人的話語產生新的素質提供了政治保障。30 年來小說中的「人」的話語對此前中國主流話語中的「人」的話語的反撥，實質上也就消解了先前對歷史、現實進行想像的歷史意識。

研究 1976 年以來中國小說中的人的話語時，我們必須注意到，這一階段小說中的人的話語產生的思想背景，主要是從西方舶來的現代的「人」的思想，這同時也意味著主流意識形態對西方觀念中的人的思想的默許。這種政治、文化禁忌的解除是 30 年來小說中「人」的話語出場和嬗變的外部原因。政治、文化禁忌的解除爲中國小說中的「人」的話語的思想觀念——在福柯那裏是眞理意志——的提出和建構，提供了保障。在人的話語出場階段，主流意識形態認同人們對「文化大革命」的批判。80 年代中期西方文化的引進，90 年代對市場經濟的倡導，逐步爲「人」的話語掃除了政治上的障礙，使「人」的話語能夠不斷地發生變化。在「人」的話語流變過程中，背後隱藏的是深層的歷史意識的張揚與沉潛的過程。從這一點來說，近 30 年來中國小說中的「人」的話語的變遷史又是歷史意識的沉浮史。

本書所描述的人的話語變遷軌跡包含了歷史意識由顯至隱到逝的過程。在「人」的話語變遷的第一個階段，「人」的話語體現爲鮮明的歷史意識，「人」的內涵由歷史意識所決定，對現代化的嚮往和追尋的歷史衝動，鑄定了「人」的話語的全部內容，甚至可以說，這一時期的「人」實質上是歷史的鏡像。在「人」的話語變遷的第二個階段，歷史意識由顯層退隱到潛層，它是作爲人的話語張揚對象的另外一極——消解對象——而出現的。在這一階段，「人」的話語全面消解了歷史意識的表現內容、表現形式、價值標準。但是，歷史意識仍是隱性的存在者。它是這一時期的「人」的話語得以存在的一端。在「人」的話語變遷的第三個階段，歷史意識已經從人的話語中全面退卻，連在前一時期中被消解、對立的位置、功能也喪失了，它被純粹的私人性、個體性的生存體驗所取代。

綜上所述，本書在福柯的人文學科話語研究方法的啓示下，重點研究近 30 年來小說中的「人」的話語在各個不同時期產生的原因、表現形態、邏輯層次。這種研究力圖在史的方面，展示人的話語的豐富的歷史面貌及動態過程；在邏輯層面上，力圖顯示人的話語的層次性和複雜性；並從「人」的話語的內在歷史與邏輯的聯繫中，表現出它與外在的社會文化制度的關聯。

第一章　政治變革與「人」的話語建構

第一節　「人」的話語出場

人道主義思想在建國後一段時間內往往被歸類爲資產階級思想，受到批判。1957 年錢穀融的《論「文學是人學」》發表後，更形成了一個批判人道主義思想的高峰。錢穀融出於「一般人往往把描寫人僅僅看做是文學的一種手段，一種工具」的考慮，提出了文學的目：「一切藝術，當然也包括文學在內，它的最最基本的推動力，就是改善人生、把人類生活提高到至善至美的境界的那種熱切的嚮往和崇高的理想。」在他看來：「文學要達到教育人、改善人的目的，固然必須從人出發，必須以人爲注意的中心；就是要達到反映生活、揭示現實本質的目的，也還必須從人出發，必須以人爲注意的中心。說文學的目的任務是在於揭示生活本質，在於反映生活發展的規律，這種說法，恰恰是抽掉了文學的核心，取消了文學與其它社會科學的區別，因而也就必然要扼殺文學的生命。」〔註 1〕錢穀融將「人」放在了文學的中心。但是，在當時的政治、文化語境中，「把人作爲文學的中心」觀點受到了猛烈的批判。這意味著，在 20 世紀 50 年代，「人」還只能是文學的工具，而不是文學的目的。也意味著，人道主義思想在中國當代文學中開始受到全面的清算。

「文化大革命」後，人道主義思想被人們所認可，錢穀融的人道主義文學思想被重新評價。1980 年，錢穀融的《〈論「文學是人學」〉一文的自我批判提綱》發表。這原本是他在 1957 年 10 月寫的檢討文章。在這篇文章中，

〔註 1〕錢穀融：《論「文學是人學」》，《文藝月報》，1957 年，第 5 期。

錢穀融爲自己的觀點做了深入的辯護，他再次論證「人是社會現實的焦點，是生活的主人，所以抓住了人，也就抓住了現實，抓住了生活」〔註2〕的人道主義文學觀點。這篇文章的發表，意味著錢穀融的人道主義文學思想得到了肯定。1981年，人民文學出版社將錢穀融的《論「文學是人學」》這篇長期受批判的論文，作爲一本理論著作單獨出版發行。同時，錢穀融的《論「文學是人學」》和相關的論文如《關於〈論「文學是人學」〉三點說明》〔註3〕及《〈論「文學是人學」〉發表的前前後後》〔註4〕陸續發表，在中國文學界重新掀起了人道主義思想的熱潮。這種現象充分說明了錢穀融的「文學是人學」的觀點已經得到了理論批評界的認可。

但是，人道主義思想要在文學中紮根，還需要澄清一系列的問題。在當時的文化語境中，對人道主義的重新理解，首要問題是要澄清人道主義是否就是資本主義意識形態。在倡導人道主義的論者看來，人道主義並不是資本主義意識形態的專屬。邢賁思就站在人道主義發生史的角度上質問：「既然人道主義這個詞只是在文藝復興以後才在歐洲的歷史上出現，那麼有什麼理由把在以前的封建社會、甚至奴隸佔有制社會中某些涉及到人的問題，涉及到人性善的觀點都納入到人道主義的概念裏去呢？」〔註5〕還有論者認爲，現在我們所強調的人道主義，不是資本主義意識形態的人道主義，而具有超越意識形態的廣義倫理價值。如汝信就認爲，「大家知道，對人道主義歷來有狹義的和廣義的兩種理解。狹義的人道主義指的是歐洲文藝復興時期新興資產階級反封建、反宗教神學的一種思想和文化運動，廣義的人道主義則泛指一般主張維護人的尊嚴、權利和自由，重視人的價值，要求人能得到充分的自由發展等等的思想和觀點。顯然，當我們把人道主義當作修正主義來批判時，說的不是狹義的人道主義，不是歷史上曾經出現過的某個特定的思想流派，而是廣義的人道主義思想。我們今天要討論馬克思主義和人道主義的關係，當然也不是爲了解決對某個早已成爲過去的思想派別的評價問題，而是爲了要解決馬克思主義應該怎作

〔註2〕錢穀融：《〈論「文學是人學」〉一文的自我批判提綱》，《文藝研究》，1980年，第3期。

〔註3〕錢穀融：《關於〈論「文學是人學」〉三點說明》，《新文學論叢》，1981年，第1期。

〔註4〕錢穀融：《〈論「文學是人學」〉發表的前前後後》，《書林》，1983年，第3期。

〔註5〕邢賁思：《歐洲哲學史上的人道主義》，上海人民出版社，1984年版，第2頁。

對待現實生活中有關人的一系列問題。」〔註 6〕這種理解拋棄了意識形態的糾纏，從人類的普遍性價值原則來論述人道主義的合法性。王若水也同意這種理解人道主義的方式。他認爲：「『人道主義』一詞，最初是指文藝復興的思想主題（這是狹義的人道主義，一般也譯爲『人文主義』）；後來泛指一切以人、人的價値、人的尊嚴、人的利益或幸福、人的發展或自由爲主旨的觀念或哲學思想（這就是本書討論的廣義的人道主義）。」〔註 7〕

無論是重提錢穀融的人道主義文學思想，還是對人道主義做出廣義和狹義觀點的認定，都表明著這樣一個跡象：人道主義已經在努力衝出狹義的意識形態定義，企圖獲得廣泛的意義。

雖然人道主義衝破了偏狹的意識形態的束縛，但是，人道主義和中國指導思想馬克思主義之間的關係，也需要清理。長期以來，長期存在著一種對馬克思主義的偏見：馬克思主義只是一種階級鬥爭的學說，人道主義是資產階級的意識形態，從而把人道主義和馬克思主義看作是水火不相容的兩種絕然對立的思想和學說。這當然有認識上的原因，也有特殊的政治需要。早在人道主義與馬克思主義傳入之初，人們就把人道主義和馬克思主義分離開來。在《我的馬克思主義觀》中，李大釗就曾主張「以人道主義改造人的精神，同時以社會主義改造經濟組織」〔註 8〕。在隨後相當長的一段時期中，由於特殊的政治需要，人道主義被看成是資產階級的思想，它與作爲社會主義、共產主義思想核心的馬克思主義是根本對立的。

由於撥亂反正的歷史性轉機，人們在反思十年「文化大革命」給人帶來的創傷時，意識到「文化大革命」漠視了人的存在，扼殺了人的價値。對「文化大革命」的批判，在很大程度上就是從清算「文化大革命」對人的傷害開始的，人成爲批判「文化大革命」錯誤歷史的一個十分有用、有效的尺度。「文化大革命」發生在中國這樣一個以馬克思主義爲指導思想的國度裏，是否就意味著馬克思主義本身並不關注「人」？在當時人道主義與異化的大討論中，馬克思主義與人道主義的關係因此就成了一個十分重要的理論課題。而要讓人道主義在中國文學中紮根，就必須解除馬克思主義和人道主義之間的緊張關係。事實上，人們也是從馬克思主義的起源、馬克思主義學說中尋找馬克

〔註 6〕汝信：《人道主義就是修正主義嗎》，《人民日報》，1980 年 8 月 5 日。
〔註 7〕王若水：《爲人道主義辯護》，《文匯報》，1983 年 1 月 17 日。
〔註 8〕李大釗：《我的馬克思主義觀》，《新青年》第 6 卷，第 5 頁。

思主義和人道主義的關聯。

在重讀馬克思時，人們發現了關注階級鬥爭之外的馬克思，發現了馬克思對人的關注。馬克思關於人的論說，開始為人們所重視，並被重新挖掘出來。這樣，人們也就發現了馬克思主義與人道主義的關聯。首先，人們發現，馬克思學說中本來就包含有人道主義的思想資源，馬克思哲學的起源與人息息相關。馬克思在談到他的哲學同德國哲學的關係時說：「德國哲學從天上降到地上；和它相反，我們這裏是從地上陞到天上，就是說，我們不是從人們所說的、所想像的、所設想的東西出發，也不是從只存在於口頭上所說的、思考出來的、想像出來的、設想出來的人出發，去理解眞正的人。我們的出發點是從事實際活動的人……」〔註 9〕馬克思對資本主義制度的批判，也是完全建立在對「眞正人」的維護上的。因為他發現，在這樣的社會中，「物的世界的增值同人的世界的貶值成正比」〔註 10〕。正因為如此，馬克思在展望共產主義前景時，把共產主義當作是「人的復歸」。

其次，有論者認為，人道主義是馬克思思想中貫穿始終的思想主脈。在強調馬克思主義同人道主義之間存在著聯繫時，人們的目光，並不限於馬克思的早年著作《1844 年經濟學哲學手稿》，而是認為人道主義貫穿了馬克思主義整個學說。王若水在《為人道主義辯護》一文中，通過對馬克思一生的著作考證後認為：「馬克思始終把無產階級革命、共產主義同人的價值、人的尊嚴、人的解放、人的自由等問題聯繫在一起。這是最徹底的人道主義。這裏不存在西方一些馬克思主義研究者說的什麼『早期的人道主義的馬克思』和『晚期的非人道主義的馬克思』的區別。」〔註 11〕汝信則從馬克思主義學說的幾個重要問題入手，探討它與人道主義之間的聯繫。他認為馬克思對資本主義的批判，並不局限在對制度本身的批判上，而是「從提出『眞正的人的問題』的更高的角度出發，科學的論證了資本主義對人的摧殘以及對人的進一步發展的全部危害，並且闡明了造成資本主義制度的這種反人道性質的客觀根源」〔註 12〕。汝信的這種觀點挖掘出馬克思對資本主義的政治批

〔註 9〕馬克思・恩格斯：《馬克思恩格斯全集》，人民出版社，1998 年版，第 3 卷，第 30 頁。

〔註 10〕馬克思・恩格斯：《馬克思恩格斯全集》，人民出版社，1998 年版，第 42 卷，第 90 頁。

〔註 11〕王若水：《為人道主義辯護》，《文匯報》，1983 年 1 月 17 日。

〔註 12〕汝信：《人道主義就是修正主義——對人道主義的再認識》，《人民日報》，1980

判的人學向度，將政治批判融入人學批判的視角之中。另外他還將馬克思的另外兩個重要的思想範疇——唯物論和剩餘價值的闡釋和人道主義勾連起來。他說：

> 唯物史觀和剩餘價值這兩個偉大發現，標誌著馬克思思想發展已達到完全成熟。唯物史觀說明了人類社會發展的客觀規律，而剩餘價值學說則揭露了資本主義生產方式下的剝削人的秘密。這些劃時代的發現不僅沒有取消或削弱馬克思的人道主義思想，反而使它建立在眞正科學的基礎上而得到了加強。正是有賴於這些發現，人們才第一次在歷史上弄清楚什麼是人的社會本質，以及應該怎樣去對人進行具體分析，人的解放也不再是空想家們頭腦裏的美麗憧憬，而成爲嚴密的科學研究對象。嚴格的說，只是在馬克思誕生以後，關於人的研究才成爲一門眞正的科學。〔註 13〕

經過汝信的這樣一番闡釋，馬克思主義與人道主義不但不再是水火不相容的，而且馬克思主義思想本身就包含著人道主義思想。

通過對馬克思主義的重新解讀，馬克思主義和人道主義之間建立了聯繫，也最終爲人道主義提供了合法性。主張人道主義和馬克思主義之間存在著聯繫的論者普遍認爲，馬克思主義與人道主義之間存在著緊密的聯繫。馬克思主義與人道主義的聯繫，就在於二者都主張把人當人看，尊重人的價值，重視人的全面發展。但是，人道主義和馬克思主義之間的界限仍然涇渭分明。例如，周揚在肯定馬克思主義和人道主義的關係的同時，也強調了二者之間的差異：「我不贊成把馬克思主義納入到人道主義的體系之中，不贊成把馬克思主義全部歸結爲人道主義；但是，我們應該承認，馬克思主義是包含著人道主義的。當然，這是馬克思主義的人道主義。」周揚特別指出了馬克思主義的人道主義與一般意義上的人道主義之間的區別：「在馬克思主義中，人佔有重要地位。馬克思是關心人，重視人的，馬克思主義是關心人，重視人的，是主張解放全人類的。當然，馬克思主義講的人是社會的人、現實的人、實踐的人；馬克思主義講的全人類解放，是通過無產階級解放的途徑的。馬克思把費爾巴哈講的生物的人、抽象的人變成了社會的人、實踐的人，從而既

年 8 月 15 日。

〔註 13〕汝信：《人道主義就是修正主義——對人道主義的再認識》，《人民日報》，1980 年 8 月 15 日。

克服了費爾巴哈的直觀的唯物主義，並把它改造成實踐的唯物主義；又克服了費爾巴哈的以抽象的人性論爲基礎的人道主義，並把它改造成爲以歷史唯物主義爲基礎的現實的人道主義，或無產階級的人道主義。」〔註 14〕

經過不同角度的闡釋，人道主義與馬克思主義之間的緊張關係得以消解，這些論述從理論層面上顯示了人道主義和馬克思主義之間的關係。它實際上爲人道主義的合法性提供了理論保證。而周揚的異化論觀點，則爲人道主義的合法性提供了現實依據。

周揚認爲：「肯定人的價值……那就要肯定社會主義和共產主義，反對一切形式的異化。」在他看來，所謂「異化」「就是主體在發展的過程中，由於自己的活動而產生出自己的對立面，然後這個對立面又作爲一種外在的、異己的力量而轉過來反對或支配主體本身」。他認爲，社會主義也存在著異化現象，「承認社會主義的人道主義和反對異化，是一件事情的兩個方面。社會主義消滅了剝削，這就把異化的最重要的形式克服了。社會主義社會比之資本主義社會，有極大的優越性。但這並不是說，社會主義社會就沒有任何異化了。在經濟建設中，由於我們沒有經驗，沒有認識社會主義建設這個必然王國，過去就幹了不少蠢事，到頭來是我們自食其果，這就是經濟領域的異化。由於民主和法制的不健全，人民的公僕有時會濫用人民賦予的權力，轉過來做人民的主人，這就是政治領域的異化，或者叫權力的異化。至於思想領域的異化，最典型的就是個人崇拜，這和費爾巴哈批判的宗教異化有某種相似之處。所以，『異化』是客觀存在的現象，我們用不著對這個名詞大驚小怪。徹底的唯物主義者應當不害怕承認現實。承認有異化，才能克服異化。」〔註 15〕周揚的「異化」論進一步強調了人道主義思想的必要性和合法性。

由於馬克思主義在中國特殊的地位和「文化大革命」後撥亂反正、正本清源的社會文化語境的影響，對馬克思主義的人道主義思想資源的發掘，一定程度上得到了主流意識形態的認同，人道主義與馬克思主義之間的緊張關係得到了一定程度的改善。「人」的問題從政治禁錮中解放出來。於是，文學中的「人」的話語的出場也就成爲順理成章的事情。

〔註 14〕周揚：「關於馬克思主義的幾個理論問題的探討」，《人民日報》，1983 年 3 月 16 日。

〔註 15〕周揚：「關於馬克思主義的幾個理論問題的探討」，《人民日報》，1983 年 3 月 16 日。

第二節 「人」的話語邊界

對馬克思主義思想的重新解讀，使人道主義思想的含義獲得了新的界定，從狹隘的政治束縛中解脫出來。但是，人道主義思想的意識形態去魅，並不意味著人道主義脫離了意識形態的韁繩。在新的歷史時期，人道主義的外衣覆蓋著的仍然是一個時代對於歷史前景的訴求，「人」仍然有著特定邊界的話語。

重提人道主義思想，包含著新的歷史訴求。它既包含著對錯誤歷史的批判，也寄予著對新歷史前景的期望。1978 年 11 月，廣州召開了「全國外國文學研究工作規劃會議」。會議上，對後來有關人道主義和異化的問題大討論中，起了關鍵作用的中國理論界權威周揚，就人道主義發表了新的看法：「我們對人道主義，也不應籠統反對，我們只反對對人道主義不作歷史的、階級的分析。」〔註 16〕這種「歷史的、階級的分析」正是表現了當時人們接受人道主義思想的特殊要求。它要求對人道主義的理解與接受，以中國社會現實的需要爲標準。「歷史的、階級的分析」，顯然爲新的歷史時期的人道主義的含義作出了限定；同樣，這個限定也是中國新時期文學中的「人」的疆界。

從階級的要求來看，人們把人道主義當作對資本主義制度的批判武器。在國人看來，人道主義雖然「作爲一次資產階級的思想文化運動的文藝復興，自然它是屬於資產階級意識形態範疇的」，但是它對當時社會主義敵對陣營的資本主義社會，有著獨特的批判作用，「人道主義作爲這次運動的指導思想，究其本質來看，它是爲新興資產階級自由發展、改變被統治地位的要求服務的。人道主義者極力謳歌資產階級感情和情慾的合理性，肯定個人利益和享樂追求，這些都充分顯示出他們反對禁欲主義和提倡個性解放的個人主義實質。但是，倘若從總的歷史進程來看，資產階級作爲歐洲社會發展的革命因素已經和封建制度的繼續存在不能相容了。並且它在反封建教會的反動勢力的鬥爭中是和勞動人民站在一邊的。因此，人道主義思想體系不僅反映了資產階級的社會要求……同時也體現了勞動人民的利益」〔註 17〕。

曹讓庭的這篇主要著眼於資本主義古典人道主義思想。通過把人道主義

〔註 16〕周揚的這一講話以會議紀要的形式，刊載於當時較有影響的刊物《外國文學研究》1979 年第 1 期上。

〔註 17〕曹讓庭：《還曆史以本來面目——批判「四人幫」歪曲資產階級古典文學的謬論》，《外國文學研究》，1978 年，第 2 期。

和反映勞動人民的利益聯繫起來的階級分析方法，爲人道主義在中國爭取了合法地位。新時期初期，人們對資本主義現代人道主義的理解和分析，也是建立在對資本主義制度的批判基礎上的，例如對現代派小說的理解，也同樣打上了階級分析的烙印：

> 他們（現代派小說家——引者注）從親身的體驗中感受到了資本主義制度的不合理性，從而對它持懷疑和否定的態度，並以痛苦和憤怒的心情對它進行抨擊。如現代派文學的奠基人之一卡夫卡的小說《變形記》，最早在文學作品中表現了資本主義制度下人的異化這一重大問題，深化了對資本主義罪惡的揭露。他的另外兩部小說《審判》《城堡》，把資本主義社會描繪成一個夢魘的世界。在這個世界裏，普通人受著不可知的命運的任意擺弄，無法逃脫，他的一切掙扎和反抗都是徒勞的。……在荒誕派作品中，資本主義社會現實是那樣的荒誕不近人情，美好的事物被摧殘殆盡，在物質和金錢的支配下，人是那樣可憐，沒有價值，沒有能力，人性被扭曲，被顚倒，人成爲物的奴隸，成爲只有勞動本能的非人，人生失去了一切意義，這是多麼強烈的控訴、多麼有力的鞭韃啊！而在黑色幽默派作家赫勒的《第二十二條軍規》中，作者以飽含痛苦的幽默，尖刻的嘲諷了資本主義世界的畸形、醜惡。以「第二十二條軍規」爲象徵的惡勢力像魔網一樣，緊緊地罩在人們頭上，吞噬一切美好的東西，普通人受盡侮辱和迫害，而統治者卻藉此大發其財。人們可以從這種由極度絕望而致的玩世不恭的幽默冷嘲中，更深切地感受資本主義社會現實的黑暗和冷酷。另外，我們還可以從「新小說派」、「象徵主義」、「表現主義」等現代派文學中看到種種醜惡的資本主義社會圖景：道德的墮落、變態的心理、暴力、邪惡、悲觀絕望和虛無主義，總之，現代派的這些作品在揭露資本主義的陰暗面方面是卓有成效的，提出許多尖銳深刻而發人深省的問題。……能更深刻更充分地反映出在現代資本主義條件下人的複雜的心理狀態和獨特的思想感受，而且在揭露資本主義罪惡的深度和廣度上，也有爲前者所不及。……從這些作品中，我們可以看到在高度物質文明後面掩蓋荒誕混亂的社會圖景，聽到親身生活在資本主義制度下人的痛苦的呼聲，可以使我們更清醒地認識資本主義的罪惡，從而使我

們更堅信共產主義的合理性和必然性。〔註 18〕

雖然在今天看來，柳鳴九對西方現代、當代文學的解讀，明顯是誤讀。但是，通過他的誤讀，我們還是可以感受到，對人道主義的認識、理解，仍然是建立在「階級分析」的基礎上的。

從「階級分析」的角度著手，人們把人道主義思想，無論是資本主義社會的古典人道主義思想，還是現代人道主義思想，都看成是對資本主義的階級批判。因此，在對資本主義社會的批判理念上，人道主義思想的合法性得以確立，人們堅信，「資產階級人道主義的這種揭露和批判的力量，只要資產階級制度還存在一天，它就不會過時的，也就不會喪失其進步的意義」〔註 19〕。

至於從「歷史」的角度來接受人道主義思想，主要表現爲，人道主義思想，可以爲批判舊的歷史和展望新的歷史，提供有力的思想支撐。從某種程度來說，在當時，人道主義思想是「文化大革命」的歷史解毒劑，具有相當重要的歷史和現實意義。在對「四人幫」的清算中，人道主義思想具有不可動搖的情感合法性：「『四人幫』瘋狂破壞無產階級法制，有同志憤慨地說，在封建法西斯主義和資產階級人道主義之間，如果只能有這兩種選擇，那就寧肯要後者。事實當然不是如此，歷史豈容倒轉？然而這發自心田的激憤之言，卻包括著也許是一代人在特定歷史時期切身的苦痛經驗。」〔註 20〕

的確，從歷史經驗來看，慘痛的經驗和教訓似乎都在提醒著人們人道主義思想的價值和意義：「在無產階級專政下的社會主義國家中，其革命對象主要是資產階級，這是沒有疑問的。但同樣沒有疑問的是，畢竟還殘存著宗教迷信、傳統的種種封建觀念，例如家長作風，特權概念等等。而且還可能有『四人幫』那樣的封建法西斯主義。對於這種落後或反動的意識形態，當然應該以馬列主義爲武器，進行認眞的批判分析，展開堅決的揭露和鬥爭。……這種思想文化方面的統一戰線，當然也適用於人道主義、人性論。一個簡單的事實是：對於獨斷專橫的家長作風、飛揚跋扈的『長官意志』，對於『四人幫』的封建法西斯主義，自由、平等等等的要求總不能不是一種破壞力量吧？

〔註 18〕柳鳴九：《西方現當代資產階級文學評價的幾個問題》，《外國文學研究》，1979 年，第 1 期。

〔註 19〕柳鳴九：《西方現當代資產階級文學評價的幾個問題》，《外國文學研究》，1979 年，第 1 期。

〔註 20〕周樂群：《人道主義斷想》，《外國文學研究》，1979 年，第 1 期。

難道能說它們是有利於而不是不利於家長作風、『長官意志』、法西斯式的暴行嗎？如果如實地把人道主義看作爲人類文明進步的一種積極成果，那麼像家長作風、『長官意志』之類的封建意識，像法西斯式的罪惡行經，也就更容易看出它們的落後或反動，更容易爲人們所唾棄和憎惡了。對自由平等的追求之所以能發揮這種作用，就因爲人性論、人道主義中還有著合理的因素。」〔註 21〕正是在與「四人幫」所代表的封建法西斯落後的意識形態的比較中，人們懷念起人道主義。在對人道主義的現實作用和價值的憧憬中，人道主義這個詞彙才又一次顯示出思想光芒。

依仗「階級分析和歷史分析」，人道主義獲得了認同。這種認同顯示了在當時的歷史情景中，人道主義被納入到了新時期的歷史軌道中。人道主義和宏大的歷史目標聯繫在一起。與上述更多的感性的體悟不同的是，李澤厚的主體性理論，則從學理層面，探討了「人」和它所創造的歷史之間的關係。爲新時期之初文學中的「人」的話語的歷史鏡像，提供了哲學參照。

李澤厚的主體性理論是從對馬克思的重新發現開始的。在李澤厚看來，當時人們大多沿著康德——黑格爾——馬克思的線索認識馬克思。而他認爲，眞正認識馬克思應該是沿著康德——席勒——馬克思這條線索。在前一個認識馬克思的線索中，康德的「人」是目的的思想，被黑格爾的無上威力的理性所收容，成爲歷史、理性達到自身目的的手段。在後一個線索中，通過席勒對康德思想的繼承，經過馬克思的實踐的滌蕩，人是歷史的目的得以保留。

李澤厚的主體性理論，雖然是力求回答人與他所創造的歷史之間的關係，但是要瞭解這個理論，得從他對人性的認識談起。在李澤厚看來，人性是主體性這個動態概念的靜態結果。與對人性的一般性認識一樣，李澤厚關於人性的觀點本身沒有特別之處，關於人性，他作過這樣的闡釋：「人性應該是感性與理性的互滲，自然性與社會性的溶合。這種統一不是二者相加、湊合或混合，不是『一半天使，一半惡魔』，而應是感性（自然性）中有理性（社會性），或理性在感性中內化、凝聚和積澱，使二者和二爲一，溶爲整體。」〔註 22〕

〔註 21〕沈國經：《昨日的人道主義與今日的封建法西斯主義》，《外國文學研究》，1979 年，第 1 期。

〔註 22〕李澤厚：《批判哲學的批判》（修訂本），人民出版社，1983 年版，第 423 頁。

但是，與大多數人不同的是，李澤厚並沒有從靜止的層面上關注人性，他更看重人性的動態形成過程：「自然的生命存在沒有什麼獨特性和不可重複性，它的獨特和無可重複恰恰在於自覺地意識和選擇，其實，這就是它的歷史的具體的社會內容和價值」〔註 23〕。他認爲，自然生命，經過「自覺地意識和選擇」獲得了社會內容和價值，自然性才成爲人性的組成部分。因此，在他那裏，人性是動態形成的過程。人性形成的過程，是自然性被克服，社會性因素漸漸獲得的過程，在這個動態的形成的過程中，人性就是人的主體性。對於主體性，李澤厚談到：

> 「主體性」的概念包括兩個雙重內容和含義。第一個「雙重」是：它具有外在的即工藝——社會的結構和內在的即文化——心理的結構面。第二個「雙重」是：它具有人類群體（又可分爲不同社會、時代、民族、階級、階層、集團等等）的性質和個體身心的性質。這四者相互滲透，不可分割。而且每一方又都是某種複雜的組合體。〔註 24〕

在李澤厚的主體性定義中，理性、歷史、社會都不是單一的概念，理性中隱藏著感性，歷史中蘊涵著人的力量，社會中涵括著自然。因而李澤厚的主體性概念，深藏在對歷史、對社會、對理性的訴求中，張揚著人的力量。他從動態的歷史過程來考察人性的內涵，目的是要把歷史的形成過程與人聯繫起來。在他看來，歷史的主體是人，而不是抽象的規律，也不是理性的自身運動的過程。人性包括理性，但是人性的理性不是單一的，它與感性交織在一起；人類的群體性並不排斥個體性，而是與個體性相互滲透。這樣，李澤厚就把被歷史壓抑的人解放出來了，把被群體禁錮的個人釋放了。通過這種方式，人以歷史的主人的身份出現在歷史進程中。

李澤厚通過對主體性的內涵的闡釋，把被作爲歷史的手段的人提高到歷史的目的的地位，促使人以主人的姿態參與歷史活動、歷史進程。他的主體性理論，一方面具有對「文化大革命」歷史的批判作用，另一方面，又鼓舞人們參與到現實世界的歷史創造衝動中去。主體性理論充分地顯示了這一歷史時期人的話語的歷史內涵，典型地表現了這一時期的人的話語的特徵。

70 年代末期到 80 年代初期的人道主義，實際上承擔了對舊的極左的意識

〔註 23〕李澤厚：《李澤厚哲學文存》，安徽文藝出版社，1999 年版，第 615 頁。
〔註 24〕李澤厚：《李澤厚哲學美學文選》，湖南人民出版社，1985 年版，第 164 頁。

形態給人造成的傷害的療救功能。當然這種療救是在馬克思主義的唯物歷史觀的範疇之內，把人道主義看成具有普世的、倫理價值，在個人與他所處的歷史理性之間的關係上，確立人道主義的價值和意義。它要表明的是，馬克思主義的歷史規範仍然是要堅持，只是要避免對人的價值、尊嚴帶來傷害，只不過這倫理意義建立的基礎是馬克思主義的歷史主義觀點。在這種話語機制的作用下，小說中的「人」的核心是對歷史的價值、意義的承載。人性的復歸，相對舊的歷史來說，是對舊的歷史意識的批判，而對現代化的新的歷史理性意識而言，它又是要追求的根本價值。

第二章　歷史鏡像

人們習慣用「反思小說」、「傷痕小說」、「改革小說」、「尋根小說」來概括新時期初期小說潮流，但是，從深層次來說，這幾個階段的小說潮流，有著基本一致的主題。正如有的學者認爲，這個時期的小說主題由表及裏，沿著由社會政治批判到民族文化的思考主題延伸，而「文明與愚昧的衝突」〔註1〕則是其基本主題。

「文明與愚昧的衝突」的基本主題實際上正是中國社會文化的現代化訴求的反映。這個主題的實現，反映在「人」的話語上，是以人性的回歸爲基本內涵，以理想的張揚爲基本表現形式，以知識敘事作爲基石。

人性的回歸是新時期文學最初的主題。也是新時期文學最基本的主題。但是，我們如果通過小說作品分析，就會發現，在人性回歸的潛主題下的深層次內涵，則是對錯誤歷史的批判和對新歷史的展望。這裏仍然是一個對歷史理念的基本敘述。即使是「尋根小說」，只不過是把現實的或較近的歷史等具體生活表象，轉化爲抽象的文化。它所要關注的仍然是民族現實問題。因爲，尋根小說：「或主張從文化背景來把握或判斷人們思想感情與理想價值的變異；或主張在深厚的民族傳統文化的基礎上尋求民族的自我，把握無限的人世和有限的人生；或主張開鑿自己腳下的『文化岩層』，寄託在時代際遇中對民族命運與個體人生價值的思考，等等。」〔註2〕但是，其尋根的根本，仍然離不開張揚民族文化的歷史衝動。

〔註1〕李紅眞：《文明與愚昧的衝突（上）——論新時期小說的基本主題》，《中國社會科學》，1985年，第3期。

〔註2〕鄭萬隆：《中國文學要走向世界》，《作家》，1986年，第1期。

當然，人性的回歸只是構成了新時期小說「人」的話語歷史敘述的基本內容。而「理想」的張揚則構成了新時期小說「人」的話語的表現形態。這一歷史時期的小說對「理想」的敘述，仍然逃離不了對歷史意識的構造。把個人的思想感情、人生、命運和時代、歷史緊密地聯繫在一起，同樣是這個時期文學的重要特徵。馮牧曾這樣評價 1979 年的文學創作：「我如果說：在我國當代文學史上，還找不到哪一時期的文學傾向和人民的思想感情是如此密不可分地牢固地連結在一起，我想這並不誇大的。」〔註 3〕其實這並不只是 1979 年中國小說的基本特點，而且是一個較長時間段里中國小說的基本特點。

還有值得注意的一點是，新時期被認爲是「補五四啓蒙運動課」，還「五四的債」，是五四的「科學」「民主」的戰鬥主題的繼續。這種概括，實際上建立了新時期的思想文化上的合法性。在對「科學」、「民主」的召喚中，新時期小說充溢著知識的敘事，而「知識」敘事則是「人「的話語確立的根本。本章將圍繞「人性的回歸」、「理想的敘述」、「知識敘述」三個維度來分析「人」的話語與歷史意識之間的關係。

第一節　人性的回歸

對人性的呼喚是 70 年代末 80 年代初幾年裏的小說創作的主要趨勢。1980 年 8 月，在《人啊，人！》的後記中，戴厚英寫道：「一個大寫的文學迅速地推移到我的眼前：『人』！一支已被唾棄，被遺忘的歌曲衝擊了我的喉嚨：人性、人情、人道主義！……我認爲馬克思主義與人道主義是相通的，或一致的。即使從經典中找不到理論根據，我也不願意壓抑自己心靈的呼聲了。」〔註 4〕在新的歷史時期，戴厚英對文學趨勢這種的把握，具有相當的普遍性。人們大都把這一階段的文學稱之爲「人的文學」，並認爲它回歸到了五四文學中的「人的文學」主題上。這種對 80 年代初期文學現象的描繪自然是正確的，但是這樣的描繪還沒有涉及到問題的本質。這一時期文學對人的尊重、對人的價值的肯定的背後，隱藏著複雜而深廣的政治策略。對人性復歸的肯定，顯示出對歷史意識的皈依。這一時期的小說對人性的肯定沿

〔註 3〕馮牧：《對於文學創作的一個回顧和展望》，《文藝報》，1980 年，第 1 期。
〔註 4〕戴厚英：《人啊，人！》，安徽文藝出版社，1999 年版，第 333 頁。

著兩條線索進行，其一是對普遍人性的呼喚，其二是對人的個性的肯定。但是無論是普遍意義上的人性還是人的個性，都應答著當時政治意識的召喚。

這一時期的小說對普遍人性的表現，大致在三個層面上展開。第一個層面是展示極端政治路線對人的戕害；第二個層面是敘寫人性對政治性、階級性的超越；第三個層面是對普遍意義上的人性的追求。

敘寫極端的政治路線對人的戕害，是這一時期小說的基本主題。70 年代末有相當多的小說描寫了「文化大革命」期間的武鬥對人的戕害，如《楓》《沒有被面的被子》等作品。《楓》（1979 年）敘述了一對戀人在「文化大革命」中的悲慘命運。一對相戀的青年學生盧丹楓和李紅鋼，分別參加了井岡山和造總兵團兩個相互敵對的群眾組織，他們二人都懷著「誓死捍衛毛主席革命路線」、「爲共產主義理想而奮鬥」的炙熱的心，響應著「把無產階級文化大革命進行到底」的號召，勇敢而狂熱地投入到一場被人爲擴大化了的武鬥中。在眞槍實彈的武鬥中，女學生盧丹楓面對「敵人」，「至死不做叛徒」，跳樓自殺身亡。男學生李紅鋼後來被掌權的井岡山派污蔑爲威逼盧丹楓跳樓的兇手，被處以死刑。小說通過一對戀人的悲慘遭際，控訴了「文化大革命」對人性的摧殘。同樣表現「文化大革命」對美好的愛情的摧殘的還有《沒有被面的被子》。靈子和雋雋本是一對恩愛夫妻，文化大革命開始後，二人因不同的觀點參加了不同的組織。靈子到北京串聯後，狂熱地信奉路線鬥爭的觀點。回到家後，與妻子雋雋的關係更是急劇惡化。最後，在兩派的武鬥中，靈子被打死。

如果說這兩篇作品尙把對人的扼殺只歸罪於極左的路線鬥爭，那麼，戴厚英的《人啊，人！》則充分展示了「文化大革命」這一「非人」歷史對人的摧殘。小說中，何荊夫因在 1957 年寫了一張「多一點人情味」的大字報，開始了近 20 年的流浪生活。在當時的政治氛圍中，何荊夫屢遭打擊，個人的尊嚴得不到保障，長期生活在歧視中。特別是，在當時這樣的政治氣候裏，他的愛情受到了極大的影響。他雖然與「我」眞心相愛，但是他們愛情的發展卻總也擺脫不了現實政治的陰影。

在敘寫錯誤的政治路線給人造成的傷害中，這些小說都暗含了對人性的肯定與呼喚。以此爲基礎，80 年代初，小說開始進一步思考政治屬性、階級性與人性的關係。當時的小說都普遍流露出人性超越於階級性的思想傾向。《啊，人……》（1980 年）、《妙清》（1980 年）、《如意》、《女俘》（1982 年）

等小說便塑造了一批超越政治性、階級性的人。

《啊，人……》中的肖淑蘭是地主羅金堂的小妾，但她憎惡年老力衰的羅金堂，對羅金堂的兒子羅順昌產生了少女的愛戀。羅金堂死後，當二人準備結婚時，新生的政權誕生了，她卻被戴上了「剝削階級」的帽子，而失去了做人的權利。在極左的路線政策下，肖淑蘭和羅順昌被剝奪了戀愛結婚的權利，二人一有結婚的念頭，就會招來災難。但是作爲一個人，肖淑蘭內心從沒有熄滅過對羅順昌的愛，只有在新的歷史時期，肖淑蘭和羅順昌的「剝削階級」的帽子被取消，作爲人的全部生命欲求才重新走上歷史前臺。這對年近半百、歷經三十多年期盼與煎熬的戀人的愛情，才終於開花結果。從小說敘述中我們鮮明地感受到，人性對階級性的超越。時間在流逝，世事在變更，政治形勢風雲變換，但是肖淑蘭作爲人的人倫需要從沒有停止過。它表明人性遠遠超出階級屬性的規範。

與《啊，人……》相同，《女俘》也塑造了超出階級屬性之外的人。小說《女俘》一方面展示了人的階級性，「我」及連長等人的階級立場、政治信仰都是相當鮮明的，小說也展示了敵我之間的階級鬥爭。但是小說並沒有用一個嚴肅的階級問題壓倒人性。小說敘寫了「我」方的鮮明的人性：我們的戰士逗女俘的孩子玩、「我」幫女俘治病，在危險的情況下，轉移女俘的孩子。這些作爲，無不散發出人性的氣息。如果這些還算是革命的人道主義的話，那麼小說多次寫到女俘，作爲階級敵人所表現出來的人性。小說反覆表現了女俘是一個充滿人情味的人的觀點。她愛美，愛大自然，她被俘後還十分注意自己的儀表形象，而且她深愛她的丈夫，在她丈夫負傷後，仍以虛弱的身體背負著丈夫爬山，直到丈夫死去。《女俘》充溢著超越階級性的人性圖景。

如果說在《啊，人……》《女俘》中，人性超越了階級性，那麼，在這一時期，有些作品走得更遠，把人性看作是人類的普遍性質。如《最後一幅肖像》，這篇小說流露出了人性是人類的普遍屬性的觀點。

《最後一幅肖像》描寫了作爲類的「人」的人性。在小說中，「我」和米麗，以畫家的身份到野外寫生，以此爲掩護，繪製日軍地圖。不幸被日軍逮捕，「我們」的眞實意圖被日軍少佐平之郎識破。平之郎本人也曾是一位畫家，對藝術的酷愛使他以一種特殊的方式決定「我」和米麗的生死：讓「我」和米麗給他畫肖像畫，誰畫的好誰就有生存的可能。

小說展現了共產黨人在敵人面前的正義凜然和臨危不屈，也表現了米麗這位才 22 歲的女性的愛國精神。但是小說的重心卻並不在此。小說側重表現了超越民族利益關係的人性：對美的熱愛和追求。平之郎本是一位有成就的畫家，但是日本的軍國主義宣傳誘使他來到中國從事侵略戰爭。在殘酷的戰爭中，他不得不執行命令，但曾是畫家的他，也試圖讓「我們」活下來。殺死米麗後，他十分痛苦。戰後，平之郎始終珍藏著米麗的畫像及米麗給他畫的肖像，以作紀念，表示內心的懺悔。這篇小說借中日友好的主題表現人類共有的天性：對美的追求。

對人性的肯定是 70 年代末到 80 年代初的小說的一個重要主題。這些小說基本在人性／政治二元對立的框架中展開敘事。這樣的敘事方式無非是爲了表明舊的歷史傷害了「人」，具體地講，是危害了「人」的社會屬性。這時期對於人性的理解還是很狹窄的，拘囿於社會層面，但它突破了政治性、階級性，取而代之的是社會性。這種看待人性的思路，延續了 50 年代巴人、錢穀融對人性與階級性關係的理解。巴人在《論人情》一文中講到了建國後新式戲劇「政治氣味太濃，人情味太少」，「一些一直幹革命的職業革命家……認爲有些作品不合情理，就只是唱『教條』」〔註 5〕。由此，他指出當時以階級性取代人性的危險傾向。在他看來，「階級鬥爭也就是人性解放的鬥爭。文學史上最偉大的作品，總是具有最充分的人道主義的作品。……我們當前文藝作品中缺乏人情味，那就是說，缺乏人人所能共同感應的東西，即缺乏出於人類本性的人道主義」〔註 6〕。在巴人看來，人性是超越階級性的，它是階級性的最終指歸。他認爲：「文藝必須爲階級鬥爭服務，但其終極目的則是解放全人類，解放人類本性。……本來所謂階級性，那是人類本性的『自我異化』。」〔註 7〕巴人在肯定階級性的同時，還肯定了人性：「有階級性，但還有人類本性。」〔註 8〕錢穀融也把人性與階級性看成並不是相互排斥的對立物。他說：「我認爲人性是隨著時代，社會等等條件的發展而發展，而階級性，個性的不同，有其不同的表現的。……文學既以人爲對象，既以影響人，教育人爲目的，就應發揚人性，提高人性，就應該合於人道主義的精神爲原則。我認爲人道主義原則與階級性原則是並不矛盾的，只有歷史上先進階級才能

〔註 5〕巴人：《巴人文藝短論選》，花城出版社，1988 年版，第 215 頁。

〔註 6〕巴人：《巴人文藝短論選》，第 217～218 頁。

〔註 7〕巴人：《巴人文藝短論選》，第 218 頁。

〔註 8〕巴人：《巴人文藝短論選》，第 220 頁。

發展人性，才能講人道主義。」〔註 9〕巴人、錢穀融在 50 年代提倡人性、人道主義，試圖消解人性與階級性間板結的關係，但由於缺乏合法性的歷史意識的支撐而終歸失敗。由於政治氣候的變更，80 年代初，巴人和錢穀融所闡述的這種階級性與人性的關係才得到主流意識形態的認可。

但是，我們必須看到，這種對人性的肯定仍具有一定的限度。它最根本的指向是爲新的歷史提供合法性。新的歷史意識在對人性的肯定中批判了舊的歷史意識，在這種「新」對「舊」的批判中，人性只是一個中介，它所負載的仍是歷史意識，只不過由新的歷史意識替換了舊的歷史意識，這種轉向的同時，也昭示著新的歷史意識對人的一種救贖。《赤橙黃綠青藍紫》中的解淨、《陣痛》中的郭大舉，便是被這種新的歷史意識從舊的歷史意識中「救出來的人」。

《赤橙黃綠青藍紫》（1981 年）中的解淨原是一名政工幹部，「四人幫」垮臺後，她主動要求脫離在那個時代十分令人眼紅的崗位，到基層鍛鍊，在鋼廠車隊擔任副隊長。解淨到車隊時，對技術和管理都一竅不通，爲了擺脫舊的歷史包袱，她刻苦學習，勤奮訓練，終於成爲一名有技術、懂管理的「新人」。

表現新的歷史對人的拯救主題的還有《陣痛》（1983 年）。郭大舉在「文化大革命」中以畫宣傳畫而著名，後借調到工廠宣傳部門工作。但是「文化大革命」後，在一次承包組合中，郭大舉被淘汰。在新的歷史時期需要的不是聽話、務虛的人，而是踏實肯幹的人。這位五級鉚工眞正的技術連給二級鉚工打下手都不行，他不可避免地要被新的時代淘汰，郭大舉感受到了新舊時代交替時的陣痛。最後，他放棄了在工地做宣傳的機會，從給建設工地送水的工作中體驗到了新生的快樂。新歷史造人的神話同樣也在《在鄉場上》和《黑娃照相》中體現。《在鄉場上》中的馮么爸在過去是一個靠領救濟糧、靠人臉色吃飯的莊稼漢。農村經濟體制改革後，農民增產增收，市場活躍了，馮么爸在鄉場上第一次講出了眞話，恢復了「人」的尊嚴。馮麼爸尊嚴的獲得與新的農村政策直接相聯繫。《黑娃照相》中的黑娃在照片中發現了自我未來的新形象，這也要歸功於經濟政策變好的原因。

由於 70 年代末 80 年代初小說中人性只是歷史意識的合法性符碼，它就不可能深刻地、全面地表現人性。這一時期人們對於人性的認知和情感態度，

〔註 9〕錢穀融：《論「文學」是人學》，人民文學出版社，1981 年版，第 3 頁。

還是過多地停留在人性的社會性層面上，而對人性的自然屬性層面未加注意。因而在一定程度上，這一時期小說所討論的人性的復歸，實質上是人的社會性的復歸，它正好對應著人性負載著歷史意識的特點。「人」所負載的新的歷史意識，消解了人性與政治性、階級性之間的緊張關係。

70 年代末 80 年代初的小說，除了追求普遍人性的回歸，還極力追求人的個性的復歸。同樣，人的個性的復歸，依然體現了對歷史意識的承載。個體人突出的個性及個性化的行爲，往往表達的是一種對「文化大革命」給人造成的傷害的積極救治，以及現代化意識的焦慮。

《一個星期六的晚上》和《近的雲》都表現了個人價值對「文化大革命」造成的痛苦的療救。《近的雲》中的石棱，在文化大革命中受到傷害，這傷害在石棱那裏轉化成他對人與自然、愛情與事業等關係獨特思考的動力。《一個星期六的晚上》（1981 年）中的「她」是一個有個性的人：在考試時，「她」敢於在試卷上發表自己的看法，而不滿足於做滿分的奴隸；「她」討厭星期六在玩「碟仙」中消遣時光的同學；「她」不愛打扮，而追求人體的健與美；「她」對「馬列經典」表示懷疑，認爲對社會生活中的重大問題「按照傳統理論，是給不出明晰滿意的答案的，強烈要求探討新理論」。但是這並不是一個在道德上有問題的青年。在小說結尾，「她」偶然碰上被人們追趕的小偷，協助人們抓住了小偷，卻不留姓名。「她」身上的這種獨特個性的形成，與「她」的時代意識不無關係。這一切皆源於「她」已經意識到時代已發生了很大的變化：

> 現在是什麼時代啊！人工智慧，模擬思維，合成細胞，試管嬰兒，無性繁殖，宇航工業，基本粒子，人類將怎樣繁殖，倫理道德觀念將怎樣演變，電子技術的革命使人與人之間的關係出現了什麼新因素？多少新理論即將誕生，物質運動，千變萬化；生命繁衍，生生不熄。〔註 10〕

開放國門後，對現代科技知識的瞭解，使「她」對民族命運產生了深深的憂思，「她」對陳腐的教學方式、管理方式的嘲弄，「她」對現實生活中種種世俗的生活方式、生活態度的厭惡，都與在新形勢下對民族命運深切憂慮相關。「她」那獨特的個性，正體現了意識到的新的時代觀念與落後的世俗觀

〔註 10〕適宜：《一個星期六的晚上》，《最後一幅肖像》，中國作家協會創研部編，時代文藝出版社，2000 年版，第 80 頁。

念的反差。

在這幾篇小說中，這幾個「人」還談不上個體的價值實現問題，只是有個性的人，只具有一般性的社會意義和價值。在「人」的話語譜系中，追求個體自身的價值的人的話語在《人生》《魯班的子孫》中開始出現。《人生》中的高加林，為了追求城市文明，拋棄了在鄉下的戀人，與城裏姑娘確立戀愛關係。《魯班的子孫》中，小木匠以自己多賺錢為處世原則。但是在現實生活中個體人的價值難以實現，高加林和小木匠都是失敗者。這顯示了作者對現代化的歷史意識的認識尚不清晰。

路遙的《人生》中的高加林是典型的被寄予了現代化理念的個體的人。在小說敘述的表層上，路遙要表達的也許是一個倫理的問題，正如他在小說的題記中所寫的：

> 人生的道路雖然漫長，但緊要處常常只有幾步，特別是當人年輕的時候。
>
> 沒有一個人的生活道路是筆直的，沒有岔道的。有些岔道口，譬如政治上的岔道口，事業上的岔道口，個人生活上的岔道口，你走錯一步，可以影響人生的一個時期，也可以影響一生。〔註 11〕

事實上小說所包含的意義已超出小說題記所表明的意義，雖然小說的基本情節模式仍是癡心女子與負心漢的模式，雖然人們在討論這篇小說時，更多地從道德層面認為《人生》「通過高加林的失敗，說明個人奮鬥的危險性」〔註 12〕。但是事實上，小說中高加林這個奮鬥者個人身上蘊含著巨大的歷史意識內涵。高加林與一般農村青年不同的是，他受過教育，在他身上紮根的不是鄉村意識而是現代文明。他刷牙，往村裏的井裏撒漂白粉，這是一個受到現代文化薰陶者最基本的行為方式。高加林拋棄劉巧珍，從道德倫理角度看，高加林應受到良心的譴責，但是他和劉巧珍之間的愛情是不協調的愛情。劉巧珍對高加林的愛源於「她在有文化的人面前，有一種深刻的自卑感」。她對高加林的愛源於對知識的嚮往和憧憬。高加林接受劉巧珍，更多的是在受到打擊後心靈上的撫慰需求。這種建立在需要而無共同話語的基礎上的愛情，是高加林、劉巧珍愛情崩潰的深層原因。在選擇劉巧珍還是選擇黃亞萍

〔註 11〕路遙：《人生》，《收穫》，1982 年，第 3 期。

〔註 12〕《一個孤獨的奮鬥者形象——談〈人生〉中的高加林》，《文匯報》，1982 年 10 月 7 日。

做人生伴侶時，高加林有過複雜的心理鬥爭：「他想，巧珍將來除了是個優秀的農村家庭婦女，再也沒有什麼發展了。如果他一輩子當農民，他和巧珍結合也就心滿意足了。可是現在他已經是『公家人』，將來要和巧珍結婚，很少共同生活；而且也很難再有共同語言：他考慮的是寫文章，巧珍還是只能說些農村裏婆婆媽媽的事。上次她來看他，他已經明顯地感到了苦惱。再說，他要是和巧珍結婚了，他實際上也就被拴在這個縣城了；而他的嚮往又很高遠。一到縣城工作以後，他就想將來絕不能在這裏呆一輩子；要遠走高飛，到大地方去發展自己的前途……」〔註13〕

客觀地講，決定高加林選擇人生伴侶的傾向性，是他想「到大地方發展自己前途」的心理訴求，這也是解開高加林人生之謎的鑰匙。由鄉村到縣城，由縣城到大地方，這是高加林的人生理想，這種理想寄予的是他對城市和現代文明的浪漫嚮往。在小說中有三段文字，分別是他由鄉下到縣城賣饅頭、剛到縣城工作以及由省城學習回到縣城三個時期，對同一縣城的不同觀感：

> 當他走到大馬河與縣河交匯的地方，縣城的全貌已出現在視野之內了。一片平房和樓房交織的建築物，高低錯落，從半山坡一直延伸到河岸上。親愛的縣城，還像往日一樣，灰蓬蓬地顯示出了它那誘人的魅力……〔註14〕

> 高加林坐在一棵大槐樹下，透過樹林的縫隙可以看見縣城的全貌。……西邊的太陽正在下沉，落日的紅暉抹在一片瓦藍色的建築物上，城市在這一刻給人一種異常輝煌的景象。城外黃土高原無邊無際的山嶺，像起伏不平的浪濤，湧向了遙遠的地平線……〔註15〕

> 他下了公共汽車，出了車站，猛一下覺得縣城變化很大：變得讓人感到很陌生。城廓是這麼小！街道是這麼狹窄！好像經過一番不幸的大變遷，人稀稀拉拉，四處靜悄悄的，似乎沒有什麼聲響。〔註16〕

在鄉下人高加林看來，縣城無疑具有誘人的魅力；剛剛由鄉下調到城裏的高加林，無疑覺得縣城是親切而有生機的；而在省城開闊了視野的高加林

〔註13〕路遙：《人生》，《收穫》，1982年，第3期。
〔註14〕路遙：《人生》，《收穫》，1982年，第3期。
〔註15〕路遙：《人生》，《收穫》，1982年，第3期。
〔註16〕路遙：《人生》，《收穫》，1982年，第3期。

眼裏，幾天以來，縣城自然「變化很大」，變得是那樣的狹小和蕭條。城市還是那座城市，變化的只是他的心理，不同的身份和處境。隨著眼界的開闊，他所在的這座城市漸漸地消退著它的魅力。

如果說高加林是一個個人奮鬥者，他奮鬥的目標也只是對城市的憧憬和渴望融入城市。在高加林眼裏，城市是文明所在，是個人自由發展的地方，也是知識彙集的地方。這個個人奮鬥者其實並不孤獨，他正是新時期向現代化進軍的歷史意識的縮影。

高加林的失敗表明了歷史意識的疆界。個人只是歷史意識——現代化——的載體，而不具有獨立的意義。高加林的個人奮鬥，對個人利益的追求並不是一般評論者所言及的資產階級的個人奮鬥。這裏的個人利益、個人權利與西方的個人奮鬥、個人權利大相徑庭。對個人的重視在西方文化中具有重要的地位。在邊沁看來：「社會利益只是一種抽象，它不是個人利益的總和。……如果承認爲了增進他人幸福而犧牲一個人的幸福是一件好事，那麼爲此而犧牲第二個人，第三個人，以至於無數人的幸福，就更是好事了……。個人利益是唯一現實的利益。」〔註 17〕施蒂納則更加極端地看待個人，他認爲「每一個單獨的個人都是一種極完善的獨特性」，在他看來，個人，這個「唯一者」是世界的核心，萬物的尺度，眞理的標準：「我的事業不是神的事業，也不是人的事業，也不是眞、善、正義和自由等等，而僅僅只是我自己的事，我的事業並非是普通的，而是唯一的，就如同我是唯一的那樣。」〔註 18〕

與邊沁和施蒂納在把個人利益與社會利益相分離中突出、強調個人利益不同，高加林身上的個人奮鬥的精神，卻偏重於和當時社會普遍價值保持著一致性。這種一致性體現在：高家林的個人意識，其實是對歷史意識的承載。他渴望進入城市，甚至到更大的城市中去發展，這顯然是當時的現代化的歷史意識的具體表徵。他最終的失敗並不是意味著個人主義的失敗，而是在當時，現代化的歷史意識，還只是一個目標而不是一個具體的存在。在路遙眼裏，城市還只是現代化的一個符碼，至於城市的內涵是什麼，他並沒有什麼具體的意識。在他的筆下、眼裏，城市是樓房以及「新」的生活方式，是可觸摸的，是可把握的。而城市所包含的精神形態，則是路遙無法瞭解的，從

〔註 17〕轉引自馬克思、恩格斯：《神聖家族》，《馬克思、恩格斯全集》人民出版社，1998 年，第 2 卷，第 170 頁。

〔註 18〕麥克斯・施第納：《唯一者及其所有物》，商務印書館，1989 年版，第 5 頁。

他對城市生活描寫中，我們可以感覺到這一點。例如，小說中描寫的城市愛情，是要利用工作時間冒雨為女友在小山崗上尋找並不曾丟失的小刀；城市的服飾不過是三節頭皮鞋、奇裝異服……從一定意義上講，高加林的還鄉路是路遙的主觀力量致之。因為他無法把握高加林在城市裏的一切，這也是小說後半部粗泛不如前半部細膩動人的原因。畢竟在路遙看來，城市只是寄託理想的地方，至於城市是什麼樣，則是後人的事了。這意味著，在那個時候的歷史意識那裏，現代化也只是個目標而非一個具體的實在。

70 年代末至 80 年代初小說所塑造的「個人」，與這一時期的普遍的人的意義是一致的，它本身不具有獨立性，只是對歷史意識的承載。在這一時期的小說中的「人」，還只是一個尺度，它寄予著這個時期人們對歷史的一種期待，在這裏，「人」為歷史立法，同時也為歷史意識提供了尋找自身合理性的機緣。

第二節　「理想」：歷史意識的鏡像

80 年代是一個充滿激情的年代，80 年代也是個夢想的時代。一段夢魘的歲月結束後，人人都憧憬著未來，充滿著希望，懷有激情。在這股時代思緒的激蕩下，進入到新的歷史時期的中國當代文學也充滿著理想情懷，新時期文學沉浸在激情激蕩之中，充滿著對理想的書寫。如《公開的情書》〔註 19〕《尋找》《南方的岸》《愛，是不能忘記的》《哦，香雪》等作品，無論是對社會生活的敘述還是對個人情感的描繪，都洋溢著理想的氛圍與激越的情感。對理想追求的敘述構成了這一時期文學最為重要的歷史特徵。

當我們返回歷史的場景，考察這些作品在當時所引起的批評反響時，我們就會發現一個有趣的現象，對這些小說中「理想」敘事的評論，存在著巨大的意義縫隙。一些評論者從人的精神角度出發來探討小說中的「理想」敘事。王蒙對《愛，是不能忘記的》的分析最具有典型性。他認為：「小說寫的是人，人的心靈。難道人的精神不應該是自由弛騁的嗎？難道愛情不應該比常見的和人人都有的更堅強、更熱烈、更崇高、更理想嗎？難道一個崇高的、

〔註 19〕本書中所談論的小說主要指在 70 年代末期和 80 年代初期的公開發表的小說。在「文化大革命」時期創作的「地下小說」因在這一時段發表，也應該具有這個時期的文學特點，因此也把它歸為這個時期的小說。

有覺悟的、文明的人，不應該終其一生去追求去尋找去靠攏那分明是存在著的、又明明是不可能完全得到、不可能完全實現的更上一層樓的精神境界嗎？難道人生的意義，在某個方面，不也正在於這樣一個靈魂的不斷昇華和不斷突破嗎？」〔註 20〕王蒙對《愛，是不能忘記》的闡釋，是一個提昇人的抽象本質的命題，這是「人」的啓蒙的命題，切合了那個時代對「人」的烏托邦構想。而在另一種解讀中我們則看到了社會啓蒙的命題：「這篇小說並不是一般的愛情故事，它所寫的是人類在感情生活上難以彌補的缺陷，作者企圖探討和提出的，並不是什麼戀愛觀的問題，而是社會學的問題，假如某些讀者讀了這篇小說而感到大惑不解，甚至引起某種不愉快的感覺，我希望他不要去責怪作者，最好還是認眞思索一下爲什麼我們的道德、法律、輿論、社會風氣……等等加於我們身上和心靈上的精神枷鎖是那麼多，把我們自己束縛得那麼痛苦？而這當中又究竟有多少合理的成分？什麼時候，人們才有可能按照自己的理想和意願去安排自己的生活呢？」〔註 21〕這種闡釋明顯是從「人」和社會、歷史的關係角度入手的。

80 年代小說中的「理想」敘事，到底是對個體生命的自由抒寫還是對「人」和社會歷史之間關係的探討？這個問題的提出和這些小說所敘述的「理想」的獨特性相關：它不是關於「個人」的純粹精神和生命狀態的徵詢，也不指向單一的社會歷史問題，它其實隱藏著更多的複雜意味。這些小說的「理想」敘事，在個人生存、個人的精神與社會歷史之間建立了複雜的聯繫。但是，在當時的歷史文化語境中，王蒙們的解讀有意無意地忽視了這些文學作品更爲深層的意義：在這些作品中，理想如何與社會歷史意義縫合的？他們之間的關係是如何建立起來的？只有在今天，80 年代文學成爲「歷史」之後，這些被遮蔽的意義才有可能被人們洞悉。

一

1976 年，「文化大革命」雖然結束了，但是，人們心頭的傷痛並沒有立即痊癒。中華人民共和國自成立以來所倡導的理想主義價值觀念也受到了衝擊。在「文化大革命」後，人們面臨著撫慰心靈的傷痛和確立價值目標的雙

〔註 20〕王蒙：《〈北京文藝〉短篇小說選（1979）序言》，《北京文藝》，1980 年，第 7 期。

〔註 21〕黃秋耘：《關於張潔作品的斷想》，《文藝報》，1980 年，第 1 期。

重責任。當時發表的署名爲潘曉的信《人生的道路呵，爲什麼越走越窄……》〔註 22〕，之所以能引起強大的社會反響的主要原因在於，它適時地提出了我們如何面對歷史和現實的問題：作爲建國之後佔據著社會思想主導價值觀念的理想主義還有意義嗎？現實生活還需要理想嗎？

80 年代小說中的「理想」敘事可以說正是對這個問題的文學回答。他們仍然堅持著理想情懷：「理想」雖然經歷了錯誤歷史摧殘，理想主義價值觀念仍然是一代人堅守和追求的價值標準。

小說《尋找》〔註 23〕是 80 年代「理想」敘事典範的文本，它體現了「理想」敘事中把理想和歷史相剝離的敘述策略，體現了「理想」敘事中理想的超越性價值和意義，即眞誠的理想和信仰超越於一切歷史。《尋找》中的「我」是一位年近三十歲的返城知青。「我」有著自己的理想與追求，「我」追求有信仰的生活。小說認爲，堅持理想、信仰是「我」這一代人最可寶貴的品質。雖然在動亂中，「我們」犯了錯誤，做了錯事、蠢事，但「我」仍堅持認爲，這並不是「我」的理想、信仰本身的錯誤，錯誤的只是「我們」的理想和信仰被壞人利用了。在對歷史錯誤的反思中，「理想」獲得了充分的現實合法性。正是對錯誤的年代的反省，對理想、信仰的堅持，「我」才始終不倦地尋找「我」心目中的理想——喬曉陽，並把他當作我的愛人。喬曉陽是南京最早的一批紅衛兵，在狂熱的年代幹過一些狂熱的事。在監獄中，喬曉陽開始重新研讀馬克思主義著作，重新思考時代與個人的命運。出獄後，他立即參加了對越自衛反擊戰。《尋找》中的喬曉陽代表了對理想的反思和對歷史的超越。

這種把理想和歷史相剝離的敘述思路，在史鐵生、梁曉聲等人的作品中得到了延續。這些作品都把「理想」從那一段歷史中抽離出來，並把這種理想價值帶進當下的現實生活中，成爲照耀現實的啓航燈。知青作家回城後，反思當年的那一段經歷時，他們的目光超越了插隊之地的貧窮、閉塞、落後、物質匱乏等現實問題，而深情地懷念曾經擁有過的理想與信仰。正是這種對理想的不悔，史鐵生回城之後，把目光又投向當年插隊之地，在理想之光的照耀下，史鐵生筆下的陝北山村，不再破舊與醜陋，而是充滿生活的溫馨與詩意。史鐵生在回憶那一段生活時說：

〔註 22〕潘曉：《人生的路呵，爲什麼越走越窄……》，《中國青年》，1980 年，第 5 期。

〔註 23〕董會平：《尋找》，《青春》，1980 年，第 2 期。

> 我不覺得一說苦難就是悲觀。膽小的人走夜路，一般都喜歡唱高調。我也不覺得鋪排幾件走運的故事就是樂觀……不如用背運來錘鍊自己的信心。我總記得一個冬天的夜晚，下著雪，幾個外鄉來的吹手坐在窯前的篝火旁，窯門上貼著喜字，他們穿著開花的棉襖，隨意地吹響著嗩吶，也淒婉，也歡樂，祝福著窯裏的一對新人。似乎是在告訴那對新人，世上有哭也有樂，有哭也要往前走，有樂就盡情地樂……雪花飛舞，火光跳躍，自打人類保留了火種，寒冷就不再可怕。我總記得，那是生命的禮贊，那是生活。〔註24〕

在梁曉聲的《這是一片神奇的土地》和《今夜有暴風雪》等小說中，當年的插隊之地產生的精神創傷乃至死亡的記憶，都被轉化成插隊生活充滿詩情的回憶。這種詩情也來源於他對當年理想的眷戀，因而他對知青生活作回顧性的評價時，他的批判性反思並不指向理想本身，而是指向把理想引入歧途的極「左」政策和那段錯誤的歷史。他這樣看待當年的上山下鄉運動：（它）「是一場狂熱的運動，不負責的運動，極『左』政策利用了、駕馭著極『左』思潮發動的一場運動。因而也必定是一場荒謬的運動。……他們（知青——引者注）身上，既有那個特定的歷史時期內鮮明的可悲的時代烙印，也具有閃光的可貴的應充分肯定的一面。」〔註25〕梁曉聲充滿激情地回顧著知青的理想主義精神，在他看來，即使歷史已翻開了新的一頁，這理想的光芒也是彌足珍貴的。

史鐵生們對「理想」的敘述，對「理想」的歷史之根的描述，在許多作品中也得到了體現。在這些小說中，「理想」穿過歷史的帷幔，走向昇華。王安憶的《本次列車終點》中的陳信認爲，城市生活是現實的、瑣碎的，而鄉村則是理想的、烏托邦的。對鄉村的回憶，甚至返回鄉村，絕不僅僅是對舊時插隊生活的重溫，而是對人生價值的塑造、對理想的追尋。孔捷生的《南方的岸》中，「我」和暮珍返城開了一家小鋪，但是現實生活讓「我」失望。在現實生活中，理想失落了，而回憶中的知青生活卻充滿理想和熱情，所以「我」和暮珍決定重回插隊之地——海南。因爲在那裏有「我」的青春、理想與烏托邦。重回海南，其實是對當年理想的延續。

80 年代的這些小說中的「理想」敘事顯示了理想的超越性。「理想」曾經

〔註24〕史鐵生：《幾回回夢裏回延安》，《小說選刊》，1983 年，第 7 期。

〔註25〕梁曉聲：《我加了一塊磚》，《中篇小說選刊》，1984 年，第 2 期，第 54 頁。

和一段錯誤的歷史相聯繫，它曾經被錯誤的歷史利用，但是理想的超越性價值卻可以讓它擺脫歷史的蒙垢，而再次獲得現實的合法性。這些小說中的「理想」敘事在吹散了歷史迷霧之後，就成了一個空洞能指。畢竟，這些理想精神和歷史的錯誤之間是無法分開的，二者天然一體，難以剝離。當小說作者把理想精神孤懸起來的時候，我們期待，這個空洞的能指將沿著怎樣的路徑，指向哪裏，並最終獲得所指。

二

80 年代小說的「理想」敘事中「理想」同時又具有精神的純粹性和觀念的虛幻性。這一特徵在這期間的一些小說對愛情的描述中表現得最爲充分。

《公開的情書》通過愛情描寫，鮮明展示了理想的純粹性與虛幻性。《公開的情書》敘述了四個青年（眞眞、老久、老嘎、老邪門）半年時間（1970 年 2 月至 8 月）的 40 封書信。老嘎是眞眞的大學同學，他把眞眞介紹給朋友老久通信，眞眞與老久在通信過程中，產生了愛情。老久和眞眞從來沒有見過面，只見過眞眞的肖像畫。老久和眞眞之間的愛情排除了任何身體的接觸，甚至任何有關身體的想像。因而眞眞與老久之間的愛情產生的條件不是世俗意義上的性格、興趣與容貌，是他們有著共同的精神和理想。老邪門曾這樣分析過眞眞與他及老久之間的情感產生的條件：

> 她和我們走到一起來了。我們是因爲追求眞理而來的。她是爲了追求精神的解放而來的。她將從我們的思想能給她多少光明來判斷我們工作的價値。她追求的那種精神生活，在現在的條件下，只有和我們這種人在一起時才能得到的。從這個觀點看來，我們當中的某一個和她結合將不是沒有可能的。

正是因爲在老久、老邪門看來，愛情是建立在精神與理想的基礎之上的，所以當老邪門對老久坦言也愛上了眞眞時，老久鼓勵老邪門去愛眞眞。在這裏，愛情皈依於精神與理想而超越了個人的情感，正是這樣，老邪門才下了「我們當中的某一個和她結合將不是沒有可能的」這樣的斷語。如此看來，《公開的情書》中的愛情，超越了人與人之間的差異、時間與空間，甚至物質性條件，它成爲精神、理想這些虛幻精神品格的化身與代名詞。

與《公開的情書》相類似，《愛，是不能忘記的》中的愛情，同樣也是建立在純精神層面上的。小說敘述了老幹部與鍾雨之間一段美麗的愛情。雖然，鍾雨和老幹部之間不存在時空距離，但是他們的愛情仍停留在精神層面上。鍾雨年輕時並不理解愛的含義，稀哩糊塗地和一位花花公子結了婚，而後又離了婚。老幹部也有過一段痛苦的愛情，他出於道義、責任、階級情誼而結婚，但是他和妻子之間並沒有愛情，雖然他們幾十年生活和睦。由於老幹部的家庭現實狀況，鍾雨和他之間的愛情也只能銘記心中。幾十年過去了，他們沒有握過一次手，在一起的時間，也沒有超過二十四小時。鍾雨把日記當作老幹部的替身，每日每月每年對它傾訴自己的感情。而他們真正愛情意義上的精神與肉體的交融，只有在天國裏才能實現。鍾雨在她的日記本的最後一頁對他說：「我是一個信仰唯物主義的人。現在我卻希冀著天國，倘若真有所謂的天國，我知道，你一定在那裏等待我。我就要到那裏去和你相會，我們將永遠在一起，再也不會分離，再也不必怕影響另一個人的生活而割舍我們自己。親愛的，等著我，我就要來了——」〔註 26〕理想的愛情在現實中不可能實現，只有在天國那超乎世俗的、純粹的精神世界裏，才可能實現。

上述兩篇小說的「理想」敘事，超越了個人生存體驗，也超越了個人的性格、志趣和氣質，超越了具體的時空，超越了物質性存在，成了一個純粹的精神和虛幻的觀念的符號。80 年代小說的「理想」敘事的這種特徵，注定了它可以填充一切巨型的含義。因此，超越個人的公共性和社會歷史含義，將會填滿「理想」，從而完成 80 年代小說「理想」的意義的尋找。

三

在這一時期，對理想化的「人」的探討誠然是在精神性層面上展開的，小說雖然注重對「理想」的純粹性和觀念化精神的敘述，但是小說所表現的還不是「人」的終極性問題。由於對「理想」的虛幻性表達，實際上「理想」也漸漸遠離了個人的人生體驗，而走向公共性。它預示著小說所表徵的「理想」實質上不是個人的，而是社會的。或者說，這些小說並不是在精神層面上對人的價值作形而上的思考，而是指向時代問題的形象化、觀念化的解答，公共性社會話題掩蓋了小說對「理想」的個人精神探討。

《愛，是不能忘記的》絕對不是一篇僅滿足於探討愛情問題的小說，它關注的是一個在現實生活中所面臨的社會學問題。因此，作者借小說探討的

〔註 26〕張潔：《愛，是不能忘記的》，《北京文藝》，1979 年，第 11 期。本書中《愛，是不能忘記的》的引文都源於此，不再注明出處。

不是愛情問題，而是社會問題。對此張潔有過十分明晰的表述：「這不是愛情小說，而是一篇探索社會學問題的小說，是我學習馬克思、恩格斯的《共產主義原理》《家庭、私有制和國家的起源》之後，試圖用文學形式寫的讀書筆記。」小說中鍾雨和老幹部之間的愛情是「我」從媽媽的筆記本中的相關記敘，加之「我」的聯想而構成的。「我」之所以要想像鍾雨和老幹部之間的愛情，是因為「我」在愛情方面、婚姻道路上遇到了現實問題。「我」與男友喬林相戀多年，「我」尚拿不定主意是否要嫁給他，「我」從與他的相處中萌發了一個問題：「當他成為我的丈夫，我也成為他的妻子時，我們能不能把妻子和丈夫的責任和義務承擔到底？也許能夠。因為法律和道義已經緊緊地把我們拴在一起。而如果我們僅是遵從法律和道義來承擔彼此的責任和義務，那又是多麼悲哀啊！那麼，有沒有比法律和道義更牢固，更堅實的東西把我們聯繫在一起呢？」在「我」看來，鍾雨和老幹部的愛情雖然是理想的愛情，但它卻與婚姻相分離，是一樁悲劇性的愛情。由於超出了法律和道義，他們之間的愛情雖然理想、浪漫，但卻又是那樣讓人扼腕歎息。「我」在馬克思、恩格斯關於愛情婚姻的相關論斷中明白，婚姻與愛情的和諧、統一只有在共產主義社會才能實現。在到達共產主義社會之前的漫長時間裏，像「我」這樣執著追求理想的婚姻與愛情的人只能等待。而這樣的等待在社會上又會引起不少的議論和猜疑。這些輿論壓力讓人不得不把不堪忍受的婚姻與愛情分離的枷鎖戴在自己的脖子上。因而「我」大聲疾呼，讓社會給「我」這樣等待婚姻與愛情和諧的人，有足夠的空間和時間來實現自己的夢想。這樣，鍾雨和老幹部之間的浪漫美麗的愛情，最後就歸納為一個嚴峻的社會學問題。他們之間的愛情不是人性的標準，而是社會進化的標杆。正像有論者批評的那樣：「作者顯然忽視了這一點（性愛才可能成為夫妻關係的常規——引者注）把高尚的愛情看成純精神的活動，這就不能不削弱作品的思想性，特別是在『四人幫』十幾年滅絕人性的思想禁錮之後，迫切需要重新認識人性之時，這種缺憾尤其令人遺憾。同時，也影響了作品普遍的社會意義。」〔註 27〕《愛，是不能忘記的》中的愛情，由「人」的問題轉化為一個冷峻的社會學問題。

如果說《愛，是不能忘記的》把愛情作為一個具體的社會學問題來探討，

〔註 27〕禾子：《愛情、婚姻及其它——談〈愛，是不能忘記的〉的思想意義》，《讀書》，1980 年，第 8 期。

那麼在《公開的情書》中，愛情則是一個時代的側影，它是對一個抽象的、宏大的時代精神的具體化的表現。《公開的情書》中的老久認爲，愛情與事業是無法分開的，並與時代是一體的。老久的父親年輕時，與鄖叔叔一起愛上了一名叫青玉的女子，父親認爲愛青玉是對朋友的感情的背叛，因而迅速與他人結婚，青玉爲此心生自殺之念。老久認爲父親把個人的戀愛悲劇僅僅歸罪於個人的觀念是錯誤的。這樣的愛情悲劇應歸罪於時代、社會。老久把個人的愛情甚至個人的理想完全歸於時代與社會原因，因而，時代、社會成爲個人愛情、理想能否實現的最終的，甚至是唯一的原因。老久在坦白與眞眞間超時空的、超物質性的、純精神性、理想化的戀愛時，有過一段自白，這段自白鮮明洞穿了個人與時代之間，愛情、理想、事業與時代之間的一切可能的界限與帷幕。關於他與眞眞的愛情，老久認爲，他對眞眞的愛與他追求的理想，是和諧地統一在一起的，甚至是無法分開的。他這樣陳述他對眞眞的愛：

> 我的愛情完全是和事業融彙在一起。我分不出我是在愛事業還是在愛愛人。一個熱愛我的人，一定愛我的理想和事業；而一個愛上我的理想、事業的人，她必將是我所愛的人。
>
> 如果有些朋友對這件事不理解，認爲像我這樣還沒見過你的面就愛上了你，未免有點太輕浮了；認爲這種愛是沒有基礎的，不愼重的。這時候，我會提醒他們，這種分析對很多人可能是適用的，但對我是不適宜的。既然我勇敢地追求自己的理想，勇敢地爲事業獻身，那麼，由於感情和性格的徹底性，爲什麼我不能勇敢地追求自己理想的愛人呢？我早就說過，如果現實世界中有我理想的人物，那麼我會不顧一切地用我全部的熱情去愛她，永遠向她表示忠誠。因爲，愛這樣的人，就是愛自己的理想，就是愛自己爲之奮鬥的事業！對於這樣的愛人，我是不顧一切的，甚至不顧她是否愛我。
>
> 我曾經夢想過，你是我的生活理想，你愛上了我，我夢想過我們今後的一切……

在老久看來，在個人精神與時代使命之間，時代是個人的最終的裁決者；在愛情、理想、事業、眞理與時代之間，時代是愛情、理想、事業的唯一的評判價值尺度。時代成了凌駕於個人之上的最高的價值之源。所以，時代、眞理成爲個人肉身與精神的唯一、最高的仲裁者與合法者。因而老久在信中屢次宣告自己是一個戰士，是一個鬥士，要爲眞理而戰，爲時代、爲事業而戰，爲眞理、爲時代而獻身。但是，老久從來未思考過，時代與眞理的內涵是什麼，時代與眞理的合法性是什麼。當然，他曾把知識作爲時代、眞理的合法性仲裁者。但是這裏知識本身也只是作爲價值判斷的尺度。時代、眞理對老久等人來說只是一個空洞的能指，老久的殉道精神本身也就具有狂熱的意味，這倒眞是具有那個年代的特色。

80 年代小說中的「理想」敘事，就這樣越過了個人的障礙，萎縮於時代、社會這樣的巨型話語之下。在社會、時代的籠罩下，個人生命的呻吟聲被掩蓋。在歷史鏗鏘前行的呼嘯聲中，和個人緊密相聯繫的「理想」敘事被歷史反覆塗抹，最終，「理想」敘事指向了歷史意識內核。

四

當 80 年代的小說所敘述的「理想」最終洞穿了個人和社會、歷史的間隙後，我們就會發現，小說中的「理想」從歷史意識出發，越過現實的障礙，飛揚起來之後，並沒有繼續走向個人的終極性的價值的探討，而是脫離了個人完整的生存體驗，最終又回落到了歷史意識的疆域。經過這樣一圈旅行之後，「理想」敘述終於找到了自己的落腳點，完成了它全部的旅程。

「理想」在 80 年代的小說中，最終被歷史意識所填充。當人們從歷史的傷疼中走出來，當人們從精神思考中把目光指向現實時，「理想」最終獲得了現實的歷史意義。即使是對愛情的憧憬，在高加林那裏，也獲得了現代化的新的歷史含義。在《人生》中，是選擇劉巧珍還是選擇黃亞萍做人生伴侶時，高加林有過這樣一段心理活動：「他想，巧珍將來除了是個優秀的農村家庭婦女，再也沒有什麼發展了。如果他一輩子當農民，他和巧珍結合也就心滿意足了。可是現在他已經是『公家人』，將來要和巧珍結婚，很少共同生活；而且也很難再有共同語言：他考慮的是寫文章，巧珍還是只能說些農村裏婆婆媽媽的事。上次她來看他，他已經明顯地感到了苦惱。再說，他要是和巧珍結婚了，他實際上也就被拴在這個縣城了；而他的嚮往又很高遠。一到縣城工作以後，他就想將來絕不能在這裏呆一輩子；要遠走高飛，到大地方去發展自己的前途……」〔註 28〕

〔註 28〕路遙：《人生》，《收穫》，1982 年，第 3 期。本書中《人生》的引文都來源於此，不再注明出處。

客觀地講，決定高加林選擇人生伴侶的傾向性，是他的「到大地方發展自己前途」的心理訴求，這也是解開高加林人生之謎的鑰匙。由鄉村到縣城，由縣城到大地方，這是高加林的人生理想，這種理想寄予的是他對現代化城市的浪漫嚮往。

其實，在這一時期，還有許多小說把理想作爲時代的現代化歷史意識的轉喻來表現。對理想與時代一體的象徵化敘述在《哦！香雪》中得到最爲鮮明的表達。在《哦！香雪》中，理想轉喻爲現代化，它的象徵物是鐵軌、火車、鉛筆盒；鄉土中國對現代化的憧憬轉化爲鄉村學生香雪對鉛筆盒的嚮往。對鄉土中國現代化的憧憬的象徵化敘述是這個時期小說「理想」敘事的深化和延伸。它把時代、社會的內涵具體化爲現代化，而其理想則轉化爲具體的現代化事物。對於高加林來說，理想是城市；對於香雪來說，理想是鉛筆盒；對於深居老林的盤青青（《爬滿青藤的木屋》，《十月》1981 年第 2 期）來說，理想是「一把手」的管林知識與黑匣子。在這裏，理想表現爲鄉村對文明程度上高於自己的城市、城市文明的嚮往。

當現代化的憧憬由時間維度轉向空間維度時，這個時代的理想也就轉化爲對已現代化的「他者」的追慕上。理想的急切，換而言之，現代化的焦慮，表現爲對與「他者」間的巨大差距的意識。蔣子龍在《喬廠長上任記》中，以下列這樣一段話作爲小說的題記，其目的不言而喻：

> 時間和數字是冷酷無情的，像兩條鞭子，懸在我們的背上。
>
> 先講時間。如果說國家實現現代化的時間是二十三年，那麼咱們這個給國家提供機電設備的廠子，自身的現代化必須在八到十年內完成。否則，炊事員和職工一同進食堂，是不能按時開飯的。
>
> 再看數字。日本日立公司電機廠，五千五百人，年產一千二百萬千瓦；咱們廠，八千九百人，年產一百二十萬千瓦。這說明什麼？要求我們幹什麼？〔註 29〕

現代化，具體地講，是物質層面的現代化，成爲這個時代理想的代名詞，而精神層面的現代化，或者說精神、思想層面的現代化作爲理想的對象，在這一時期的小說敘述中尚是稀有資源。張抗抗的《夏》罕見地表現了對於精神層面現代化的呼籲。小說刻畫了一個對個人精神、思想有自己追求的姑娘

〔註 29〕蔣子龍：《喬廠長上任記》，《人民文學》，1979 年，第 7 期。

岑朗。岑朗對現代化的理解超出了現代化的物質層面，她說：「你說的四個現代化意味著什麼？我說意味著創造一種新的生活，在這種新的生活中，人們將從傳統的舊思想、舊觀念中解放出來。我總以爲，一個現代化的社會應該爲人的個性的全面發展創造條件，改造社會的目的全爲了人。馬克思的哲學就曾對西方的工業化的發展使人失去個性及把人變成自動機器的現象提出了抗議……」〔註 30〕岑朗的理想是現代化的思想觀念：對個性發展的寬容，對人的尊重。

這一時期小說所顯示的理想與時代具有同質性，精神層面的理想最終回歸到物質層面的社會問題。時代對個人的超越，物質追求最終取代個人精神，成爲這個時期的小說中理想敘事的邏輯力量與敘事機制。正是這一時期的小說理想敘事表現出對個人精神存在與生存狀態的漠視，對現代化歷史趨勢的自覺回應，在隨後的 80 年代中後期，當作家回歸到對個人生存體驗的關注時，被歷史意識所包裹著的理想及理想敘事便一路潰敗。直到 90 年代以後，在張承志、北村、史鐵生的小說那裏，理想敘事才成爲關乎個人生存，成爲個人精神存在的重要維度。

第三節　「知識」敘事

從建國後直至「文化大革命」結束前絕大部分時間裏，對知識分子價值的評價，不是依仗他們的專業水準和專業上的貢獻，而是看他們在思想上和工農大眾結合的程度。1949 年 5 月 4 日，陳伯達在《五四運動與知識分子的道路》中認爲，「不論是哲學的、經濟的、政治的、歷史的、文藝的以及各種自然科學的」知識分子，要「用馬克思列寧主義，毛澤東思想的新觀點，新方法，用辯證唯物論與歷史唯物論的新觀點，新方法」，「去對於自己來一個『重新估定一切價值』，進行批判與自我批判」。〔註 31〕這也成爲了以後屢次社會運動中知識分子人生道路的眞實寫照。在「反右鬥爭」和稍後的「反右擴大化」中，一些專業知識分子被紛紛下放，接受勞動人民的改造。「文化大革命」中，更有大批知識青年上山下鄉，走上了和勞動人民相結合的道路。知識分子專業上的價值，被思想價值所取代，成爲那個時期知識分子浴火重

〔註 30〕張抗抗：《夏》，《人民文學》，1980 年，第 5 期。
〔註 31〕陳伯達：《五四運動與知識分子的道路》，《人民日報》，1949 年 5 月 4 日。

生的必由之路。

對知識分子的價值重估，發生在文化大革命結束後。七、八十年代之交，社會發生轉型，知識分子的命運出現了轉機。周恩來在 1962 年關於知識分子的講話以及陳毅爲知識分子「脫帽加冕」的講話重新發表。與原來被下放的命運形成鮮明對比的是，知識分子紛紛落實政策回城，下放的知識青年也通過高考重新尋找到了人生的價值。知識分子重新回到社會的中心，知識分子的價值也得到了廣泛的認可。時隔 30 年，與陳伯達的評價標準不同，人們對知識分子價值的認可尺度已經發生了轉移。在 1979 年的五四運動 60 週年紀念活動中，就有人認爲，「過去我們……把反動政權下從事工業、科學教育、衛生等等工作看作是改良主義道路，批評他們對反動政權存有幻想，對他們所作的工作一筆抹殺。現在看來，這種批評顯然缺少分析……他們所專心致志地從事的實際工作，從長遠來看，卻爲國家所需要的」〔註 32〕。顯然，與以前人們注重知識分子的思想改造不同的是，知識分子的專業價值現在得到了更大的肯定。

知識分子價值的重新認定，形成了推崇知識的思想潮流，並影響到了文學創作。有研究者從這個時期小說中的人物形象出現的變化上，注意到了知識分子受到重視的現象：「小說正面人物的構成發生了質的變化，有知識、有文化、有思想、有良知的人們，負載著作家們的主要審美理想。知識分子的形象在作品中占壓倒優勢。新的理想主義在萌動，大都出自在動亂中成長起來、命運坎坷而又思想大膽、富於獻身精神的青年身上。這種審美理想表達了人們對極『左』政治下思想文化專制的反撥。尊重科學，尊重文化，尊重理性，尊重人，成爲作家們普遍的呼聲。一直發展到一些作品中的主人公似乎無所不知、無所不曉，動輒大談科學藝術，趣味也格外高雅，似乎不如此便不足以證明有思想，成爲一種時尚」〔註 33〕。這種概括貼近文學史的實際情況，70 年代末到 80 年代初期的小說，不僅塑造了一些崇尚知識的人物形象，還敘述了知識的強大功能。

敘述「知識」成爲 20 世紀 70 年代末到 80 年代初期小說創作的一種風尚。當「知識」成爲小說的表現對象時，它就不只是簡單地、客觀地陳述知識的

〔註 32〕黎澍：《關於五四運動的幾個問題——在五四運動六十週年學術討論會上的發言》，《近代史研究》，1979 年，第 1 期。

〔註 33〕季紅眞：《文明與愚昧的衝突》，浙江文藝出版社，1986 年，第 159 頁。

功能和意義，而浸染了複雜的社會文化心理意義。借助福柯的話語理論，我們可以把小說中出現的知識，稱作知識話語。透過對小說中的知識話語分析，可以發現，這時候的小說創作已經參與到了社會文化價值的重新構造中。

這一時期小說中的知識話語，有著非常明顯的特點。從知識類型來看，這些小說所涉及的知識，大都是偏重於應用型和技術型的知識。更爲重要的是，這些應用型、技術型知識的功能被推向極致。它們的功能不再是簡單地體現在物質領域的作用上。它們的功用遠遠超越了它們的專業領域，在個人情感、社會倫理、價值標準等方面，也發揮出了超常的神話功能。

一

70 年代末期到 80 年代初小說所敘述的「知識」，從知識的類型來看，主要是應用性的社會科學知識和偏重於技術性的自然科學知識。而人文科學知識在這一時期的小說中很少得到正面的表現。《人生》（《收穫》1982 年第 3 期）中的高加林能寫作，但是，小說也只是偏重表現他的寫作技能。《北方的河》（《十月》1984 年第 1 期）中的「研究生」對人文地理的瞭解，更多的是停留在自然地理的形態層面上。這些作品並不注重表現這些人文知識分子的本質特徵：對生命存在的思考。相反，在這一時期，具有人文學科知識的知識分子，在小說中往往都是一些與社會現實格格不入的、孤獨的人。如在《在同一地平線上》（《收穫》1981 年第 6 期）中的「我們」夫婦，受到了西方非理性文化思潮的影響，而表現出與一般人不同的行爲特徵。他們處在社會的邊緣，並不爲人所注重。

與人文知識沒有得到敘述的重視不同，偏重應用型的社會科學知識卻受到了注目。小說中所敘述的社會科學知識，比較多地側重於管理類及外語等工具性知識。《龍種》（《當代》1981 年第 5 期）中的龍種，《喬廠長上任記》（《人民文學》1979 年第 7 期）中的喬廠長，以及《赤橙黃綠青藍紫》（《當代》1981 年第 4 期）中的解淨，都是運用管理知識的成功者。

自然科學知識，尤其是那些具有實用性、功利性的技術，是這一時期小說中知識話語的主要類型。如《窗口》（1978 年第 1 期）中，售票員的知識明顯是一種技能、技巧；《獨特的旋律》（《上海文學》1979 年第 2 期）中表現的是建築工藝；《無反饋快速跟蹤》（《十月》1982 年第 4 期）中表現的是航天技術；《赤橙黃綠青藍紫》（《當代》1981 年第 4 期）中的駕駛技術。同樣，在表現知識的人格化形式——知識分子上，也側重於以自然科學技術知識分子爲主角。《眼鏡》（《人民文學》1978 年第 2 期）中的陳昆是工廠技工；《羅浮山血淚祭》（《十月》1979 年第 2 期）中的知識分子都是生物學工作者；《南湖月》（《人民文學》1980 年第第 7 期）中的知識分子柯亭是工廠技術員；《盼》中，陳志先是從事計算機研究的科研人員；《人到中年》（《收穫》1980 年第 1 期）中的陸文婷是眼科大夫；《最後一婁春茶》（《芳草》1981 年）中的評茶員是技術員。

這一時期小說對知識的敘述，側重於應用型和技術型的知識，因此，敘述知識的目的是直接爲現代化建設鼓號，而那些與現代化建設直接關係不大的知識就難以受到小說的重視。

二

20 世紀 70 年代末到 80 年代初期小說中的知識話語將知識的功能和意義推向極致，甚至是神化，顯示出了那個歷史時期的人們急切的現代化建設熱情。這一時期小說中的知識敘事，顯然不是一種個人的偏好，具有宏大的思想背景，它是整個國家在一個時代的思想選擇。因此這一時期小說中的知識話語存在的思想底蘊，構造了知識成爲新的意識形態以取代舊的意識形態的思想趨勢。這種敘述爲把知識話語推向神化奠定了基礎。

1976 年到 80 年代初期小說對知識的崇尚，並不只是從個人性格趣味上來表現的，而是表達了一個尊重知識的時代的來臨。《開拓者》（《十月》1980 年第 6 期）中的省委書記車篷寬，「在高級領導幹部中間可以稱得上是個技術權威了」，這使他與那些只擅長搞政治運動的官僚們相區別。他是用先進知識武裝起來的領導，他臥室裏頭到處都是書，一張人雙人床上很規則地擺滿了外國的技術雜誌，雜誌都是攤開的，字裏行間畫上了紅槓，有的書裏夾著紙條。被子上放著書，枕頭上也是書，沙發上攤著書，茶几上也堆著書。他不僅自己愛學習，也要求以知識來武裝新時期的管理者們——廠長們：「比如說，一個廠長應該具備什麼樣的條件和能力呢？一個現代化企業的廠長、應具備五個條件『有科學知識，有才能，有經驗，有個性，有遠見性。講具體點、就是廠長要有生產、技術、財務、勞動、人事、市場銷售等方面的專業知識，能掌握各種現代化管理的工具、手段和方法，有一整套管理企業的能力。要瞭解廠內外、國內外本行業的情況，如政府政策、市場變化、新技術發展動向等。」車篷寬不再是傳統的、簡單地依靠政治權術的官員，相反，他更具有知識分子的氣質。

《開拓者》中的車篷寬形象的出現，意味著「知識」已經躍升到了國家、時代的宏大話語層面了。《赤橙黃綠青藍紫》中的知識更成爲一種新意識形態的代名詞。解淨則是新意識形態的代言人，是新意識形態的自覺者和實踐者，是由注重「舊」意識形態的歷史向重視知識的「新」歷史轉變的象徵。解淨曾是鋼廠的一名政工幹部。她是一個十分看重政治生命的單純的女孩子。這個對政治、對黨懷有極大熱情的姑娘，政治生命曾經是她的人生唯一的價值。「文化大革命」後，她主動要求下到了車隊，堅決不當從事政治宣傳工作的副支書，而要求當一名需要管理技術、駕駛技術的車隊副隊長。解淨在車隊，開始了艱難的涅槃。不懂駕駛技術的她，在車隊刻苦學習駕駛技術，認眞鑽研管理技術。最終，她不僅學會了駕駛技術，而且在管理上也有一套。她把劉思佳的管理運輸圖變成更加科學規範的「八卦圖」，並把它作爲車隊運輸經營管理考覈的標準。在解淨身上，體現了在現代化建設中以科學技術來代替舊式政治意識形態的歷史趨勢。

三

知識話語也構造了個人情感上的神話。知識常常成爲小說中男女愛情產生不可缺少的因素。有時，知識甚至是愛情產生的直接源泉和誘因，它甚至能超越時間和空間的距離將兩顆年輕的心連接在一起。《公開的情書》就顯露了這一思想傾向。老久並沒有見過眞眞本人，也從沒有同眞眞有過直接的接觸和瞭解，但是老久卻對眞眞產生了愛情。時間和空間距離並不重要，知識是產生愛情的唯一源泉，是愛情唯一的價值尺度和維繫情感聯繫的重要方式。老久表達了他對眞眞產生愛情的起因：「當我知道你開始看量子力學、仿生學、控制論等和你的教學工作無關的書籍時（老嘎在一封信中講的），我高興極了。從那時起，我就愛上了你。」知識成爲產生愛情的動力，它克服了時間和空間的障礙。即使男女兩性從未謀面，也不要緊。知識，這個巨大的媒介可以讓兩個不熟悉的人找到共同的話語和想像，對知識的共同崇尙也可以讓兩個年輕人感到自己的心不再孤獨。知識帶來了愛情，構成了這些小說的隱在敘述邏輯。

同樣，《人生》中的高加林，因爲有知識，於是，無論鄉村少女還是城市姑娘，都傾心於他。鄉村姑娘劉巧珍外表漂亮，「可惜她自己又沒文化」，無法接近她認爲「更有意思的人，她在有文化的人面前，有一種深刻的自卑感」。「但她決心要選擇有文化，而又在精神方面很豐富的男人做自己的伴侶。」高加林這個鄉村知識青年，於是就成了她愛慕的對象。她非常喜歡高加林的一身本事：「吹拉彈唱，樣樣在行；會裝電燈，會開拖拉機，還會給報紙寫文章哩！」對縣城的姑娘黃亞萍來說，高加林也是她愛慕的對象，吸引她的是高加林對於國際問題的瞭解，廣闊的知識，還會寫詩，顯得比她的前男友有知識得多了。

這一時期小說在表現男女愛情時，出現了一個有趣的現象，男性知識分子大都木訥、老實、本分；相反，愛戀他們的女性幾乎都是那樣聰明、伶俐、漂亮。這種美麗和可愛構成女性魅力的極至，它和男性知識分子在外貌和氣質上的差強人意，形成了鮮明的對比。即使是這樣，男性知識分子仍然成爲這些女性青年愛戀的對象。正是在這種強烈而富有意味的對比中，這些小說有力地凸現了知識的無窮魅力。這一點在《南湖月》（《人民文學》1980 年第 7 期）中表現得最爲突出。小說中的知識分子柯亭在專業上很有一套，但是人太老實，嘴也很笨拙。按照常理，他很難得到女性的愛戀。而苑霞是個非常漂亮的女青年，人見人愛。但是，因爲柯亭有技術有知識，苑霞卻主動愛上了柯亭。

個人氣質、魅力上差強人意的男性知識分子也能得到美麗女性的愛情的主要原因，自然是知識彌補了男性知識分子魅力的不足。因而，知識是男性獲得愛情最重要的資本。《眼鏡》中的魏榮，即小說中的「我」，被許大姐介紹給廠裏的知識分子陳昆做女朋友。陳昆是個三十歲左右的知識分子，是「我」的師傅，他刻苦鑽研技術，專心於工廠的技術革新，他澆鑄的鑄件提高了工廠的工作效率。剛開始，「我」心裡根本沒有愛情的萌芽。因爲陳昆太缺乏個人魅力，「那瘦長的身條，不修邊幅的模樣，叫一幅眼鏡損壞了的儀表」，而且「又丟三落四，表現出驚人的迷糊」。對於這樣的人，「我」產生不了愛意和熱情。但是隨著對他身世的瞭解，尤其是他刻苦學習、鑽研技術的精神，使「我」的心深深被打動。「我」捧著陳昆的眼鏡——眼鏡是知識的象徵，思想開始發生轉化，並愛上陳昆。這些小說無非要表明：男性的木訥、形象的欠佳以及其它遺憾，相對於所擁有的知識來說，都算不上什麼，知識能夠彌補一切。知識就像一雙有魔力的手，通過它的裝扮，那些並不具有魅力的男性煥發了新的價値，並最終都獲得了美滿的愛情。這無疑是愛情的神話，當然，這更是知識在個人生活中的神話功能的建構。

四

20 世紀 70 年代末到 80 年代初小說中知識話語的神話功能，還表現在知識是倫理秩序的修補者和製造者上。小說所敘述的知識，不僅在社會生活和個人世俗生活中發揮出神話功能，而且在社會倫理層面上，知識同樣也發揮出神話功能，它修補了在「文化大革命」中被破壞的倫理秩序，製造了新倫理秩序。

在通常意義上，知識具有的倫理功能表現在兩個方面，一是在對自然的改造過程中，表現出人與自然關係的改變，二是技術拓寬了人的生活空間，改善了人的生活條件，增加了個人的選擇自由，給個人的交往帶來方便，等等。這一時期的小說知識話語，也表現出了強烈的倫理意義。不過，這種倫理意義並不是一般意義上的技術所應該具備的倫理意義，而是突出表現出個人與個人之間，尤其是個人和國家之間的新倫理價値的建構。

這一時期小說在敘述知識的倫理功能時，主要是通過知識的人格化形式——知識分子來體現的。知識敘事的本意不在於敘述知識本身，而在於敘述與知識相關的「人」。正如利奧塔所說：「知識不能在自身找到有效性，他的有效性不在一個通過實現自己的認識可能性來獲得發展的主體中，而在一個實踐主體中，這個實踐主體就是人類。」〔註 34〕通過突出知識分子的人格精神來表現知識的倫理意義和功能，也是這一時期小說中的知識話語突出特點。

在 70 年代末開始的「傷痕文學」的潮流中，就有些作品開始敘寫知識分子在「文化大革命」中的不幸遭遇以及他們的優秀品格。《詩人之死》（福建人民出版社 1982 年版）、《人啊！人》《羅浮山血淚祭》《盼》等，都把知識分子優秀的品質作爲小說表現的重點。這些小說大都敘寫受到不公正待遇的知識分子們，在那個錯誤的歷史年代裏，堅守個人的品格，追求知識、正義和眞理。隨著「文化大革命」結束後現代化口號的提出，以及現實生活中知識分子政策的落實，在一些小說中，對知識分子的描寫漸漸從政治倫理層面延擴到其它層面。雖然這一時期小說所表現的知識分子大多是自然科學知識分

〔註 34〕利奧塔：《後現代狀況》，北京三聯出版社，1997 年版，第 3 頁。

子，但是小說並沒有注重對他們所從事的實證性的認知活動、改造自然界的活動作細緻的描寫，甚至也沒有著重表現這些知識分子在從事科學研究時的倫理品格。小說極力要表現的是這些知識分子處理個人與他人之間、個人與國家之間的倫理態度。如陳沖的《無反饋快速跟蹤》（《十月》1982 年第 4 期）和諶容的《人到中年》都是這樣的代表作。

在《無反饋快速跟蹤》一文中，「無反饋快速跟蹤」只是一種假定的理論，這種理論假定打破了以往航天科技中的常規跟蹤技術。作品並沒有仔細介紹無反饋快速跟蹤技術在航天科學中的具體應用。小說的重心放在了方亮爲驗證這一科學理論而孜孜不倦的探索精神及奉獻精神上。《人到中年》也並沒有花過多的筆墨描寫陸文婷精湛的醫術，而是細緻刻畫了陸文婷是如何對待事業、丈夫和兒女的，展現了工作與生活中的陸文婷的人格魅力。陸文婷對待自己所從事的事業，兢兢業業；在做學生時就是一名非常用功的學生。剛分到醫院工作時，她更是嚴格遵守醫院規定，認眞當好住院醫生。在此期間，她認眞研讀了相關的眼科知識，成爲眼科大夫後，仍然不放棄專業上的學習，每晚在家裏學習，翻譯國外眼科資料至深夜。陸文婷對待病人的態度認眞和藹，病人的安危在她心中始終是第一位的，無論是對待焦部長還是一般老百姓，她都以他們的健康爲出發點。與此同時，陸文婷還是一位重視家庭責任的好妻子。她與丈夫感情深厚，爲了丈夫的科研事業，在繁重的工作之餘，還要承擔家庭責任。她也是一位好母親，即使在病重期間，也不忘做母親的責任。更重要的是，陸文婷身上還具有一股深沉的愛國精神。雖然她也經歷了「文化大革命」的磨難，也遭受過人身衝擊，但是她並沒有因此而對祖國及祖國的醫學事業喪失信心。在處理與事業、同事、親人和國家的關係中，陸文婷處處以自己的利益爲輕，以他者的利益爲重，甚至不惜犧牲自我來換取他人的幸福。《人到中年》中的陸文婷是一個知識人，更重要的是，她還是一個人格神。

《無反饋快速跟蹤》和《人到中年》的深層敘述邏輯是：有知識就意味著品格高尚。這樣，小說從對知識功能的敘述轉移到倫理層面的表述，這種轉換的目的在於把知識的神話功能擴散到人與人、人與國家的關係方面，從而表現了知識在倫理層面的神話功能。應該說，對知識的這種倫理意識的鑄造，應該是人文社會科學知識的責任。在哈貝馬斯看來，人通過勞動，使用工具來改造世界，以滿足其生活的日常需要；通過相互作用，使用語言與同伴聯繫在一起，它導致社會秩序的產生。這兩類勞動所涉及的知識是不同的，前者涉及自然科學技術知識，後者涉及人文社會科學知識。在哈貝馬斯那裏，自然科學知識和人文科學知識是並列的，但涇渭分明。而這一時期的小說敘述中兩類知識出現了位移，自然科學知識卻發揮著人文科學知識的倫理意義，這使得科學技術知識的功能越出了自身的疆界，得到擴展和神化。科學技術知識神話功能的拓展，並沒有因此而停住前進的腳步，它最終成爲超越哲學的新型宗教。

五

20 世紀 70 年代末到 80 年代初小說中知識話語的神話功能，還表現爲：在一個更爲深層次的意義上，知識成爲十分重要的新意識形態，它是舊意識形態的不合法性的甄別者、替代者。知識成爲判斷一個時代是否具有合法性的價值尺度。

《班主任》(《人民文學》1977 年第 11 期）就鮮明地體現出知識成爲「文化大革命」合法性危機的裁決者的主題。謝惠敏之所以成爲批判性的審視對象，在很大程度上，是因爲她缺乏知識。她對《牛虻》這本小說的無知，其實就宣判了她所代表的價值取向及其時代的合法性的喪失。與《班主任》十分相似的是，《公開的情書》也把知識作爲一個時代是否進步與落後的判斷標準。小說作者十分肯定地把科學知識（範疇）作爲衡量社會進步與落後的標尺。對於「文化大革命」時的社會現狀，作者借用老久的話，質問時代：「在世界上許多地方，科學是榮譽，爲什麼在我們可愛的祖國，知識成了罪惡？在世界上許多地方，科學突飛猛進，爲什麼我們這裏科學像罪犯一樣橫遭囚禁？」

並且，知識話語還顯現出這樣的邏輯：知識不僅僅是時代進步的代名詞、是一個時代的價值判斷的標尺，更重要的是，這些小說在敘述時，不經意間把知識、科學看成是一種信仰，或者說時代哲學的表徵。至此，知識已經不再僅僅是指認知自然界的方法和認知過程，而是具精神信仰的意味。

《公開的情書》中的老久認爲，「文化大革命」造成的人人認罪的局面，這與當時許多人的科學觀有著密切的關係。他談到：「他們掌握的科學武器只能破除對自然界的迷信，卻不能破除對社會、對人的迷信。」老久認爲，在許多人那裏，科學與信仰是分裂的，信仰只是一種安慰劑。老久寫道：「我們信仰科學，信仰辯證法，是因爲我們認爲生活應該進步，進步只有依靠科學。信仰對於我們是戰鬥的武器，是人類發展和進步的準則。它必須在前進的實踐中受到檢驗，必須拋棄陳舊的信條，不斷在現實中吸取新鮮血液。」在老久看來：科學=信仰=進步=哲學。他說：

> 我們終於理解了我們生活的時代，理解了二十世紀開始的科學技術革命的偉大意義。我們必須用科學來改造我們的哲學。……
>
> 眞眞，你問我爲什麼比你堅強，那是因爲我相信科學，只有科學才能使人堅強。去年夏天，我決定用現代科學對我過去的哲學思想作一番清算，在一個狂風暴雨的天氣裏，我一個人伏在桌子上寫一篇對黑格爾哲學體系的清算總結。天空發出了閃光和轟響。偉大的自然把雷電的力灌注到我的筆端。我越寫越有勁，任憑瘋狂的思想和烏雲一起在高空翻卷，讓覺醒的熱情和急雨一同在大地上奔馳。我要和舊的世界觀決裂，把自己交給未來和大自然。

在這裏，科學、知識超越了自然科學與社會科學的界限，也超出了知識的範疇，科學、信仰、哲學表現爲同一特性；知識實際成了包容宇宙、超越人間一切萬象之上的，高駐於「人」之上的一個超宗教。當科學超出了一切知識範疇時，它實際上又成爲一個空洞的宗教，成爲人追求而又永遠無法追求到的形而上的價值尺度。甚至，老久確信可以用科學來改造哲學，他說：「我們必須投入到這股強大的科學技術革命的洪流中去。我們必須用科學來改造我們的哲學。學校儘管停課了，但我們卻一分鐘也沒有停止學習。從立志學科學，到文化大革命中思考現實，又由現實思考到理論，探索到哲學，最後又回到科學，我們走過了一條多麼痛苦的、思想鬥爭的路呵。一旦取得了明確的認識，我們發現許多人在運動中表現的盲目性和精神上的巨大痛苦，都是因爲他們不瞭解我們生活的時代。歸根結底，他們還是被宗教般的狂熱所左右。」在這裏，科學又成爲居於哲學之上的知識範疇，成爲迷信、宗教的解毒劑。老久宣稱，他要用科學評價、超越那個錯誤的年代，但是實際上，他必然又要重複這樣的時代錯誤。因爲他所追求的是一個無法用信仰、實踐來證實、來完成的思想怪圈。《公開的情書》把知識的功能過分泛化了。不錯，對於一個時代來說，知識具有價值標杆的作用，但是，隱藏在知識背後，確認知識、敘述知識的文化與思想的元話語，又無法簡單地用知識來概括。老久的思想非常清晰地顯示了在那樣一個時代人們對知識的認識。

20 世紀 70 年代末到 80 年代初的小說中知識話語透露了一個時代在把知識推向神壇。知識的神話功能被敘述到了極致。不僅僅是體現在國家、時代的宏大話語層面，就連個人的情感世界也被組織進來了。更重要的是，這一時期小說敘述的知識，雖然普遍是技能性、應用性的知識，但是，它常常越過邊界，承擔人文知識的功能，它不僅散發出道德的光暈，而且表現出哲學的智慧。我們認可知識、科學是社會前進的重要推進力量。但是我們必須認識到，知識也有它自身的局限性。它無法成爲一個時代全部的精神思想。尤其應該引起我們重視的是，這些小說中被推到神壇位置的，是自然科學知識和應用型的社會科學知識，它們全面取代了人文科學知識所承擔的功能。哈貝馬斯曾說過，作爲生產力的科學技術，只有作爲解放力的人文社會科學服務時，才是人類的福音。20 世紀 70 年代末到 80 年代初小說中的知識話語，忽視對人文科學知識的意義和功能的敘述，片面地用技術型、應用型的知識取代人文科學知識，並把它們的功能推向神壇，這正是把知識簡單地等同於技術的結果。當人們爲現代化鼓號時，在人們狂熱地追求現代化時，是否也意味著人們將失去人自身的解放？20 世紀 70 年代末到 80 年代初的小說中的知識話語留給我們的意味，是深遠的。

第三章　文化啓迪與「人」的話語轉型

第一節　現代人本主義思想的震盪

1985 年前後，中國出現了文化熱。在這場文化熱中，西方文化價値禁忌被解除，各種文化思潮一時之間，如過江之鯽，紛至沓來。而影響最大的莫過於西方現代思想和後現代思想。其中，西方現代思想主要指非理性文化思想。代表人物是叔本華、尼采、薩特、弗洛伊德等。他們所主張的是現代人道主義思想。

現代人道主義思想之前的啓蒙式人道主義，以人爲目的去設計人自身和世界的歷史。康德認爲：「人，通常情況下，每一個理性的存在，都是以自身爲目的，而不僅僅把自己作爲一種可供這樣或那樣的意志隨意使用的手段。在他全部活動中，無論他是否以自己或其它理性存在爲目標，他必須永遠被作爲一種目的。」〔註 1〕馬克思的人道主義思想，把人的問題和社會解放聯繫起來。康德、馬克思之後，一股非理性的人道主義思潮在西方思想世界中悄然崛起。這種人道主義思想通常被稱爲「唯心主義」的人道主義。這種人道主義主張，世界只是人的意識的產物，由人的認識才得以存在，只有在人的思想之中，世界才能存在。這種主張把世界看成是集體、個人或超人的思維結果，是人的現實頭腦的載體或例證，從而在絕對觀念中實現人的目的。〔註 2〕這種人道主義

〔註 1〕康德：《道德的形而上學基礎》，參見《人道主義與反人道主義》，〔英〕凱蒂·索珀著，華夏出版社，1999 年版，第 152 頁。

〔註 2〕參見凱蒂·索珀：《人道主義與反人道主義》，華夏出版社，1999 年版，第 21

思想從 19 世紀末至 20 世紀中葉，在西方思想中佔據著重要的地位，按照這些思想產生的時間次序，其代表人物依次爲叔本華、尼采、薩特等。

在啓蒙理性樂觀的進步聲中，叔本華卻站在人生價值終極性的立場上，發出悲觀痛苦的聲音。他認爲，啓蒙主義這種樂觀主義的論調是建立在對人的生命的漠視、把人等同於物的基礎之上的。如果正視人是一個生命體，那麼，人生是痛苦的。叔本華的這種論調是建立在他的唯心主義哲學基礎之上的。

「世界是我的表象」是叔本華生命哲學的出發點。他說：「『世界是我的表象』：這是一個眞理，是對於任何一個生活著和認識著的生物有效的眞理」〔註 3〕。在這一哲學命題中，它強調出現在任何生活和認識著的生物面前的世界都只是一種表象。「世界是我的表象」是指作爲世界外表的一個方面，作爲世界的本質部分是：「世界是我的意志。」在叔本華那裏，兩重世界由主體的「我」貫通著。他說：「那認識一切而不爲任何事物所認識的，就是主體。因此，主體就是這世界的支柱，是一切觀察，一切客體一貫的，經常作爲前提的條件，原來凡是存在著的，就只是對於主體的存在」〔註 4〕。在叔本華的思想中，「表象」所必然涉及的客體原不過是「意志」的客體化。而意志是一種自發地衝動著的活力，一種不懈的求生欲望，它必然導致客觀化並構成世界眞正的生命，因而「它是一切表象，一切客體和現象，可見性，客體性之所以出，它是個別的事物的，同樣也是整體大全的最內在的東西，內核。」〔註 5〕叔本華認爲，意志的客體化不同程度顯現於世界上的不同事物，從石頭到人都是客體化的結果，但是客體化程度的不同，顯示意志客體性的事物又分爲諸多等級。他指出：「以可見性或客觀化的程度說，那麼在植物裏的是高於石頭裏的，在動物裏的又高於植物裏的，是的，意志已出現於可見性，它的客體化是有無窮等級的。」〔註 6〕意志客體化的最高一級是人的生命活動，在人的生命活動中，人的身體的各部分完全和意志所宣泄的各主要欲望相契合，從而完全作爲欲望的可見的表現：「牙齒、食道、腸的輸送就是客

頁。

〔註 3〕叔本華：《作爲意志和表象的世界》，商務印書館，1982 年，11 月版，第 25 頁。

〔註 4〕叔本華：《作爲意志和表象的世界》，第 28 頁。

〔註 5〕叔本華：《作爲意志和表象的世界》，第 165 頁。

〔註 6〕叔本華：《作爲意志和表象的世界》，第 188 頁。

體化了的飢餓；生殖器就是客體化了的性欲；至於取物的手和跑得快的腿所契合的已經是意志的比較間接的要求了，手和腳就是這些要求的表現。如同人的形體契合於人的一般意志一樣，同樣，個人的身體也契合個別形成的意志，各個人的性格。」〔註7〕

在叔本華的生命意志哲學中，意志客體化的每一級別都在同另一級別爭奪著物質、空間和時間，在無機界，機械的、物理的、化學的現象在因果性的線索之下貪婪地搶著要出現，互相奪取物質，每一現象都要顯示它的理念（理念在叔本華那裏是意志客體化的級別）。這種普遍的爭鬥，在以植物爲營養的動物界自身中，每一動物又爲另一動物的俘虜和食料，也就是說每一動物又得讓它藉以「表出」其理念的物質，以便於另一理念得據以爲其「表出」之用，因爲每一動物都只能由取消異類的存在以維持它自己的存在。這樣的生命意志就始終是自己在啃著自己，在不同形態中自己爲自己的食品，一直到了人類爲止，因爲人制服了其它一切物種，把自然看作供他使用的一種產品。然而，在人這一最高理念級別的物種中，意志的自我分裂、自我吞噬非但沒有終止，反而更加激烈。

從根本上看，意志的客體化歸根結底不過是「飢餓的意志」的自相吞噬，意志客體化的世界也只能是一個追逐焦慮和苦難的世界。因而痛苦只能是人的生命本質中與生俱來的東西。而且隨著意志客體化程度越高，這種痛苦就愈強烈。到了人，這種痛苦也達到了最高的程度。痛苦因而成了人最大的痛苦，「人生是在痛苦和無聊之間像鐘擺一樣的來回擺動著；事實上痛苦和無聊兩者也就是人生的兩種最後成分」〔註8〕。

在叔本華之後，對歐洲流行的理性，發起激烈批判的是尼采。在歐洲思想史上，在 1650 年到 1850 年間，有四種現有的理性觀念相互影響著，即理性主義、啓蒙主義、浪漫主義和歷史主義。從 1750 年到 1800 年是啓蒙人道主義興盛時期。啓蒙人道主義確信人作爲一種理性的動物能夠通過理性的陶冶而實現全人類的進步。「自由、博愛、平等」是它的目的，所有人都機會均等。啓蒙的理性人道主義思想氛圍是尼采思想形成的前提，但是，他的思想是對啓蒙理性的反動，在理性的人泛濫的歷史時期，尼采發現了非理性的人。

〔註 7〕叔本華：《作爲意志和表象的世界》，第 163 頁。
〔註 8〕叔本華：《作爲意志和表象的世界》，第 427 頁。

早在其處女作《悲劇的誕生》中，尼采就發現了非理性的價值。這種對人的非理性的張揚在其代表作《查拉斯圖拉如是說》中得到最爲明顯的表現。《查拉斯圖拉如是說》提到精神的三種變形：精神如何變成駱駝，駱駝如何變成獅子，最後獅子如何變成小孩。在這裏駱駝是基督教柏拉圖主義的象徵，獅子是啓蒙人道主義的象徵，小孩則是後現代酒神狄俄尼索斯主義的象徵。

在尼采的思想中，獅子，這個啓蒙人道主義的象徵，通過對駱駝價值的顛覆批判開始揭示自身的誕生。獅子在對美德、來世、肉體的鄙視中，表現了對基督教柏拉圖主義美德的嘲弄。但啓蒙的偉大口號——平等和正義，卻是根源於報復的，查拉斯圖拉說：

> 平等之說教者啊！你們是善於暗地報復的毒蛛！我們所謂正義，是世界充滿著我們的報復的大風暴……
>
> 因爲正義告訴我：人類是不平等的……〔註9〕

孩子超越善和惡的倫理學是對啓蒙獅子的否定。孩子在精神序列中處於最高的位置。在這個精神序列中，隱含著一個把人從理性中提昇的力量——超人。所謂超人，尼采並沒有明確的意義，他只是說過：

> 現在，我教你們什麼是超人！
>
> 超人是大地之意義。讓你們的意志說：超人必是大地之意義罷。〔註10〕

「超人是大地之意義」具有兩層意義：一方面是反基督教信仰、反基督教來生論世界觀；另一方面是回到古希臘自然主義的人生觀。〔註11〕從尼采的精神三變中，可以看到，超人具有兩層意義的否定意味，一是啓蒙的獅子對駱駝的否定，肯定了現世實存的意義，在這個意義上是「上帝死了」。在尼采的思想中，上帝死了並不是知識層面的理性論證的結果，而是一種道德價值判斷。上帝死了，人的形而上的規定被取消。另一方面，超人還是對啓蒙的科學連同民主、平等的理性的否定。在《查拉斯圖拉如是說》中，查拉斯

〔註9〕尼采：《查拉斯圖拉如是說》，尹溟譯，文化藝術出版社，1987年版，第151頁。

〔註10〕尼采：《查拉斯圖拉如是說》，第6頁。

〔註11〕參見陳鼓應《悲劇哲學家尼采》，生活·讀書·新知三聯書店，1987年，1月版，第75頁。

圖拉說：

> 平等的說教者，是無能暴君的狂想，他在你們之中叫喊「平等」，你們這隱匿暴君的野地，矯飾於道德名詞之內。
>
> 人無需平等！
>
> ……
>
> 因爲他需要高邁，也就需要階梯以及不同的階梯和攀登者！生命將上陞，上陞地超越自己。〔註 12〕

由超人的誕生中，我們可以發現世界的本源——權力意志（the will to power），權力意志即是世界的本體。在尼采那裏，權力意志脫胎於酒神的衝動，醉是權力意志充溢的狀態，其實質即是非理性的生命力。他說：

> 生命，存在中最好說明的形式，是蓄積權力的意志——每件事物的目的，不在於保守而在於成長增大。生命爲個體追求力量的最高感覺；生命本質是追求更多的力量；所有最基本最深沉的事物都是這種意志。〔註 13〕

尼采是歷史上唯心主義人道主義思想的集大成者，同時又開啓了 20 世紀人學思想的源流，他的人學思想對薩特、海德格爾、福柯等思想家的人學思想產生了不可估量的影響。

人類進入 20 世紀後，薩特的哲學思想把人的問題提到一個絕對的高度。在他那裏，人的問題是一個人生存境遇的根本問題。他的人學思想不僅繼承了叔本華、尼采等人的思想，而且還融入了時代的特色，他的人學思想帶有鮮明的戰後文化色彩。在薩特眼裏，並不存在著一個先驗的人的本質，他把人拋棄在一個虛無的狀態中：人的本質就在於虛無。先前的人大都處於一個固有的規定性中，在中世紀及以前，是上帝按照一定程序和一種概念造人。在啓蒙的人道主義者看來，人具有一種人性，這個「人性」即是一個關於人的普遍性的概念，它作爲一種先驗性存在，規定著人的特性。而在薩特看來，人的存在先於人的本質，他說：「首先是人存在、露面、出場，後來才說明自身。假如說人，在存在主義者看來是不可能給予定義的話，這是因爲人之初，是空無所有；只在後來人要變成某種東西，於是人就按照自己的意志而造成

〔註 12〕尼采：《查拉斯圖拉如是說》，第 112 頁。

〔註 13〕尼采：《權力意志》，英語本，第 165 頁，中譯文參考陳鼓應《悲劇哲學家尼采》，第 93 頁。

他自身。」〔註14〕

由於人的本質不是預先決定的，因而人按照他自己的意願設計自己，在行動中體現自己的本質，人就是人的未來，這是存在主義的人道主義的口號，由於「人在自己的存在中決定人的本質」，人就既不是生物學上的有血有肉的人，也不是由一定社會關係決定的人，因而人不是物質的，而是生命的人。雖然不存在一個普遍的人性，但是存在著普遍意義上的人的境遇。人的生存的境遇，及其對生存境遇的體驗，使人不知道爲什麼自己被扔在這個世界，存在著但找不著存在的先定理由，因此苦悶、孤寂等成爲人最爲根本的體驗。

但這顯然不是薩特人學思想的全部，他說：「人道主義還有另一個意義，其基本內容是這樣的：人始終在自身之外，人靠把自己投出並消失在自身之外而使人存在；另一方面，人是靠追求超越的目的才得以存在。既然人是這樣超越自己的，而且只在超越自己這方面掌握客體（objects），他本身就是他超越的中心。除掉人的宇宙外，沒有別的宇宙。這種構成人的超越性（不是如上帝是超越的那樣理解，而是作爲超越自己理解）和主觀性（指人不是關閉在自身以內而是永遠處在人的宇宙裏）的關係——這就是我們叫做的存在主義的人道主義。」〔註15〕

這條人道主義原則要求人要在人自身之外的地方尋求一個解放自己的目標，尋找一個特殊的理想作爲人的目標。換言之，薩特認爲，人除了體現自己之外，別無其它立法者，因此人要在自己行動中尋找人的本質；此外，還必須從自身中走出來尋找一個寄託人成爲人的目標。只有這樣，人才能體現爲眞正的人。

薩特的人道主義思想形成於其哲學專著《存在與虛無》之中，在《存在主義是一種人道主義》中得以集中表現，在《辯證理性批判》中延續。在《辯證理性批判》中，他把歷史的責任歸於個人力量的發揮。這其實仍是早年的人道主義思想與政治實踐的結合。

由叔本華、尼采、薩特所代表的非理性的人道主義思想企圖表明，人是

〔註14〕薩特：《存在主義是一種人道主義》，周煦良譯，上海譯文出版社，1988年版，第8頁。

〔註15〕薩特：《存在主義是一種人道主義》，周煦良譯，上海譯文出版社，1988年版，第101頁。

生命體，在人這裏，只有一個主觀性的生命體才是眞實的，在人與世界、人與歷史之間，人的主觀性生命感受才是最爲根本的。正是這種思想強烈衝擊新時期初期建立起來的人的話語。

其實，在1985年左右的文化熱中湧現的尼采、叔本華、薩特、弗洛伊德等人的哲學思想及體現它們思想的現代派文學，在70年代末80年代初即開始大量湧進中國。僅1978年至1982年，國內從文學層面評價西方現代哲學思想或評價西方現代派文學的文章就有306篇（其中1978年僅3篇）〔註16〕。但是在70年代末80年代初，西方現代派文學及西方哲學思想傳入中國時難免會塗上政治性色彩。在此期間，人們大多是從政治視角出發來解讀西方現代派文學和現代哲學。《薩特研究》的編選者在《薩特研究編選者序》中這樣評價薩特：「薩特在生前不爲資產階級所喜歡，他們認爲他是資本主義世界裏的一個『罵娘的人』。但他作爲思想家，在我們社會主義國家裏也受到過不公正的對待，批評者認爲，他『爲資本帝國主義制度作辯護』，他發出了『反動資產階級臨死前的悲鳴』，他企圖把馬克思主義與存在主義調和起來，更是包含著『極大的禍心』。這，對於主觀上對中國的社會主義抱有善意、對馬克思主義也嚴肅認眞的薩特來說，也許是最大的不幸。這一個精神上叛逆了資產階級因而被資產階級視爲異己者的哲人，能在什麼地方找到自己的支撐點？薩特應該得到現代無產階級的接待，我們不能拒絕薩特所留下來的這份遺產，這一份遺產應該爲無產階級所繼承，也只能由無產階級來科學地加以分析，取其精華，去其糟粕。」〔註17〕人們也用同樣的眼光看待西方現代派文學，認爲「西方現代派具有資產階屬性，但它既不是壟斷資本的衛士，也不是資產階級的先鋒，而是中小資產階級以消極方式表達不滿的喉舌」〔註18〕。人們甚至把西方現代文化思想持有的肯定意見，也要與現實的政治功利聯繫起來。王蒙在肯定意識流在中國的作用時說：「應該承認生產的發展，社會的發展，文明的發展，使現代人的生活經驗並從而使他們的心理活動大大複雜化了。文化水平高的人心理活動就會豐富一些。就是工農的欣賞趣味也在發生變化，解放前工人只喜歡聽評書，現在，大量工人（特別是青年工人）也

〔註16〕以上統計數字依據何望賢編選《西方現代派文學問題論爭集》，人民文學出版社，1984年，2月版。

〔註17〕何望賢：《西方現代派文學問題論爭集》（下），第438～439頁。

〔註18〕袁可嘉：《我所認識的西方現代派文學》，《光明日報》，1982年12月30日。

照樣捧著『意識流』的小說在看，林彪和『四人幫』千方百計地褻瀆人的尊嚴，抹殺人的價值，根本不准人們有什麼心理活動，不准人有什麼感覺、趣味、想像、憧憬……使人變得粗暴、呆鈍、麻木，在這種情況下，我們的文學作品注意一下寫人的心理活動——情操、意境、精神世界，對於培養社會主義新人，對於提高精神文明，對於完成崇高而又艱巨的『靈魂工程師』的使命，當然是很有意義的。」〔註 19〕

但是到了 80 年代中期，情況發生了變化，對西方哲學思想、現代派文學的評介大多是定位於文化層面。從文化層面來面對西方文明成果，使「人」的問題開始成爲面對西方文化時的一個中心話題。包遵信認爲：「文化是人類對幸福和光明的追求和創造，它展現的是眞，是善，是美，是人的美好的心靈。文化的現代化就是人的本質的全面而自由的發展，是人類從必然王國展翼向自由王國飛翔」〔註 20〕。而在劉曉波看來，整個西方哲學其實是人認識自己的歷程，古典哲學是「從人以外的存在開始」思考人，而現代哲學是從「人本身」開始認識人。〔註 21〕正是這種把文化與人相聯繫的思路，使中國小說中「人」的話語產生了新的變化。

這種由文化的角度思考人的問題的理路，在卡西爾的《人論》被譯介到中國這件事中得到最明顯的體現〔註 22〕。這本書的譯介顯示了，中國對人的問題思考的理路的轉向。如果說在此之前，中國思想界對人的思考來源於康德及由康德而來的馬克思的主體性、人的學說與思想在他們那裏，人是作爲自然、社會、語言的主體，體現出理性的精神。那麼，甘陽通過《人論》的譯介，則把人和人的文化活動及實踐聯繫起來。卡西爾的《人論》，不是在「什麼是人的本質」而是在「人怎樣發現自己的本質」的提問中尋找人。卡西爾的這種提問方式的變更意味著，社會、自然的發展變化不是在理性法則支配下形成的，而是通過人創造、改變外在的價值空間，使其以人的活動爲中介而形成的。這個活動的中介就是「符號」，人通過符號把自己的生活世界轉變爲文化。因而人與世界的關係就變爲符號與文化的關係，「人首先轉變爲『符號』，而世界則轉變爲『文化』，因此生活和歷史的全部多樣性都被歸結爲『符

〔註 19〕王蒙：《關於「意識流」的通信》，《鴨綠江》，1980 年，第 2 期。

〔註 20〕包遵信：《文化哲學的興起——我們的宣言》，「文化哲學叢書」序言，山東文藝出版社，1986 年 10 月版。

〔註 21〕劉曉波：《形而上學的迷霧》，上海人民出版社，1989 年版，第 3 頁。

〔註 22〕〔德〕恩斯特・卡西爾：《人論》，甘陽譯，上海譯文出版社，1985 年版。

號』對『文化』的多種聯繫了」〔註 23〕。《人論》的出版，標誌著從文化來切入「人」的視閾已經形成。中國「人」的話語的轉型已經啓動。

第二節　後現代主義思想的傳播

與西方現代文化給中國文學中的「人」帶來生命意識的覺醒不同，西方後現代文化的傳入，則使中國文學中的「人」的話語產生了消解性力量。

但是，後現代文化催生出中國文學中的「人」的話語的消解力量，經歷了一段曲折的過程。在後現代文化傳入中國之初，它普遍地被看作是現代派文化。早在 1978 年，美國後現代小說家談論美國當代小說，主要是後現代小說的論文——《略論當代美國小說》（原文刊載於 1963 年的英國《文匯》雜誌）——就在當年《外國文藝》第 3 期發表，這是粉碎「四人幫」後較早介紹西方後現代思想的文章。這篇文章把後現代小說當作現代派小說。在當時，大多後現代作品均被視爲現代派作品〔註 24〕。經過 80 年代中期的文化熱的淘洗剝離，80 年代中後期，後現代派思想和文藝才開始恢復其後現代文化潮流的本來面目，也開始以「後現代」名義影響中國文學。

1985 年秋冬，美國後現代思想家 F．傑姆遜（Fredric fameson）在北京大學講學，人們當時也許沒有意識到，這位美國學者的北大之行成爲中國文化史上一個重要的文化事件。他在北大四個月的演講後被整理出名爲《後現代主義與文化理論》的著作，對中國學術界產生了廣泛影響。在 1988～1990 年

〔註 23〕〔德〕恩斯特．卡西爾：《人論．序言》，第 2 頁。

〔註 24〕約翰．巴斯蒂著名的談論後現代派的論文《補充的文學——後現代派小說》，在美國《大西洋月刊》1980 年第 1 期刊出後，上海《外國文學報導》1980 年第 3 期即予翻譯發表。馬丁．埃斯林的《荒誕派之荒誕性》，《外國戲劇》1980 年第 1 期上譯出，阿興．羅德威的《展望後期現代主義》原文載於《倫敦雜誌》1981 年 2/3 號上，《外國文藝》1981 年第 6 期翻譯刊出，該譯文使用的「後期現代主義」英文原文就是「Postmodernism」。1980 年第 3 期發表的陳焜的《黑色幽默——當代美國文學的奇觀》介紹弗里德曼（E．J．Friedman）編輯的小冊子《黑色幽默》。該書收錄的都是談論「後現代派」的作品。袁可嘉編選的《外國現代派作品選》第三、四冊選入的也幾乎都是後現代主義作品。袁可嘉在 1982 年第 11 期《國外社會科學》上發表的《關於「後現代主義」思潮》是國內較早評介後現代的論文。雖然在 1978～1982 年間，中國譯介評論西方後現代派的論文遠遠不止上述這幾篇，但是在這期間，幾乎所有的譯介都把黑色幽默、「垮掉的一代」、荒誕派戲劇、法國新小說派等後現代派當作現代派文學來看待。

間，陳曉明開始撰寫研究後現代思想家德里達的博士論文，並把德里達的思想融入到對中國先鋒小說的批評中。從 80 年代後期到 90 年代初期，運用後現代文化思想批評中國文學開始蔚然成風，「後現代主體」，「主體性的黃昏」，「人之死」，「人的消解」等後現代術語，漸漸成爲中國文學研究中的關鍵詞。

20 世紀中後期，西方思想界進入後現代時期，在這一階段，啓蒙時期的理性遭到普遍的質疑，同時非理性的人道主義所張揚的形而上的「人」也受到一定程度的批判。反人道主義認爲人道主義神化了人，反人道主義從另外一個層面體現了對人的關懷與思考。關於反人道主義，凱蒂・索珀作過如下論說：

> 反人道主義：宣稱如上（前文關於人道主義的論說——引者注）所概述的人道主義是前科學的「哲學人類學」。所有的人道主義都是「意識形態的」；人道主義的這種意識形態性質應借助於具體歷史時期的相應思想或「意識」體系加以說明。人類學——如果它是可能的話——只是在它排斥人類主體概念的條件下才是可能的；「人們」並不創造歷史，也不會在歷史中發現「眞理」或「目的」，歷史是一個沒有主體的過程。〔註 25〕

反人道主義所主張的人學思想並不是要否定「人」的存在，而是認爲，以往關於「人」的思想過分地誇張了「人」的存在的價值與意義，因而使「人」附庸於權力。反人道主義所主張的「人」的思想就是要彰明「人」的存在的眞實面目，使「人」與權力相剝離。

海德格爾的人學思想顯示出反人道主義的人學思想的一個嶄新的維度。其人學思想在他的著作《存在與時間》中就體現出來了，在他的《人道主義的信》中得到了集中表現。在這篇對薩特的《存在主義是一種人道主義》的回應的文章中，他批判了薩特的人道主義思想〔註 26〕。海德格爾站在現代神學的立場上批判了人道主義。他認爲，第一個人道主義是羅馬人從希臘人那裏盜用的身心全面訓練，或者是自由教育，這種人道主義認爲，無論何時何

〔註 25〕〔英〕凱蒂・索珀著：《人道主義與反人道主義》，華夏出版社，1998 年版，第 7 頁。

〔註 26〕海德格爾的人學思想屬於反人道主義的人學思想。關於這一點，他有過明確的表述。在《人道主義的信》中，他明確的說過：「人道主義對人的本質的最高規定仍然沒有實現人的眞正尊嚴。就這一點，《存在與時間》中的思想是反人道主義的。」（參見《海德格爾的主要著作》，倫敦，1997 年版，第 208 頁。中文參見凱蒂・索珀《人道主義與反人道主義》，第 59 頁。）

地，人都是理性的動物。隨後的中世紀、文藝復興和18世紀，人是理性的動物成爲諸如馬克思主義哲學、基督教哲學和薩特存在主義哲學的基礎。在對形而上學的批判中，海德格爾批判了人道主義：

> 每一種人道主義不是以形而上學爲基礎，就是不得不成爲形而上學的基礎。每一次確定人的本質，都以對人解釋爲前提，不去詢問「在」的眞理（不論是否知道），因此，每一次確定人的本質，都是形而上學的。結果，一切形而上學所特有的東西，特別是涉及到確定人的本質的方式時，都是「人道主義的」。因此，每種人道主義依舊是形而上學的。在定義人性時，人道主義並不是僅僅沒有問及「在」與人的本質的關係；由於它的形而上學的起源，所以它甚至阻礙了這一問題，既不知道，也不理解它。〔註27〕

海德格爾認爲，「爲人所做的這一基本定義並不是錯誤的」，「但是，他受到形而上學的制約」。因爲人並不只是生物群中的一個活生物，而是能夠推理的生物：他守衛著「在」的眞理，爲了使實存根據實存之爲實存的「在」來顯現。因此，在海德格爾看來，「在」的守望是人道主義的唯一基礎。在海德格爾那裏，一切主體與對象、意識與存在、人類與自然的二元論，都是從「存在」（Sein）與「此在」（Dasein）的原始統一中引申出來的第二位的和「非本眞」的東西。人和世界構成一個整體。因此，人的本質是人的生存，確切的說，只有人才能沐浴著「在」之光或者承蒙「在」的開拓，因而也只有人才能進入「在」的眞理。

在海德格爾詞源學中，「在之光」或者「在的開拓」，屬於作爲「此在」（Da-sein）的「人之此」（Da），「此在」——人蒙受著「在」之光的照管（care），就此而言，必須把人看作「在」的牧羊人或者管理員（Hirt）。因而海德格爾這樣給人下了一個定義：

> 人並不是存在的主人，人是一種存在的牧人，人在這種「遜讓」中沒有失去任何東西；毋寧說他因達到了存在的眞理而有所獲。他獲得了牧人特有的貧乏：這牧人的尊嚴就在於，他正在被存在本身召喚來看護存在的眞理。〔註28〕

〔註27〕Martin Heidegger, Letter on Humanism, in Basic Writing, tran.by David Farrell (New York, 1977)，第189～242頁。

〔註28〕Martin Heidegger, Letter on Humanism in Basic Writing, tran. by David Farrell(New York, 1977)，第221頁。

海德格爾重新找回了被人道主義所驅逐出去的神學思想，經過現代智慧的清洗，顯示了嶄新的批判性鋒芒。海德格爾借助現代神學思想，從一個新的角度關注人的生存意義與生存價值。

與海德格爾的神學立場不同，阿爾都塞和福柯則從人道主義與權力的關聯中批判了人道主義，顯示了反人道主義思想的另一個維度。阿爾都塞從結構主義那裏受到啓發，批判了人道主義的歷史觀中深藏著的權力圖謀。較早地對歷史上的人道主義思想發動批判的是結構主義大師列維—斯特勞斯。就在存在主義的人道主義張揚「人創造歷史」、主張對人類活動的意義、連續性給予歷史的關照時，列維—斯特勞斯就給了存在主義當頭一棒。他認爲存在主義把歷史置於神話的位置，而歷史其實並不能成爲區分「文明的」與「原始的」、「發達的」與「不發達的」的標記。在他看來，歷史「既不依賴於人也不依賴於任何對象」，而只是在於他的方法：

> 要反駁把歷史概念等同於人的概念的觀念，我們只需瞭解：歷史是一種方法，無法與特殊對象相聯繫。某些人一直試圖把這種歷史共同於人類的功能強加給我們，彷彿僅憑著放棄過於缺乏一致性的「我」而採取「我們」，人們就可以重新獲得自由的幻象：他們心照不宣的目的在於使歷史性成爲先驗人道主義的最後的避難所。〔註29〕

在列維—斯特勞斯看來，歷史本身並不能記錄、發現意義，因而也不存在人道主義歷史觀所宣稱的那種進步，人類社會的歷史並沒有一個線形的發展過程；在人類社會中只存在著無數的「結構」。這些無數的非連續性的「結構」構成了人類社會的歷史。

列維—斯特勞斯以結構主義取消人道主義的思想，給路易·阿爾都塞（Louis Althusser）以巨大的影響，後者把結構主義同馬克思主義相結合，提出了自己的關於「人」的思想。阿爾都塞的人學思想建立在對馬克思主義的保衛的基點上。在阿爾都塞所生活的時代——20世紀60年代——正是前蘇聯清算斯大林的個人崇拜的歷史時期。前蘇共二十大提出「個人自由、加強法制、人有尊嚴」的「社會主義人道主義」的口號來清算斯大林思想。在阿爾都塞看來，這種人道主義一方面強調人的特徵受歷史和社會制約，另一方面又堅持認爲在歷史的某些時刻，人具有某種理想的本質，歷史的進程始終以

〔註29〕列維—斯特勞斯：《野性的思維》，商務印書館，1987年版，第275頁。

人爲主體。因此，這種歷史觀不過是用假唯物主義來重複黑格爾的唯心的目的論歷史觀而已。他認爲，人道主義者以「異化」爲馬克思全部著作的指導線索，只不過是用「人的本質」代替「絕對理念」而已。

阿爾都塞同時又認爲，馬克思早在1845年就與黑格爾決裂了，在馬克思那裏不存在「一種普遍的人的本質」，也不存在「每一單個人的特性」。「人的本質」、「人的特性」是建立在「經驗主義——唯心主義的世界觀」之上的。因爲：

> 如果人的本性應當是一種普遍的特性，具體的主體就是必須作爲絕對的被創造物而存在，這意味著一種主體的經驗主義。如果這些經驗的個體應當是人，每個人就必須在他自身中賦有人的全部本質，如果不是在事實上，也至少是在原則上，這意味著一種本質的唯心主義。所以主體的經驗主義意味著本質的唯心主義，反之亦然。這種關係也可以翻轉過來，即：概念的經驗主義，主體的唯心主義。但是這種翻轉了的形式強調的是問題基本結構的不同方面，這個結構是確定不變的。〔註30〕

阿爾都塞在這裏所反對的是把作爲自然物所創造的生物學上的人同經驗主體的人二者合二爲一的人道主義思想，因爲後者是社會建構的。在他看來，具體的人僅僅在社會中才能成爲人類的主體。因而主體性概念所指的一切如意識、經驗、信念、態度等都是一種社會效應。從根本上講，人類的主體必須看作是「意識形態」建構的。在阿爾都塞這裏，意識形態具有特定的含義，他曾經給「意識形態」下了一個定義：「意識形態是個人同他所存在於其中的現實環境的想像性關係的表現。」〔註31〕正是意識形態才使我們成爲主體。在這裏阿爾都塞展開了他的「人」的構想。在阿爾都塞的思想中，人道主義的「人本身」、「作爲人」的概念，是在把某種未經理論化的眞正人的理想，當作現實社會中的眞正人的理想。但是，在現實社會生活中，個人與個人之間的關係不是烏托邦式的普遍關係。社會組織形式，諸如，社會政治組織、社會制度、社會集體等等，已填充到個人之間。個人因而對現實的反映不可能不受到意識形態的影響。在這裏阿爾都塞把「具體的個人」同「具體的主

〔註30〕Louis Althusser: For marx (London, 1966)，第228頁。

〔註31〕Louis Althusser: Lenin and Philosophy a nd other Essays (London, 1971)，第55頁。

體」分開看待，因爲意識形態常常通過誘使個人與之認同而把個人招募爲主體，這個過程在阿爾都塞那裏分爲四個階段進行：

1，「社會把個人」當主體來召喚。

2，個人接受召喚，把社會當作承認欲望的對象，即另一主體，並向它屈從，並經過投射反射成爲主體。

3，主體同社會主體相互識別，主體間相互識別，主體對自己識別。

4，把想像的狀況當作實際狀況，主體承認自己是什麼，並照此去行動。〔註 32〕

阿爾都塞對主體的表達除了認爲主體是由意識形態建構的之外，與之相聯繫的一個觀點是，個人不是社會過程的「基本元素」，而是它的「承擔者」或「效應」。他在《讀〈資本論〉》一書中有過如下的表述：

> 生產關係的結果決定著生產者所佔有的位置和所承擔的功能，就他們是這些功能的承擔者（Trager）而言，他們不過是這些位置的佔有者。因而眞正的「主體」（在過程的基本主體意義上）不是這些佔據者或功能者，也不是——儘管表面上是——「眞正的人」，而是這些位置與功能的規定與分配。眞正的「主體」是這些感應者和分配者，即生產關係（及政治的和意識形態的社會關係）。但既然他們是關係，我們就不能在主體的範疇內來思考它們。〔註 33〕

阿爾都塞在這裏否認人類主體對歷史的影響，把人類主體看作是不依賴他們的生產關係的承擔者。阿爾都塞否認了人是歷史的中心的觀點，不承認把個人等同於歷史過程的主體，但是他並沒有否認人的存在，而是承認人只能存在於特定的生產關係之中。因而他承認：歷史不是個人的產物，而是群眾活動的產物。「是群眾創造著歷史。階級鬥爭是歷史的動力……」〔註 34〕。

阿爾都塞發現了主體是意識形態的承擔者，從主體與意識形態的關係入手，洞察了人道主義的意識形態圖謀，從而瓦解了人道主義所宣揚的人的神話。福柯（Michel Foucault）則從另一個途徑入手，消解了人道主義的神話光暈。他的人學思想在後現代主義文化時期獨樹一幟，他的話語理論爲人文學

〔註 32〕中文參見徐賁《走向後現代與後殖民》，中國社會科學出版社，1996 年，第 102 頁。

〔註 33〕Louis Althusser, Reading capital (London, 1970)，第 180 頁。

〔註 34〕中文參見凱蒂・素珀的《人道主義與反人道主義》，第 110 頁。

科提供了豐富而有刺激的思想。他獨闢蹊徑，從「人」如何成爲知識入手，探討「人」的問題。在福柯看來，所謂「人」，其實是一種知識形式，它是西方知識系列，如上帝、邏各斯、理性之後的一個連續。福柯曾經從西方思想傳統中抽出三個時期來標誌和描述由「知識共因」所構成的系統。這三個時期分別是「文藝復興時期」、「古典時期」和「現代時期」。文藝復興時期的知識共因是「相似」(resemblance)，在這一時期並沒有出現單獨的人，人只是作爲事物的對象出現的。古典時期的知識共因發生了變化，它不再是「相似」，而是代表(representation)，具有精確性的代表，「人」不是這個世界的創造者或者設計者，這個世界早已存在，人不過通過語言精確地說出這個世界而已；「人」只不過是世界的表述者，而不是這個世界意義的創造者。到了18世紀末期，就是在「現代時期」的開端，「表示」這一知識共因的衰落導致了「人」這一概念的劇變。在現代時期，曾在古典時期被人用來表述世界及其秩序的語言現在不能夠表述世界，人隨之在組織世界秩序中發揮了巨大的作用，並從世界其它事物同一層次中分離出來，從而成爲世界的主體。因此從人出現的時間來看，人不是亙古以來就有的，也不是永久的，他說：

> 無論如何，有一件事情是可以肯定的：人不是擺在人的知識面前的最古老的問題，也不是最經常的問題。如果取一個有限的地區和一段較短的時間爲例，比如16世紀以來的歐洲文化，就可以肯定人是一個晚近的發明。知識並沒有在漫長的黑暗中圍繞著人和他的秘密苦苦尋覓。……而且這一發明也許即將終結。〔註35〕

福柯洞悉了人道主義所掩蓋了的「人」的形成史，同時，他還發現了「人」局限性。他認爲，「人」不僅僅是主體，它還是客體。「人」既是世界的認知主體，同時又是自己的認知對象。在探討世界的過程中，它無法避免地在世界中打上自己的烙印。因而那些看上去是十分確切的知識，其實是具有局限的。可是自康德那個時代以來的人們，卻並不以人的局限性爲知識障礙，他們想要把這種局限性變爲一切關於事實的，也就是說具有確切性的知識基礎。康德是第一個用人的兩重性來定義人的科學的科學家：人既是它知識的主體，又是知識的客體；人具有充分的自然屬性、社會屬性和語言屬性；同時，人必須依據它自己提供意義和組織意義的行爲來認識人的這些屬性。因此爲了保障人獲取知識的客觀性，人必須超越自身。這種人即是西方傳統的

〔註35〕福柯：《人文科學》，《詞與物》，上海三聯書店，2000年版，第364頁。

人道主義者所宣揚的人。福柯堅決地批判了這種超驗的人，這種具有普遍性的「主體」的思想。福柯認爲，這種超驗的「主體」的思想取消了人的局限性，要正確地認識人，不是要取消人的局限性，而是要正視人的局限性。

在論述了人的歷史性與局限性後，福柯認爲，人道主義所宣揚的取消了人的歷史性與人的局限性的「人」，是西方社會話語對人的控制的一種形式。人道主義者所宣揚的人實際上是權力對人的控制的一種表現，它是人在權力的控制下爲自己所編造的一種屈從的尊嚴。因此他這樣看待歷史上的人道主義：

> 所謂人道主義，我認爲就是西方人在話語中得到表述的總和：「即使你不行使權力，你也可以是統治者。更理想的是，你越是使自己放棄行使權力，越是服從那些握有權力的人，你就越能提高自己的尊嚴。」人道主義編造出一系列屈從的尊嚴的形式：靈魂（靈魂統治肉體，但卻服從於上帝），意識（意識是武斷力的靈主，但卻服從於眞理的必然性）、個性（個性對個人的權利有控制權，但卻得服從於自然和社會的法則）、自由（自由支配人的內心，但卻接受外在世界……和命運的控制）。總而言之，人道主義代表著西方文明中一切限制「權力欲望」的因素，它禁止權力欲望，排斥一切把握權力的可能。〔註36〕

總而言之，在福柯看來，人道主義並沒有解放人，反而束縛了人。他的思想起到了「人學沉睡」（anthropological sleep）的解毒劑的作用，在西方人學思想史中具有重要的意義。

海德格爾站在現代神學的立場上，請回了被人道主義所驅逐的神學思想，在現代神學與現代智慧的交融中，提出了關注人的新視角；阿爾都塞從結構主義的共時歷史觀入手，發現了人道主義的權力圖謀；而福柯則從「人」形成的歷時流程中，發現了人道主義的權力欲望。他們的反人道主義思想顯示了西方思想界反人道主義的人學思想的主要方向和主要內容。

後現代文化最重要的一點是對現代文化的消解，它消解了現代文化的形而上的觀念，解構了現代文化的本質論思想，消除了現代思想所提倡的深度理念，最終以與現代文化決裂的面目，批判了現代文化的價值觀。後現代文

〔註36〕福柯：《語言・反記憶・實踐》（Language Counter Memory Practice），Donald F. Bouchard 編：（Cornell University Press, 1977），第228頁。

化在對「人」的看法上也與現代文化迥異。在現代觀念中，人是世界的主宰，人的價值遠遠高於一切事物的價值，人的力量被看成是無窮的。在後現代那裏，人是有局限的，人同世界的關係被看成是平等的，人也不是絕對的。後現代思想對現代思想的衝擊與解構，給中國文學中的「人」帶來了新的面貌。人們開始消解前一個階段的理想的人與「大寫的人」。喪失了理性的人，在倫理中潰敗的人，在價值觀上虛無的人，漸漸成爲這一時期文學中的人的話語的一部分。這樣，這一時期文學中的人的話語與前一時期文學中的人的話語就構成了一種消解關係。

第三節　「人」：歷史的解構

70 年代末期到 80 年代初期，人道主義話語所包含的歷史意識，支撐起了這個階段「人」的話語的實質性內涵。但是，到了 80 年代中期，人道主義所體現的歷史意識開始受到了批判。這種批判典型體現在對那個階段的學者劉再復、李澤厚的批判上。

李澤厚的「美的積澱說」代表了 70 年代末期到 80 年代初期的人道主義思想。這一思想到了 80 年代中期開始受到批判。最早對李澤厚展開批評的是高爾泰。在《美的追求與人的解放》中，高爾泰鮮明地提出了一對新的概念：感性動力與理性結構。他認爲，美感「首先是人的自然生命力，是人類創造世界和選擇進步方向的一種感性動力」，「其次它是歷史地發展了的，是以往全部世界歷史的成果……是一個相對地靜止和封閉的理性結構。」他認爲，理性結構是靜態的，是作爲結果與過去相聯繫的；而感性動力是動態的，是作爲動力因與未來相聯繫的。

高爾泰指出：「美感包括這二者。但不是這二者的機械的結合。它首先是一種感性動力，在其中理性結構不過是一個被揚棄的環節。」他指出：「在揚棄的意義上，審美的能力，又是一種感性批判的能力，一種與異化的力量相對峙的力……沒有對理性結構的批判，也就沒有感性動力的行進。」他指出：「美不是作爲過去事件的結果而靜態地存在的。美是作爲未來創造的動力因而動態地存在的。」〔註 37〕

由此，高爾泰對新時期以來影響最爲廣泛的「積澱說」提出了相當激烈

〔註 37〕高爾泰：《美的追求與人的解放》，《當代文藝思潮》，1983 年，第 3 期。

的批判。他認為，從變化和發展的觀點，即從人類進步的觀點來看，不是「積澱」而是「積澱」的揚棄，不是成規而是成規的超越，這才是現代美學的理論基礎。

除了高爾泰對李澤厚的「美的積澱說」展開了批判外，劉曉波也與李澤厚展開了對話，從而為 1985 年後人的話語的轉型拉開了帷幕。李澤厚可以說是 1976～1985 年這一時期的人的話語的代言人。李澤厚從康德出發重新解釋馬克思，提倡主體性，既符合主流意識形態的「新」馬克思情結，又開創了「人」的話語的新天地。李澤厚的「積澱說」指出了歷史理性對感性的生命個體的制約，指出了人的話語的生成方式。他的「主體性理論」及「積澱說」從理論層面勾勒出了這一時期人的話語的生成方式及結構。

李澤厚的人的話語的決定性生成因素是以社會為本位，以理性為核心。劉曉波面對李澤厚的盛名，提倡感性——個體本位的人的話語。在劉曉波看來，所謂感性，即是「生命的具體的活生生的存在、動力及運動。」〔註 38〕這一定義，與先天性本能直接相關。李澤厚也看重感性，不過在他看來，若人的生物性本能不經過社會理性的薰陶轉化為文化心理，人將不成其為人；而在劉曉波那裏，生命的感性形態恰恰是無限神往的、永恒的，是人的最根本所在。因而劉曉波宣稱：「理性是什麼，理性是人的感性生命所具有一種自我意識的機能，只有在感性生命充分迸發的基礎上才會有眞實的理性可言。理性一旦不是為感性生命的發展和實現服務，而是反過來壓抑感性生命，那麼理性就成了一種虛假的自我意識，成了專制暴君，這種壓抑一旦過長，就會造成感性生命和理性自我意識的雙重死亡。」〔註 39〕由於感性對於生命意識對於人來說具有如此重要意義，劉曉波選擇感性也就是順理成章的事了。

劉曉波的感性是以個體為本位的。「個體本位」是指每個人的身心發展和自我實現，它是人的歷史活動的出發點，也是人的歷史活動的終極目的。劉曉波對個人本位的選擇有其獨特的理論思考。他的「個體本位」是以人類價值意識的「兩次分離」為參照的。為了生存與發展，人必須淪為一個整體，這是「人與自然的分離」。在這次分離中，人意識到自己是宇宙間特殊的類屬，及不同於自然界的社會性、群體性。這樣，第一次的分離發現的是人類的整

〔註 38〕劉曉波：《選擇的批判——與李澤厚對話》，上海人民出版社，1988 年版，第 16 頁。

〔註 39〕劉曉波：《選擇的批判——與李澤厚對話》，第 18 頁。

體性、主體性。第二次分離是「個體與社會的分離」，即人意識到每一個個體其實又是迥異於其它個體的獨特存在，這一次分離是個人主體性的發現。人類的整體性與個人的主體性又是什麼關係呢？劉曉波說：「人類作爲整體性主體性只有落實到每個人的個體主體性身上才能產生無窮無盡的創造力，人類才能呈現出多層次、多色調、多聲部的類的存在，世界才能充滿勃勃的生機。」〔註40〕

正是從這種「人」的話語出發，劉曉波認爲新時期文學沒有走出「清官——貪官」的衝突模式，有「強烈的使命感而沒有進入非意識層次」。〔註41〕他認爲，「任何理性因素的介人都必然在某種程度上損害文學的審美的純潔性。在中國就是不能談什麼感性和理性統一這類字眼，人類就是永遠處於這種感性與理性、靈與肉、本能與文明、自然人與社會人的這種二律背反之中，它們之間是沒法調和的。」因此，新時期十年文學的危機，在於它沒有脫離傳統文化，而文學的出路在於：「就是得把這樣一些東西強調到極點：感性，非理性，本能，肉。肉有兩種含義，一是性，一是金錢。」〔註42〕劉曉波從「感性——個人本位」的人學觀入手，爲以後文學的發展提供了一個新的理論參照系。

對李澤厚的「美的積澱說」的批判，直接指向了對集體的、理性的「人」的批判，嘗試把「人」從宏大的歷史目的中解放出來。與李澤厚一起受到批判的還有劉再復。在批評者看來，劉再復、李澤厚所體現出來的思想是古典人本主義思想。80 年代中期，隨著西方現代哲學、美學的深入傳播，中國萌芽了現代人本主義思想。古典人本主義倡導理性，發揚個性，注重提高人的價値和尊嚴。與古典人本主義不同，現代人本主義則「不僅把人抽象爲生物學意義上的自然人，而且把人的本質等同於『自我』的生命、『心靈』、『幽靈』或其它某種非理性的生理、心理功能（如意志、欲望、直覺、情感、人格）；這樣把人的某種非理性因素抽象化、普遍化，上陞爲本體論和認識論的高度」。〔註43〕

在現代人本思想萌動的思想文化氛圍中，劉再復、李澤厚的古典人道主

〔註40〕劉曉波：《選擇的批判——與李澤厚對話》，第 49 頁。

〔註41〕肖陳：《南北百年文學評論家對話》，《語文導報》，1986 年 11 月。

〔註42〕劉曉波：《危機！新時期文學面臨危機》，《深圳青年報》，1986 年 10 月 3 日。

〔註43〕朱立元：《現代西方美學主潮》，復旦大學出版社，1987 年版，第 4～5 頁。

義思想自然會受到批判。甚至有批判者認爲劉再復的主體性理論「非常鮮明地體現著某些古典人道主義的典型特徵」，而他「完全不理解『二十世紀的情緒』」，「對二十世紀的情緒多麼地隔膜。」〔註 44〕

對李澤厚、劉再復的批判昭示著中國現代人本思想的崛起。在西方現代人本主義思想的啓發下，中國當代人本主義思想發生了根本性的變化，從屬於理性的、注重歷史價值的「人」開始向注重個體生命，注重本能欲望，注重個體的意識、精神的「人」轉變。

首先我們看到，此時「人」向生命活動、生命意識轉向。彭富春、揚子江認爲：「我認爲藝術不在於理性意識，也不在於非理性意識，而在於純粹的生命意識，它是生命意識的覺醒。因而，藝術塑造人，正是要喚醒你的生命意識，任你的生命本性的自然而運動，從而使你在生存之網中獲得解放與自由」〔註 45〕。陳宏把文學與人的本質同人的生命活動等同起來：「文學在『人學』的意義上，是人的生命活動的自由表現」，「它的本質體現爲這種自由生命活動之無限展開的過程，也即是文學自律運轉的過程」〔註 46〕。林興宅認爲：「藝術本體與人的生命是同構的，文藝活動的過程和文藝的本體存在都只能在人的生命活動中尋求解釋。……建設新時期文學的根本出路在於生命自由意識的覺醒與高揚。文學中的生命自由意識指的是作家追求生命自由表現的自覺和衝動。藝術是生命的自由創造，是人的生命自由自覺本質的一種實現」〔註 47〕。

至於生命意識的具體內涵，大概沿著兩條線索展開。一方面，這種生命意識沿著生物性、化學性的方向延展；另一方面沿著文化、存在方向延伸。

當時，有人把人的生命活動、生命意識歸結爲人的感性、直覺、體驗、潛意識、本能衝動等非理性層面。王一川就這樣認爲：「人直接地就是『感性存在物』（Sensuous being），他只有憑藉自身的感性（即感覺、情感、本能、生命力、愛欲等）才能在對象世界中確證、佔有並享受自己。感性是人的存在的根本標誌，是究竟的究竟」〔註 48〕。

〔註 44〕陳燕谷、靳大成：《劉再復現象批判——兼論當代中國文化思潮中的浮士德精神》，《文學評論》，1988 年，第 2 期。

〔註 45〕彭富春：《文藝本體與人類本體》，《當代文藝思潮》，1987 年，第 1 期。

〔註 46〕見《我們的思考與追求》，《文學評論》，1987 年，第 2 期。

〔註 47〕林興宅：《出路：生命自由意識的覺醒》，《福建文學》，1988 年，第 12 期。

〔註 48〕王一川：《走向感性的藝術——現代世界感與現代意識觀念》，《批評家》，1987 年，第 2 期。

孫文憲認爲：「作家創作活動的深層動機原本就來自生命需要的本能衝動」，「人的需要具有內在的必然性，它是人的生命衝動的內驅力，而人的需要就是人的本性」〔註49〕。

陳劍暉也認爲1984年以後的「探索小說」之所以令人稱讚，是因爲，它們令人感到「一種對生命個體的勇敢探索以及復歸自然的生命體驗」，他認爲：「在那裏，生命的存在乃是一種比思想更本眞，更深刻的存在。思想在其現實性上，只是一種生命的形式，一種生命的證明，一種生命的尋求和超越的形式。在那裏，人們打破了一切禁忌，他們不受理性的約束，只是任憑自由律令的驅動，他們放任本能，追求自由，復歸原始。於是在酒神精神驅動下，他們獲得了與世界本體融合的最高歡樂」〔註50〕。

而劉曉波則把人的本能、欲望推向極致。他說：「個體是什麼？自我是什麼？是一團肉、一灘血、一副骨架、一堆亂七八糟的神經，是由此而產生的自我保存，自我發展的本能欲望。想吃山珍海味、想住富貴華麗的房子、想與漂亮的異性同床、想受到他人的尊重、想佔有、想創造、想享受。」〔註51〕在對本能、欲望推崇的基礎上，他進而把哲學、宗教等推論爲本身就是人的本能、欲望的遮羞布。他說：「哲學上的形而上學、宗教中的神和天堂、道德上的至善、社會學上的各種烏托邦」，「不過是原始人用來遮擋最有創造力的生殖器的第一塊遮羞布的不同變種」，「審美就是要扯掉這塊遮羞布，拔開文明所沉積下來的層層迷霧，把人的眞面目（裸體）、眞命運（悲劇）呈現出來」。〔註52〕

當把人的生命意識歸結爲精神之後，文學對人的關注就超越了一般的社會歷史性內容，轉而關注人的生存狀態，而這一點就是80年代中期以後文學的「人」的話語的重大轉折。

〔註49〕孫文憲：《我們的思考與追求》（筆談），《文學評論》，1987年，第2期。

〔註50〕陳劍暉：《文學本體：反思、追尋與建構》，《阜陽師範學院學報》，1988年，第4期。

〔註51〕劉曉波：《哲學的反思》，《當代電影》，1988年，第3期。

〔註52〕劉曉波：《我看審美》，《文藝爭鳴》，1988年，第1期。

第四章　「個人」的浮出

個人、個人主義是個複雜的概念，在不同的國別中，個人、個人主義的含義大相徑庭。史蒂文・盧克斯在他的《個人主義》中，仔細考證了個人主義在德國、法國、美國、英國等國家中的含義。事實上，在中國，個人的含義也具有其獨特性。李揚在考察中國當代文學中的「個人」的含義認爲，雖然個人在 1950～1970 年代和 80 年代的意義完全不同，但是「無論在何種意義上使用，『個體』或『個人』都是『主體—他者』這種二元對立的現代性範疇中的一個概念，——無論是『民族國家』與『個人』的對立、『階級』與『個人』的對立、『黨』與『個人』的對立或者『集體』與『個人』的對立，莫不與此」〔註 1〕。在考察 80 年代小說中的「個人」的時候也應該注意到，小說中的「個人」是在二元對立的結構中產生的這個重要特點。80 年代中期的小說對「個人」話語的呼喚，也是對此前二元對立結構的拆解，以期誕生出新的「個人」。這種拆解表現爲對此前個人價值定義的抵抗和質疑，也是權力話語制約個人的機制的呈現，當然，也應該包含對文學壓制「個人」的敘事規範的暴露。對於上述問題，本章將一一展開討論。

第一節　個體意識的回歸

80 年代，「傷痕小說」、「反思小說」、「改革小說」，包括「尋根小說」都是建立在對現代化的歷史敘述總體之中的，正因爲這樣，才有研究者把這一

〔註 1〕李揚：《50～70 年代中國文學經典再解讀》，山東教育出版社，2003 年版，第 191 頁。

階段的文學的基本主題概括爲「文明與愚昧的衝突」〔註 2〕。「文明與愚昧的衝突」的總主題概括了這一時期小說中「人」的話語從屬於現代化的歷史意識這個基本特點。80 年代西方人本主義思想的傳播和西方後現代文化思潮的啓迪，中國當代小說中「人」的話語發生了轉型，負載著沉重的歷史意識的重殼的「人」的話語發生了變更，「人」，作爲生命體，而不是歷史的負載，開始出現在人們面前。

張賢亮的《男人的一半是女人》，劉恒的《伏曦伏曦》乃至王安憶的「三戀」都恢復了人的生命本色。而對歷史意識載體的「人」展開抵抗，並在抵抗中展示具有生命本色的「人」的最突出的作家則是池莉。池莉的文學史意義是建立在與中國激進主義文化對話，重新確立「人」的基礎上。池莉是近 20 年來重要的小說家之一。自發表《煩惱人生》以來，她的作品屢受好評。人們常常以「回歸現實」、「還原生活」等來概括她的作品的特質。當然，她的作品的確有這些特點。由《煩惱的人生》開始，池莉的一系列小說《你是一條河》《冷也好熱也好活著就好》《太陽出世》等，對具有生命質感的、具體的「人」的敘事，展示了一種新的「人」的觀念。相當長的一段時期以來，文學一直在追求超驗的價值。個人對超出生命體驗的社會歷史價值的追尋與皈依，以及個人對現實社會環境、現實生存環境的超越，成爲彰示個人價值的最爲重要的途徑。於是，我們發現，文學中的「人」，便成爲一個虛幻的精神存在，抽象爲社會活動中的一個功能。作爲感性的、具體的有獨特生命體驗的個體，人被忽略、被遺忘、被壓制。然而，池莉的小說中的「人」的觀念開始發生了根本性的變化。在這些小說中，「人」是一個活生生的生命個體，而不是一個抽象的、虛幻的觀念。因此，池莉的小說具有了獨特的文學史意義。

把人還原爲現實中的生命，最重要的是要正視生命本來的面貌。人，作爲生命的個體，首先是一個自然的生命形態。在精神與人、價值與人、倫理與人之間，人的自然性生命狀態是最爲根本的，也是精神、價值、倫理產生的根基。《你是一條河》中的生命存在本身，便超越了社會歷史倫理道德的視域，呈現爲較爲純粹的自然形態。小說宣揚了這樣的一個觀念：人作爲一個生命個體，生活下去成爲一個無法迴避的、最爲基本的原則。小說中的辣辣

〔註 2〕季紅眞：《文明與愚昧的衝突——論新時期小說的基本主題》，《中國社會科學》，1985 年，第 3 期。

三十歲守寡，喪失了生活來源的她必須養育八個尚未成年的孩子。讓自己、讓孩子活下去，成爲辣辣人生最基本的信條。辣辣作爲一個人，她只是一個從社會歷史層面脫軌的生命粒子，在 20 世紀 60 年代到 80 年代的複雜動蕩的社會歷史變遷中，她所做的一切都只是爲了讓自己的生命與孩子的生命延續下去。這種對生命生存的執拗，讓辣辣的人生超越了任何道德評價的價值尺度。辣辣與糧店職工老李、血頭老朱的關係，已經超出了道德評價的範圍，具有執拗地返回生命的意義。當社會運動剝奪了辣辣的生存方式與生存空間時，她與他們的交往已不能用道德本身來評價。這樣並不是說在她身上泯滅了是非標準，她對小兒子的偷盜行爲的默許，也只是局限於解決生命必需品的範圍內；同時，她對豔春保護右派分子老羅的舉動，也十分讚賞。辣辣對生命的呵護顯示了其生命力的強悍，它構成了辣辣人生的底色，它以簡單而熱烈的色調充實了辣辣人生的內涵。

辣辣在 20 世紀 60、70 年代的社會動蕩中，所堅守的只是對自己和孩子們的生命的維護，這種對生命本身的呵護遠離了社會歷史價值、遠離了虛幻的精神及純粹的理想主義。小說在敘寫辣辣對生命的固守時，將她這種對生命自身的執拗與王賢良、得屋、冬冬的人生進行了對比描寫，在這種對比中彰顯辣辣的生命觀。辣辣的人生信條及價值觀與小叔子王賢良的截然不同。王賢良的人生價值主要體現於個人在社會歷史變革時期中所體現出來的作用，而當社會歷史面貌發生變化之後，他個人的人生價值旋即喪失了根基。對王賢良來說，這無異於個體生命的喪失。事實上，當王賢良「退隱」之後，他的生命也即開始枯萎。辣辣的生命卻從不與社會歷史發生關係。作爲生命個體，她遠離一般社會歷史，與當時 60 到 80 年代的一般人生活不同的是，她的八個孩子的姓名，只有兩個人與社會歷史運動相關，而且是當這些社會運動已成爲過去時，她才從別人口中得知。

除了對社會歷史意義與道德倫理的超越之外，辣辣的生命也超越了任何虛幻與幻象。辣辣的兒子得屋的人生全部寄託在一場理想化的狂熱運動。而當運動過去之後，他得到的只是精神的虛幻與分裂，他只能在虛幻的精神幻象中尋找人生價值。這對於一個生命來說，只能意味著毀滅。辣辣的生命也不是理想主義超越的對象，而是一切生命現象的最爲根本性的存在。女兒冬兒無疑是理想主義者的化身，她因看不慣母親辣辣的行爲，主動離家下至偏遠他鄉。在上大學之後，她改了名，並與母親斷絕了一切聯繫。她是個叛離者，也是理想執著者。但是當她孕育了生命，成爲母親後，她卻在生命意識裏感覺到了母親的離去，當她把塵封的母親故事講出來之後，這個理想主義者從生命的內在深處，完成了一次洗禮與皈依。辣辣的生命超出了一切外在於生命的評價，以生命的本眞形態展示在人們面前。她所認定的、所堅持的只有一個信念：「人」只是一個生命。

《你是一條河》把「人」還原爲超出社會歷史、倫理道德、精神、理想的原生生命狀態。它表明，人只是生命的個體，生命的存在與延續是人最爲根本性的特徵。環繞著人這個自然生命個體的環境與人之間的關係，也發生了根本性的改變。人不再是支配環境、超越環境的主體性力量，而是受環境制約的生命體。池莉小說也表現了理想受制於現實而不能超越現實的理念，從而顯示了人性的局限性和對超越性的消解。這一點在池莉的成名作《煩惱人生》中表現得最爲充分。

中國當代小說的一個基本主題就是：人是處於可以支配環境的主體地位的，人具有超越環境的神話功能；個人的價值也體現在對外在環境的改造上，特別是對超出個體能力的環境的改造上。而《煩惱人生》展示給我們的是：人其實是受制於環境的，它不可能超越於環境的制約而發揮自己的能力與價值。印家厚並不是一個沒有理想的人。但是他發現，即使是夫妻兩人的生活，也無不受環境的影響。上班、孩子入托、工資獎金等等，成了印家厚個人生存欲望無法逾越的對象。印家厚的人生狀況就這樣受到他本人所處環境的制約，以至他不得不問：

> 爲什麼不把碼頭疏濬一下？爲什麼不想辦法讓輪渡快一點？爲什麼江這邊的人非得趕到江那邊上班？爲什麼沒有一個全托的幼兒園？爲什麼廠裏麻煩事都攤到了他頭上？爲什麼他不能果斷處理好與雅麗的關係？爲什麼婚姻與愛情是兩碼事？〔註 3〕

印家厚意識到，個人的生存不可能擺脫環境的影響。他的生活感受表明，人的生命活動其實要受到環境的束縛。忽略環境對人生命的影響、忽視環境對人生命的制約，不能完整地表現出生命存在的眞實狀況。在環境對人的制約中，個人的生命存在本身，就顯示出生命本身的意義。

《煩惱人生》敘寫了生命無法超越環境的眞實狀況，那麼人與環境的這

〔註 3〕池莉：《煩惱人生》，《池莉文集・一冬無雪》，江蘇文藝出版社，1995 年版，第 47 頁。

種關係，是否就意味著人的生命的無力與渺小，是否意味著生命的無奈與尷尬？不是。的確，生命無法超越環境，無法超脫環境而體現意義，但是在這樣的前提下，生命還是可以在與環境的和諧相處中，體現出生命的意義。《冷也好熱也好活著就好》十分自信地宣佈了生命存在的必要性、重要性：「活著就好」，而且人的生命本身就是如此情趣盎然。小說在酷熱的武漢盛夏背景中展開。這一天，天氣奇熱，「體溫計爆了」，預示著武漢的氣溫超過了 42 度。小說表現了在惡劣的環境中，人們的生存方式和生命狀態：大汗淋漓地擠在公共廚房裏做飯，把竹床搬到街道上吃晚飯，老年人在一起談論逸聞軼事，年輕人在酷暑之夜談戀愛，過夜生活。小說極力展現了在惡劣的環境中生命力的揮灑，它用意十分明顯，無非是表現人的生命的強盛及生命本身充滿的詩意。小說並沒有表現人與環境的對立，也沒有通過設置人與環境的對立來表現人的超越性的主體性精神。相反，小說表現了在與環境的相安相處中，人的生命活動以及生命力本身就充滿著意義。在這種人與自然環境的和諧共處中，消解了傳統意義上的「人」及「人」的意義、表現方式，也改變了常見的在人與環境的對峙和超越中展示「人」的存在的敘事方式。小說要表現的是，生命本身就是與環境相依存的。小說中有這樣一段作家四與貓子的對話，顯示了對待生命的兩種態度：

貓子說：「四，我給你提供一條寫作素材好不好？」

四說：「好哇。」

貓子說：「我們店一支體溫表今天爆炸了。你看邪乎不邪乎？」

四說：「哦。」

貓子說：「怎麼樣？想抒情吧？」

四說：「他媽的。」

貓子說：「他媽的四，你發表作品用什麼筆名？」

四唱起來：「不要問我從哪裏來，我的故鄉在遠方，爲什麼流浪，流浪遠方，流浪。」

貓子說：「你眞過癮，四。」

四將大背頭往天一甩，高深莫測仰望星空，說：「你就叫貓子嗎？」

貓子說：「我有學名，叫鄭克恒。」

四說：「你的名字叫人！」

貓子說：「當然。」

然後，四給貓子聊他的一個構思，四說准把貓子聊得痛苦流涕。四講到一半的時候，貓子睡著了。四就放低了聲音，堅持講完。〔註 4〕

貓子作爲普通市民，關注的是生活中與個人生存相關的點點滴滴。但是，身爲作家的四對此並不感興趣，他關注的不是作爲個體生命的貓子，而是忽略個體生命，把貓子命名爲一個空洞的能指神話：「人」。貓子顯然對這樣的提昇不感興趣。

《冷也好熱也好活著就好》與《你是一條河》等作品極力展現人的生命形態及生存眞相，消解了 70 年代末、80 年代初小說中人的崇高形象及理想色彩，將人從社會歷史意識的意義創造中解放出來。這種褪除了理想色彩，消融了社會歷史意識的「人」，是具體的，同時也是完整的，它不同於皈依歷史的抽象的「人」，也不同於委身於精神的片面的「人」。因此，池莉在展現「人」的成長時，與以往的成長敘事有著根本的區別，她要表現的是「人」如何由抽象、片面走向具體與完整。

池莉的《不談愛情》和《太陽出世》是非常明顯的「人」的成長敘事。在西方文學範式中，它是人的本質不斷獲得並且最終完成的歷程，它是英雄成長的過程。在 20 世紀中國文學史中，「成長」敘事具有非常明顯的政治隱喻含義，成長敘事一直是小說的常見主題範式。尤其是 50、60 年代小說中，成長敘事成爲這一時期小說最爲普遍的敘事類型。新的歷史意識爲體現其所規範的「新人」價值模型，常常通過成長敘事來表現人從不完美到完美形態的過程。它表明，舊社會及舊社會的人是不完美的，它身上附著舊的歷史意識，也積澱著醜的人性。成長敘事一方面展示「舊人」成長爲「新人」的可能，也表現了「新人」的成分及其獲取的途徑。歷史意識的壓力使成長敘事小說在 50、60 年代十分走紅。秦德貴（《百鍊成鋼》）、李少祥（《乘風破浪》）、梁生寶（《創業史》）、朱老忠（《紅旗譜》）、劉雨生（《山鄉巨變》）、林道靜（《青

〔註 4〕池莉：《冷也好熱也好活著就好》，《池莉文集・一冬無雪》，江蘇文藝出版社，1995 年版，第 78 頁。

春之歌》）、李雙雙（《李雙雙小傳》）等等都是在歷史意識的引導下成長起來的人。

池莉的小說《不談愛情》也是成長敘事。如果說50、60年代的成長敘事小說是表現在歷史意識引導下，「人」的舊曆史意識不斷蛻化，新歷史意識不斷增長的過程。那麼，《不談愛情》卻表現的是一個處於理想中的、對生活意義理解不完整的男人成長的過程。莊建非原本生活充滿了理想的色彩，在他的愛情生活中，這一點表現得最爲明顯。莊建非出身於知識分子家庭，本人又是外科醫生，有良好教養、優越的工作，莊建非的生活因而充滿理想與激情。莊建非曾經的女友王珞是高知家庭的女孩子，受過鋼琴和舞蹈的訓練，喜歡討論音樂、詩歌、時事政治及社會關注的大問題，而不屑於家庭瑣事、柴米油鹽。不能勇敢地面對現實是王珞最大的缺點。

莊建非與吉玲的最初相遇及交往，就莊建非而言，也仍是充滿理想與激情。小說這樣描寫莊建非與吉玲的相遇：「吉玲被莊建非撞了一下。在武漢大學的櫻花樹下，她的小包給撞掉了，裏面的一本弗洛伊德的《少女杜拉的故事》跌在地上。同時跌在書上的還有手帕包的櫻花花瓣，零錢和一管『香海』香水，『香海』摔破了，香氣縈繞著吉玲和莊建非久久不散。」〔註5〕吉玲小包裏的弗洛伊德的《少女杜拉的故事》，讓人覺得吉玲是一個有知識的女孩，而櫻花花瓣、香水讓人感到吉玲的青春，莊建非正是基於這樣的一種直覺才與吉玲交往。莊建非的知識分子式的生活方式及其追求，是他在吉玲出走之前的最爲突出的特徵。

結婚之前的莊建非的生活是不完整的，他把生活浪漫而詩意化，力圖遠離世俗而保持一種高雅的生活。但是在與吉玲吵架後，莊建非遭遇了生存的困境，不僅吃飯等日常生活成爲問題，連個人事業也受到了影響。莊建非不得不從理想的個人主義者的雲端走向地面。莊建非要成長，無法完全靠個人內在的知識修養，現實生活是一個不得不面對的因素。最後，莊建非向吉玲妥協，答應吉玲回家的全部要求。吉玲使莊建非從一個理想的個人主義者轉變爲懂得現實生活法則的人。在莊建非的轉變中，梅瑩也是一個不可缺少的幫手。莊建非與吉玲認識之前，莊建非在一次學術會議上結識了梅瑩，她指點莊建非把主攻專業從腹外轉到胸外，她還給了莊建非性生活上的啓蒙。在

〔註5〕池莉：《不談愛情》，《池莉文集・一冬無雪》，江蘇文藝出版社，1995年版，第38頁。

性欲的激情中，莊建非向梅瑩求婚，但她果斷地拒絕了莊建非的請求。她教育莊建非，人生的全部不只是兩個人的激情，此外還有家庭責任等其它內容。與吉玲產生矛盾之後，正是在梅瑩的引導下，莊建非才有了解決矛盾的主意。

在吉玲、梅瑩的引導下，莊建非長大成「人」，從理想與激情中走出，走向生活的實在、責任和義務等。愛情是人的本質之一，它不再只是精神的飛翔，它更多的是對生活的面對。對於這一點，尚未長大成「人」的莊建亞，是不會明白的，她在日記中寫道：「哥哥沒有愛情，他眞可憐。」〔註 6〕《不談愛情》中莊建非的「成長」，顯示出了生命及其意義的豐富性和完整性。莊建非最終明白，個人生活或者說個人生命的意義是複雜的，個人生活不僅是事業，還有家庭和社會；夫妻之間不僅僅只有性生活，還有責任與義務。

池莉的一系列小說中顯現了「人」的感性、鮮活的生命感受，同時，也展示了「人」的具體性與完整性。但是這種「人」絕對不是世俗的；同樣，也不是要屈從於現實生存。這種「人」的出現，只是體現了生命本相及意義。歸根結底，池莉小說表現了「人」是生命，人的意義也是生命的主題。《太陽出世》就展示了在生命的引導下，世俗市民趙勝天、李小蘭從世俗中蛻變成追求更高生活境界的「新人」。

《太陽出世》中的趙勝天、李小蘭是那種絕對的小市民，結婚講究排場，在結婚時打架、罵街。李小蘭懷孕後，生命的孕育改變了趙勝天、李小蘭的全部人生。趙勝天在工廠成爲技術革新骨幹，並取得了革新成果。他還投考了成人大學，學習尖端技術；李小蘭則爲以後孩子的教育開始提昇自身素質，並擴大了交往空間。但是，最爲根本的改變是在生命的孕育過程中，二人獲得愛的眞諦，獲得了生活的樂趣，感受到了生活的意義，小說結尾充分顯示了生命孕育對夫妻二人的意義：

> 養一個孩子多麼有意思！八個月零七天，你突然十分清楚十分親密地叫了一聲「爸爸」，你把從不哭的趙勝天一下子激動得撲沙撲沙的流淚了。你爸爸結婚那天打架，你媽媽穿著新婚紗罵大街，多麼調皮多麼輕浮多麼無知多麼浪漫的一對年輕人，是你默默無聲把他們變成了穩重的成年人。從前他們不知有愛，現在他們對你對其它孩子對老年人對所有人都充滿了愛意，充滿了寬容。自然，會愛

〔註 6〕池莉：《不談愛情》，《池莉文集．一冬無雪》，江蘇文藝出版社，1995 年版，第 109 頁。

的同時也會了恨。都是因爲有了你，孩子。〔註7〕

《太陽出世》中的生命對人的引導與提昇，並沒有超出個人的實際生活狀況，對個人的提昇不是外在於人的生命的，而是與生命本身息息相關的。與一般意義上的人對意義的追求與個人的生命蛻變不同，趙勝天和李小蘭的生存境界的提高與個人的生命體驗緊密相關。

《冷也好熱也好活著就好》《太陽出世》《不談愛情》這些小說大多從自然形態的現實的感性生活出發來定義「人」，它們所追求的是日常生活形態的「人」，而非一個超越實在的、形而上的「人」。這就與西方現代小說有著明顯的區別。在西方現代派作家那裏，「感性世界的那種東西，不過是精神世界的罪惡而已」〔註8〕。這種追求精神世界的「人」，是超驗的、抽象的「人」。在存在主義者看來，「煩惱」是「人」的不自由的狀態，是要超越的「非人」狀況。在追求這種抽象、本質的超越的「人」的現代哲人看來，日常、世俗的生活自然是否定的對象。與西方現代派文學追求超驗的、彼岸的「人」不同，池莉小說由對彼岸的「人」的憧憬回溯到對此岸的「人」的描繪，從而離析了權力對人的控制。由對超驗的彼岸的人的關注回到注重感性的此岸的人，這種變遷離析權力的現象，特里・伊格爾頓有過相關的論說。他曾對英國文學把對終極性價値奉爲圭臬的現象作過這樣一番評述：「我們知道，既然文學所反映的是人類的普遍價値準則，而不是諸如某些內戰，婦女遭受壓迫或者英國農民的破產這一類歷史瑣事，他也就能夠把工人階級關於改善生活條件或自己命運的瑣碎要求置於宏觀畫面中加以審視，而且，如果運氣好的話，它還能使他們專心於有關永恒眞理和永恒美的思考，從而忘記那些要求。」〔註9〕的確，池莉的這些小說敘寫了此在的、具有生命意識的個體存在狀態，它超越了純粹的精神形態的人，它把以往文學中那種高居雲端的人還原爲具體的、鮮活的人。我們如果參照特里・伊格爾頓的說法，不難明白，池莉的這些對人的此在狀態的關注，貼近人生命本眞狀態，是對人的本身的關注，它從根本上與權力話語是相背離的。

中國「五四」新文學以來的現實主義文學話語譜系中，環繞人的生存的

〔註7〕池莉：《太陽出世》，《池莉文集・一冬無雪》，江蘇文藝出版社，1995年版，第89頁。

〔註8〕德・弗札車斯基：《卡夫卡和現代主義》，外國文學出版社，1991年版，第60頁。

〔註9〕特里・伊格爾頓：《文學原理導論》，文化藝術出版社，1987年版，第31頁。

現實社會歷史、自然環境常常被一言蔽之曰「現實」。這個現實常常與政治、權力緊密相關。在中國現代文學史上，在如何界定現實主義的概念上，鮮明地體現了現實與權力的關係。茅盾在《夜讀偶記》中十分清楚地界定了什麼叫現實主義，在他看來，現實主義是由一種「階級本能」產生的。他這樣說道：「由於被剝削階級的階級本能及其鬥爭性質規定了它對於文藝的要求和任務，因而它的這種文藝就其內容來說是人民性的、眞實性的，就其形式來說是群眾性的，爲人民大眾所喜聞樂見的。這就產生了現實主義創作方法。」〔註 10〕茅盾把現實主義與「階級本能」聯繫在一起，而瞿秋白則鮮明地把現實主義同階級立場聯繫起來，他在解釋馬克思、恩格斯的現實主義理論時已經意識到，不能將「眞」或者「現實」看作政治之外的超然存在。他說：「客觀的現實主義文學同樣是有政治立場的——不管作家自己是否有意地表現這種立場。」〔註 11〕在政黨取得執政地位之後，現實更加的與政治聯繫在一起的，在它那裏，隱含著強烈的政治性權力訴求。

強烈地把人所存在的現實、現實環境與權力的訴求聯繫在一起時，「人」生存的現實就被抽象爲政治理念，同時「人」，也成爲階級、政治的符碼。在相當長一段時間內，小說中的人被看作是能夠超越生存環境的力量，這種「人」的思想，最終把「人」抽象爲某一觀念的符碼，從而喪失了作爲一個生命個體的生命意識。池莉的這些小說，把「人」還原爲具體的生命個體，它所體現出來的創作傾向，是無法用「還原生活」、「寫出生活本色」等說法概括得了的，其中隱含著豐富的「人」的思想。這些小說及其所代表的創作潮流，把「人」還原爲生命現象，從生命存在的角度展示生命與環境的關聯及生命本身的意義。

第二節　「知識的暴力」敘事

在 80 年代到 90 年代的作家中，余華是獨樹一幟的。他的獨特寫作意義不僅體現在敘事文本語法的探討上，在這一點上，馬原、洪峰與之相比毫不遜色；也不是在描寫對象的選擇上，他後期的小說《活著》和《許三觀賣血

〔註 10〕茅盾：《茅盾全集〕（第 19 卷）》，人民文學出版社，1984 年版，第 156 頁。
〔註 11〕轉引自南帆：《個案與歷史氛圍：眞・現實・所指》，《上海文學》，1995 年，第 11 期。

記》所體現出的對生命的承受力量，在其它作家那裏也能找到替代者。然而在對「知識的暴力」分析這個問題上，在這一歷史時期，余華是其他作家無法替代的。余華在作品中分析了知識如何以暴力的本質對人構成傷害。80 年代前期的小說中，知識以神話面目出現，成爲合法的意識形態符碼。在對知識的崇拜與盲從中，人們不知不覺地臣服於權力。而余華 80 年代後期的一些小說，則尖銳的指出了知識如何與權力合謀，製造暴力，對人的身體構成傷害。由此出發，余華暴露了知識與權力的關係，瓦解了知識意識形態的神話功能。

自啓蒙以來，知識就是構成人的本體性的最具有意義的一維。對知識的擁有使主體的人具有超出其它自然個體、社會規律的無限威力。在啓蒙文化語境中，知識在兩個向度上爲人的主體意義的確立帶來威力：法律和醫學。法律建立在天賦人權的基礎上，它保證人人生而平等，是現代社會與社會個體的人之間的契約。而醫學、醫術則是人對自然規律的挑戰，是人的主體性確立的一個重要表現。

但是，在相當長的歷史時期裏，無論法律還是醫術，最終不可避免地成爲權力對社會個體人的規範與禁忌。福柯在《瘋癲與文明》《規範與禁忌》等一系列作品中詳細地分析法律、醫術作爲知識如何成爲權力的中介從而作用於社會個人。福柯認爲，現代與古典的權力表現形式有著根本的區別。在古典時期，權力的表現以古典強權爲中心，自上而下。它是公開的、明顯的，常常需要大量圍觀的人群作爲表現形式中的一個重要部分。而現代權力是局部的、持續的、生產性的，以零碎的方式發展起來的。各種各樣的「微型技術」被無名的醫生、典獄官、教師，運用於無名的醫院、監獄和學校中而得以完善。現代社會中的權力，常常以服務於主體的知識的面目出現。在表面上，它是改善了主體的生存狀況，其實質是對主體的控制。如現代刑罰，表面上看，是在啓蒙時期，人們覺得封建刑罰方式不人道而建立的一種處罰犯人的方式。但是福柯認爲，刑罰的改革不是基於更公正的原則來建立的一種新的處罰方式，而是建立的一種新的權力經濟，這種新的權力經濟在經濟和政治兩個方面都分佈更好，效率更高，以及代價更低。同樣，醫學知識也不是按照啓蒙實證主義來發展的，而是作爲一種可視性和空間化關係的變化來發展的。這種可視性和空間關係的變化指的是醫生對病人的「注視」發生了改變。與古典時代的醫生的「注視」不同，現代醫生的「注視」不再是消極地描繪一種預定的疾病，而是主動的由疾病症狀來探明疾病的意義。福柯這樣看待現代醫學中的注視，他說：「注視既不忠誠於眞理，也不服從它，同時也沒有爲一種終極力量提供證明：觀看的注視是一種統治的注視。」〔註 12〕現代醫學在「注視」的變化中就和權力聯繫在一起。現代社會的這種零碎的、以知識爲中介的權力形式最終——對權力主體來說——是以身體爲生產力的。福柯這樣看待作爲權力生產力的身體：

> 身體……直接牽涉到一種政治領域；權力關係對它擁有一種直接的控制；權力關係對它進行投入，標示它，訓練它，折磨它……依據複雜的相互關係，這種對身體的政治投入與它的經濟用途緊密相關；身體充滿了權力關係和統治關係，……〔註 13〕

福柯的關於知識與權力的關係，在余華的小說中得到了淋漓盡致地表現。余華以其小說家的敏銳眼光，將「知識暴力」敘事推演得栩栩如生。他的小說《現實一種》《河邊的錯誤》《一九八六》，從不同的邏輯層面展示了知識如何與權力合媾，淪爲對人身體的暴力。

《現實一種》中四歲的皮皮打堂弟耳光，這是源於人的自然本性，不具有倫理、法律上的意義。他打堂弟耳光，只不過是堂弟的哭聲「嘹亮悅耳」，使他「異常激動」；用手卡堂弟的喉管，也不過是爲了能「一次次地享受著那爆破似的哭聲」。堂弟的死也不是皮皮有意識的謀殺，「他只是感到抱在身上的孩子越來越沉重，他感到這沉重來自於手中抱著的東西，所以他就鬆開了手」，孩子就摔死了。

按照法律規定，四歲的皮皮對堂弟的死不承擔法律的責任。山峰打死殺害兒子的皮皮，山崗（皮皮的父親）可以訴諸法律，但是山崗沒有這樣做，而是把山峰綁在樹上，以骨湯泡腳，在狗的舔舐中，讓山峰在笑中窒息而死。雖然山峰殺死了皮皮，但由於山崗對山峰的施暴沒有取得法律的支持，因而其行爲陷入知識合法性的危機。

山峰殺死皮皮，爲兒子報仇的山崗殺死了山峰，這些都在知識的範疇內不具有合法性。這一系列的不合法律規約的行爲，必然要受到法律的制裁。

〔註 12〕福柯：《臨床醫學的誕生：醫學感知的考古學》，第 39 頁。中譯文參見〔英〕路易絲·麥克尼著《福柯》，黑龍江人民出版社，1999 年版，第 46 頁。

〔註 13〕福柯：《事物的秩序》，第 48 頁，中譯文參照〔英〕路易絲·麥克尼《福柯》，第 99 頁。

但是法律是暴力的最終制止者嗎？不是，因爲它又爲另一些施暴者提供了合法性。在對山崗行刑時，由於武警是行刑者，他具有法律賦予施暴的合法性。因此，山崗在第一槍沒打死而驚喜時，挨了武警的一腳，山崗挨了第二槍仍沒有死。在受了第三槍時，山崗的腹部又挨了一腳。法律只是規定山崗的死刑，儘管並沒有規定這些死刑之外的暴力。由於武警是法律的執行者，山崗在行刑時遭受到暴力，施暴者也自然不會受到法律的制裁。於是，法律爲另一種暴力提供了合法性。從根本上講，法律並沒有最終消除暴力。

《現實一種》的結尾讓我們看到展示了醫學作爲科學如何對人的身體構成暴力。山崗被槍斃後，屍體被用於醫學解剖。醫生們利用各種醫療器械，解剖山崗的身體，各取所需。在山崗的身體上，醫生們表演了醫術的精妙。醫學解剖的目的在於瞭解人體，而器官移植又在一定程度上呈示了現代人對自然、自然規律的勝利。然而我們可以看到，在小說中，醫學解剖、器官移植又在「科學」的神聖外衣下對身體又一次施暴。山崗的皮膚被剝下，移植到一個大面積燒傷了的患者身上，可是沒過三天就液化壞死。山崗的心臟、腎臟都被移植，心臟移植沒有成功，患者死在手術臺上。只有腎臟移植還算成功，山崗的睪丸移植最爲成功，他的睪丸植在一個因車禍而睪丸被碾碎的年輕人身上，年輕人結婚後，妻子懷孕而生下了一個十分壯實的兒子。而這一點又對法律構成極大的嘲諷：行刑的目的是剝奪山崗的生命，而醫術卻又使山崗的生命得以延續。是刑罰的無能？還是醫術的荒誕？抑或是知識譜系本身無法掩蓋的漏洞？的確讓人深思。

《河邊的錯誤》深入地展示了在知識系譜中法律的荒誕與錯誤。刑警隊長在偵察河邊的一起兇殺案中，發現兇手是一名瘋子。在知識譜系中，瘋子不是理性的主體，法律不能懲戒他。但是，在法律譜系中逃避責任的瘋子，並不能逃脫科學神話的裁決，他被送往精神病院，人們相信科學的醫術能手拯救瘋子，使之成爲正常人。爲此，他接受電療的次數遠遠超出了他生理負荷的限度，承受著巨大暴力的瘋子，差一點爲此送命。兩年後，瘋子出院了。但他仍然瘋癲，接受過科學整治的他，仍然舉起柴刀犯下命案。瘋子的遭際，讓我們明白，科學並不能拯救人，相反，它是傷害人的暴力。小說的這一主題隨著情節的展開逐漸清晰。

圍繞麼四婆婆被殺的原因，刑偵隊開展了一系列的偵察。根據調查，麼四婆婆有些積蓄，而她身上和住處卻沒有發現錢。依照刑偵技術知識，竊財成爲兇殺案的最大可能。但是，後來的事實卻證明，麼四婆婆的錢搓成繩子懸在梁上。看來兇手的動因並不是爲了錢。於是，麼四婆婆的死因，就成爲這起兇殺案的最初嘲弄者。知識的窘境開始暴露。知識的局限性並沒有就此打住。隨著事件的進一步發展，知識的窘迫狀況逐漸呈現。當查明瘋子是這起兇殺案的兇手時，許寬也捲入這場案子。因爲許寬在瘋子作案時，均離現場不遠，而且兩次都是如此。在刑偵知識的推繹下，許寬當然被認定爲瘋子殺人案的幫兇，或是主謀。因爲他們相信，瘋子不會無緣無故殺人。而最重要的是，依據因果關係，許寬的許多作爲、跡象都符合案情的推理分析。事實上，許寬的行爲、行跡與兇殺案之間，卻只是偶然性關係。刑偵賴以建立的必然性因果知識基礎動搖了。案件的偵察並沒有遏制暴力，相反，卻催生了暴力。許寬無法忍受嫌疑犯的壓力，以死相抗爭，給依賴必然性知識基礎的刑偵以莫大的諷刺。這是知識的又一尷尬境況。

雖然最後終於查清殺害麼四婆婆的是瘋子，但是，人們卻無法阻止瘋子繼續犯下命案。瘋子繼續殺人。瘋子一再殺人，理性精神體現的法律，卻對無理性主體的瘋子束手無策。在河邊，馬哲對瘋子舉起了槍。瘋子的暴力行爲，最終以暴力結束。馬哲槍殺瘋子，無疑要承擔法律責任。但是法律知識告訴馬哲，只要他承認自己是瘋子，他就會逃脫法律的制裁，馬哲后來也正是這樣做的。看來，法律無法阻遏暴力，在一定意義上卻爲暴力提供了合法性的溫床。如果說瘋子殺人是非理性的行爲，這一行爲是體現理性精神的法律所要防範的，而馬哲殺人，確實是理性的行爲，他最終卻又逃脫了法律的制裁，這無疑跟現代法律知識開了一個天大的玩笑：暴力的防範者與暴力的主體竟然可以天衣無縫地結合在一起。知識的局限由面對問題無法解決的困境，升級爲暴力。這無疑是對啓蒙語境中的知識最大的打擊。

余華在《現實一種》和《河邊的錯誤》中，對作爲知識的法律和醫學的暴力本質作了深入而又細緻的分析。經過分析，我們逐漸發覺了知識中深藏的暴力因素。我們看到，與其說法律、醫學是對人的幸福的承諾，不如說是權力對人的身體的控制。前者是表象，而後者才是本質。余華關於知識與暴力關係的思考，在一定意義上與福柯有相通之處。但是余華的小說並不是刻意表現一個具有普遍意義的現代性主題，在現代性主題的表象下，沉澱著具有中國本土意義的文化思考。

余華在他的自傳性文章《我最初的現實》中談到了大字報對他的文學啓

蒙意義。他在文中寫道：「我迷戀上了街道上的大字報。那時候我應該在念中學了，每天放學回家的路上，我都要去那些大字報前消磨一個來小時。到了七十年代中期，所有的大字報說穿了都是人身的攻擊，我看著這些我都認識都知道的人，怎樣用惡毒的語言互相謾罵，互相造謠中傷對方。」〔註 14〕文學啓蒙初期的余華，最初也許只是大字報給人的想像力以及諸如虛構、誇張、比喻、諷刺等文學手段，吸引了他。充斥了人身攻擊的大字報，對成年後寫作的余華的影響不可低估。我們可以很肯定地說，余華對醫學、法律知識的暴力的敘述，與他在童年時，從充滿暴力的大字報上吸取文學的誇張、比喻、諷刺這些文學知識是分不開的。於是，法律、醫學這些現代知識與暴力的關係，統一在余華的童年生活體驗中。

在余華看來，《現實一種》與《河邊的錯誤》所體現的暴力，是現實中存在的暴力，這種暴力是顯層的，是歷史暴力的顯在表現。而知識所體現的深層次暴力，則體現在歷史中。在余華那裏，歷史與現實是相通的。在他看來，歷史並未過去，歷史就是現在。他在《虛僞的作品》中，對此有過非常明確的表述：「當我越來越接近三十歲的時候（這個年齡在老人回顧裏具有少年的形象，然而對於我卻預示著與日俱增的回想），在我規範的日常生活裏，每日都有多次的事與物觸發我回首過去，而我過去的經驗爲這樣的回想提供了足夠的事例。我開始意識到那些即將來到的事物，其實是爲了打開我的過去之門。因此現實時間裏，從過去走向將來便喪失了其內在的說服力。似乎可以這樣認爲，時間將來只是時間過去的表象。如果我此刻反過來認爲時間過去只是時間將來的表象時，確立的可能也同樣存在。我完全有理由認爲過去的經驗是爲將來的事物存在的，因爲過去的經驗只有通過將來的事物的指引才會出現新的意義。」〔註 15〕

在現代知識譜系中，人類歷史是進步與發展的，在由野蠻走向文明的線性序列中，它允諾人類明天的幸福，放逐昨天的野蠻。但在余華看來，歷史只不過是暴力變幻的舞臺，昨天、今天、未來只不過是貼在歷史上的分時標簽，其眞實的暴力本質，並不能改變。

〔註 14〕余華：《我最初的現實》，《我能否相信自己》，人民日報出版社，1999 年版，第 210 頁。

〔註 15〕余華：《虛僞的作品》，《我能否相信自己》，人民日報出版社，1999 年版，第 165～166 頁。

余華在《一九八六》中分析了作爲知識視野中的歷史的暴力本質。余華認爲，歷史所承諾的幸福是表面的，而在此之下則深藏著可怕的暴力。《一九八六》中的瘋子曾經是歷史系的學生，他對刑罰非常感興趣，他曾對歷史上的刑罰作過知識考古，並作出過這樣的分析與歸納：

> 五刑：墨、劓、宮、大辟。
>
> 先秦：炮烙、剖腹、斬、焚……
>
> 戰國：抽肋、車裂、腰斬……
>
> 遼初：活埋、炮擲、懸崖……
>
> 金：擊腦、棒殺、剝皮……
>
> 車裂：將人頭和四肢分別栓在五輛車上，以五馬駕車，同時分馳，撕裂軀體。
>
> 淩遲：執刑時零刀碎割。
>
> 剖腹：剖腹觀心。〔註16〕

在對歷史知識進行分類後，瘋子發現歷史的本質就是刑罰，是暴力。歷史的長河裏，綿綿不絕的是暴力的漩渦。瘋子體驗到的「文化大革命」，仍是暴力頻頻上演的舞臺，到處是流血和暴力，乃至死亡。革命理性曾敘述了人類美好前景，給人以無上的幸福承諾。但當「文化大革命」以革命的面目出現時，它在舞臺上演出的革命劇目仍是被它所宣判成爲垃圾的、舊王朝的暴力事件。時間的流逝與事件的結束，並不能改變以歷史名義、歷史的高度來命名任何事物的暴力面目。

小說中的瘋子是一名對歷史暴力本質的呈現者。余華以瘋子作爲暴力的呈現者，目的是想表現知識範疇中的歷史的暴力特點。歷史的暴力的第一個特點是，它以現實中世俗生活的假象，使人們忘卻歷史的暴力。「與常人不同的是」，瘋子對知識範疇的歷史的暴力本質記憶猶新，常人只是注意事件的表面，而忘卻了事件的文化心理本質。當「文化大革命」作爲歷史事件成爲過去時，常人在世俗生活中自得地生活著，忘卻了歷史的暴力。小說這樣敘述1986年裏常人的生活：

> 十多年前那場浩劫如今已成了過眼雲煙，那些留在牆上的標語

〔註16〕余華：《一九八六》，《現實一種》，新世界出版社，1999年版，第120頁。

> 被一次次粉刷徹底掩蓋了。他們走在街上再也看不到過去，他們只是看到現在。現在有很多人都在興致勃勃的走著，現在有很多自行車在響著鈴聲，現在有很多汽車在掀起著很多灰塵。現在有一輛裝著大喇叭的麵包車在慢慢地馳著，喇叭裏宣傳著計劃生育，宣傳著如何避孕。現在還有另一輛類似的麵包車在慢慢的馳著，在宣傳著車禍給人們生活帶來的不幸，街道兩旁還掛著牌牌，牌牌上的圖畫和照片吸引了他們。他們現在知道已經人滿爲患了，他們中間很多人都掌握了好幾套避孕方法。他們現在也懂得了車禍的危害。……〔註17〕

1986年離那段歷史結束已經有十年了，在這個春天，人們感受到春天的氣息。暴力充斥的那個時代已經結束，新的歷史階段以其特有的魅力走進人們的生活。在小鎮的春季展銷會上，人們陶醉於商品給生活帶來的幸福感。而瘋子只是這些快樂人們的論資：「他們愉快地吃著，又愉快地交談著。所有在餐桌旁說出的話都是那麼引人發笑，那麼叫人歡快。於是他們也說起了白天見到的奇觀和白天聽到的奇聞。這些奇觀和奇聞就是關於那個瘋子。」〔註18〕

瘋子曾是一位歷史教師，是一位知識者，他對歷史的知識考古所得出的歷史的暴力本質的理解與記憶，與一般人的心理、行爲有著本質的區別。瘋子在一個春天來到小鎮，在這個小鎮的街道上，他上演了一幕幕令人驚駭的場面：

> 他感到自己手中揮舞著一把砍刀，砍刀正把他四周的空氣削成碎塊。他揮舞了一陣子後就向那些人的鼻子削去，於是他看到一個個鼻子從刀刃裏飛了出來，飛向空中。而那些沒有了鼻子的鼻孔仰起後噴射出一股股鮮血，在半空中飛舞的鼻子紛紛被擊落下來。於是滿街的鼻子亂哄哄地翻滾起來。「劓」他有力地喊了一聲，然後一瘸一拐走開了。〔註19〕

在這個大街上，他以自己的身體，演繹了各個歷史時期的刑罰：墨、劓、

〔註17〕余華：《一九八六》，《現實一種》，新世界出版社，1999年7月，第1版，第136頁。

〔註18〕余華：《一九八六》，第168頁。

〔註19〕余華：《一九八六》，第145頁。

宮、五馬分屍等等。瘋子以對暴力的深刻記憶提醒著那些只沉溺於生活事件的人們，歷史的詭計在於，它以現實的生活表象掩蓋了暴力本質。歷史的暴力不在現實所呈現的事件中，而是隱藏在事件下，被事件遮蔽的心理。對現實事件的關注，對歷史暴力給人們心理帶來的創傷的忘卻，是歷史暴力的最重要的特點。

但是瘋子仍在大街上繼續他的「刑罰」研究，他一方面是暴力的主體，刑罰的執行者，另一方面他又是暴力的承受者。這也許即是瘋子最爲根本的行爲特徵，也是歷史的暴力本質的第二個特徵。瘋子的反常行爲的意義在於，他的意識不足以控制內心深處對歷史的知識考古分析。當瘋子一面充當暴力的主體，一面充當暴力的客體時，在他身上，歷史同現實融爲一體，暴力的主體與暴力的客體合二爲一。瘋子在提示人們，歷史的詭計在於給人以幸福的光暈，讓人們忘卻歷史蘊藏的暴力。瘋子年輕時對歷史的知識暴力分析已被人們遺忘，那張記載歷史暴力的紙片已發黃，被當作廢品賣掉了。與常人不同的是，瘋子對歷史的暴力本質念念不忘、銘記在心。當他在充當暴力的客體的同時又充當暴力的主體，他實質上毫無遮攔地演繹著歷史對人的暴力控制。瘋子之所以被認爲是瘋子，是因爲他赤裸裸地展示了歷史對人的暴力行爲。另一方面，他也提醒人們，現實就是歷史，忘記了歷史，無視現實中蘊藏著的歷史的暴力，人其實是自己在充當自己的生命的劊子手。

當歷史的暴力被瘋子演繹完之後，人們並沒有領會瘋子行爲的眞實內涵。瘋子的行爲不能啓迪人們思考歷史與現實中的暴力，人們對瘋子的行爲熟視無睹：

> 咖啡廳裏響著流行歌曲，歌曲從敞著的門口流到街上，隨著歌曲從裏面流出幾個年輕人。他們嘴裏叼著萬寶路，鼻子裏哼著歌曲來到街上。他們是天天要到這裏來的，在這裏喝一杯雀巢咖啡，然後再走到街上去。在街上他們都要逛到深更半夜。他們在街上不是大聲說話，就是大聲唱歌。他們希望街上所有的人們都注意他們。他們走出咖啡廳時剛好看到了瘋子，瘋子正揮舞著手一聲聲喊著「荆」走來。這情景使他們哈哈大笑。於是他們便跟在了後面，也裝著一瘸一拐，也揮舞著手，也亂喊亂叫了。街上行走的人有些站下來看著他們，他們的叫喚便更起勁了。然而不一會兒他們就已經精疲力竭，他們就不再喊叫；也不再跟著瘋子。他們摸出香煙在路

旁抽起來。〔註20〕

在日常生活中，一般人不能像瘋子一樣保持著對歷史的知識記憶，而只是沉溺在生活表面中，在歷史表象的現實的幸福承諾的幻覺中，人們常常忘記了也不可能認識到歷史甚至就是暴力的大雜燴。這種忘卻其實認同了歷史的暴力，在這忘卻裏，在這對瘋子的啓迪的漠視裏，歷史的暴力詭計最終得以實現。

第三節　指涉關聯的斷裂

80 年代中後期，在文學理論批評領域出現了張揚文學形式主義的本體論思潮。這股理論思潮對應著 80 年代作家普遍表現出來的對語言、文體、意象、敘事方式、結構等形式構成的關注。這股重視作品形式的思潮，否定了以往文學以內容爲本體論的思想。批評家、作家們認爲，那種只重視內容的文學觀，最終把文學當作說教的工具，而滑向爲政治權力服務的深淵。在他們看來，文本的形式結構作爲人對於自己的自由意識的勝利，它在形式與內容、手段與目的的這兩重關係上是一體化的。〔註21〕

文學形式化的傾向在小說創作中表現得更爲充分。80 年代中後期，馬原、洪峰、蘇童、孫甘露等人的小說在形式上處於十分前沿的位置，以至人們把他們的小說稱爲先鋒小說。先鋒小說在藝術精神上與以前的中國當代小說劃開了鴻溝。最重要的是，在形式探索上把中國小說推向了一個高峰。

在先鋒小說的形式探索中，我以爲表現得最具有意義、最具有特色的是一批橫空出世的「元小說」。「元小說」（metafiction）是西方近 20 年來最引人注目的小說形式之一。「元小說」作爲文學術語首次出現在美國小說家兼批評家威廉・H・伽斯的論著《小說與生活中的形象》中，在此之後，不少作家紛紛提出「元小說」理論主張。「元小說」的涵蓋面很廣，可指「反小說」（anti-novel），「非現實主義小說」（irrealism）、「超小說」（sarfiction）、「自生小說」（self-segetting novel）等意思。「元小說」表現了作者對文學創作本身的關注，反映了作家在文學創作過程中的自我意識。一般來說，「元小說」被人們稱之爲「關於小說的小說」，它有三個主要特點：首先，「元小說」試圖揭

〔註20〕余華：《一九八六》，第 140 頁。

〔註21〕孫津：《形式結構》，《當代文藝探索》，1986 年，第 4 期。

示由言語構成的敘述文體的虛構性質；其次，爲了反映小說的虛構性，「元小說」常常揭開、暴露小說的編碼手法；最後，「元小說」常包含大量的文字遊戲，以顯示其由字詞構成的世界與現實世界的相互關聯與差異。

80 年代中後期馬原等人創作了一大批「元小說」。但是，當時這些作家的創作與對西方的「元小說」的借鑒並沒有多大的關係。與「五四」作家不同，當代作家大都不直接閱讀外文原著。如果我們檢查一下 1985 年之前西方文學作品在中國的翻譯出版情況，就可以看到，一些公認的「元小說」大師——唐納德·巴塞爾姆、約翰·巴思、羅伯特·庫弗、奧·卡維諾、薩繆爾·貝克特等人的作品大都沒有得到翻譯和介紹。其實直到今天，對這些作家的「元小說」作品翻譯介紹的也極少。約翰·福爾斯的《法國中尉的女人》被翻譯介紹到中國時，「元小說」性最強的第十三章卻被刪去了。〔註 22〕

「元小說」在中國的產生，是中國文化發展的必然。先前的現實主義小說過多依賴於內容，在一定程度上淪落爲倫理道德、政治的揚聲器。對文學自身的規範的思考，使人們把注意力從內容轉向爲形式。「元小說」形式上的獨特性，爲中國作家的小說創作實驗提供了契機。「元小說」從形式上，從敘述方式上破壞了形式產生的「現實感」，揭示了小說與現實的關係。在現實主義成爲文學的規範之後，當眞實性成爲小說的鐵律之後，「元小說」懷疑由敘述創造一個小說世界來反映現實世界的可能性，它通過放棄敘述世界的眞實性價值，來顚覆敘述機制與權力之間的關係。

在現實主義敘事法規那裏，現實秩序是合理存在的，形式存在的價值就在於把現實秩序那裏本已存在的秩序規範性力量表現出來。小說的最高價值即是眞實性，也就是準確無誤地傳達現實的規定性。在 20 世紀中國文學思想中，眞實性體現著一種歷史觀。它在本質上是歷史意識的權力生成機制的文本化訴求。這種以眞實性作爲小說圭臬的美學法在「元小說」那裏受到了衝擊。因而中國「元小說」的出現，其意義不僅在於敘事形式自身的革命。更重要的是，它爲重新思考「人」的意義提供了一個嶄新的視角。80 年代中後期小說中的「人」，面臨著重新定義的大趨勢。

「元小說」的出現，爲我們思考符號與人的關係提供了契機。以現實主義作爲最高美學法則的小說相信，小說作爲符號的一種，能完美地體現世界、

〔註 22〕參見趙毅衡《當說者被說的時候——比較敘述學導論》，中國人民大學出版社，1998 年版，第 266 頁。

人的存在狀況。這樣在符號與人之間形成了一種等級關係，人屈從於符號，符號以其眞實的、絕對的優先權規定著人存在的意義。換而言之，符號表現出來的世界是絕對眞實、可靠的世界，它以無上的魅力召喚人相信、認同。而「元小說」的出現，則瓦解了符號與人的關係。它表明，人的生命活動本身即是一個眞實的世界，符號並不能反映人的生命活動。「元小說」從以下三個方面顚覆了人與符號的關係，展示「人」的生命活動。首先，「元小說」表明，作爲符號存在的小說，本身即是虛構的，它自身不存在眞實性的問題；其次，「元小說」暴露了眞實性的編碼痕跡，它表明眞實性是人爲的；最後，「元小說」認爲，小說的語言與現實之間不具有指涉關係，語言是自足的。

洪峰的《極地之側》和馬原的《虛構》，鮮明體現了小說的虛構性。洪峰在《極地之側》中充分地展示了小說的虛構性特點。小說敘述了「洪峰」、章暉、小晶三人的故事。章暉碰到人即講有關死人的故事：莫名弔死者、老李的死、莫名自殺死者、男女臥軌自殺者、汽車司機莫名其妙的死，這些死人死法各異，死因不明。最後是章暉本人無緣無故的死。小晶在章暉死後告訴「洪峰」，說她曾問過當地人「不下十個」，證實章暉所講的死人的事「差不多全是假的」，是「他自己杜撰的」。

但小晶也來歷不明，她是「洪峰」在街上閒逛時從一個歹徒手中奪下的受害少女。據說她與「洪峰」要找的小晶（一個無法確證是否眞實存在的人）是好朋友，而且也叫小晶。在北極村，她給「洪峰」講她夢遊的事，極其離奇，讓人難以置信。她對「洪峰」講的自己少年時的經歷及有關死人的事，也怪誕不可信。這一切，讓我們不僅對小晶本人，而且對小晶所講的事深表懷疑。

小說中的「洪峰」，也是一個不能令人相信的人。他講的塔河縣老金頭的事十分怪誕，在老金溝所見淘金人之死也令人不可思議，他救小晶的傳奇經歷和北極村的夢遊等，包括小晶與他兩人到底誰眞誰假，難以分辨。於是，小說中「洪峰」及其所講述的故事無法確證眞與假。但是小說所傳達的人的生存狀況卻是眞實的，生命的神秘性才是小說要表達的重要內容。小說內容是否眞實，相對於傳達生命自身的神秘性來說，沒有任何意義。

如果說洪峰在《極地之側》中通過不確定性瓦解了小說的眞實性，那麼，馬原的《虛構》就更加全面地摧毀了小說的眞實性。《虛構》中的敘述者「馬原」，也曾像以往那些爲了眞實性去體驗生活的作家一樣，到瑪曲村住了七天。不過，「馬原」不是把小說作爲眞實地再現生活的文本，他明確地宣稱這篇小說只是一個「杜撰」的故事，只是他「編織的一個聳人聽聞的故事」，瑪曲村也只是小說的一個背景而已。小說敘述了馬原在這個麻瘋病村中的各種見聞，包括他與一位女麻風病人的交往及同居生活，以及對一位老村民啞巴的觀察及其身份的猜想。但是在小說中，敘述者卻一再強調故事的虛構性。他說：

> 讀者朋友，在講完這個悲慘的故事之前，我得說下面的結尾是杜撰的。我像許多講故事的人一樣，生怕你們中間一些人認起眞；因爲我住在安定醫院裏是暫時的，我總要出來，回到你們中間。我個子高大，滿臉鬍鬚，我是個有名有姓的男性公民，說不定你們中間的好多人會在人群中認出我。我不希望那些認眞的人看了故事，就說我與麻風病患者有染，把我當成妖魔鬼怪。我更怕的是所有公共場所對我關閉，甚至因此把我送到一個類似瑪曲村的地方隔離起來。所以有了下面的結尾。〔註 23〕

緊接著，敘述者一反在前文中宣稱的，爲了寫小說而在麻風病村體驗生活的經歷，而是表明自己的寫作素材全部是從自己的妻子、朋友及有關麻風病的書籍中得到的。這樣，小說所敘述的「我」在麻風病村的見聞感受，自然是假的。

《虛構》不再去追求表現一個眞實的故事，它只是敘述主體的話語方式，而不屬於一個眞實存在的世界。小說只是自我的需要，自我表達的語言產物，它不存在眞實性的問題。

80 年代的「元小說」並非僅僅去表現小說的虛構性，而是進一步地暴露了小說眞實性的編碼手段。關於小說的眞實性、眞實性的效果如何獲得，華萊士・馬丁有一段話可以解開這個謎團：

> 通過掩蓋所有那些能夠表明他們使用了敘事成規的證據，現實主義作家鼓勵我們對他們的故事給予信任，而且他們必定會極其小心，不讓我們注意到他們那些控制我們反應的企圖——如果控制我們是他們的目的話。如果我們開始疑心我們的信任是產生於作者玩弄的技巧，我們就會受到雙重震動——不僅被作者的欺騙所動，而且被角色的顚倒所震動：不是我們讀故事，而是作者讀我們闡釋我

〔註 23〕馬原：《虛構》，長江文藝出版社，1993 年，第 409 頁。

們。〔註24〕

因而裸露現實主義法規成為「元小說」的一個十分重要且幾乎是處於核心地位的方法。在這一方面，洪峰無疑是先鋒者。他的創作致力於瓦解現實主義小說的情節。

洪峰《講幾個關於生命創造者的故事》，一開頭就擺出了這篇小說與傳統現實主義小說的不同：「沒必要去看重這個題目，這會使你的想像和創造力陷入困境。大家只須記住這個事實：我們小說之所以有題目，只是出於對現實主義文學傳統的尊重，沒別的意思。」〔註25〕在小說開頭，敘述者點明小說題目並不重要。之所以有題目，是為了附和現實主義小說的敘事法規。換而言之，處在現實主義小說重要地位的題目本身並不重要，可有可無。小說用了相當大的篇幅，來敘述在「洪峰」與妻子創造兒子的人生歷程中的故事與體驗。為此，「洪峰」在小說敘述中屢次提醒自己，應當加快敘述自己故事的步伐，留出篇幅敘述其它幾個人的故事，以便和小說的題目相呼應。為此，在小說進行不多時，他便提醒自己：「我力爭盡快地講完自己的故事，把更多的時間留給其它的生命創造者。題目講得清楚：講幾個關於生命創造者的故事。」〔註26〕隨後，「洪峰」大講特講自己在兒子出生後的種種遭遇，乃至對兒子產生的厭惡之情。在明白自己無法戰勝妻子、兒子帶來的厄運後，故事才算結束。至此另一個關於生命創造者的故事並沒有講，但隨之，小說也就要結束了。在小說結尾，「洪峰」認為：「第二個故事就這樣子。還要講第三個故事嗎？我想不必了。第三個第四個第幾個都不會和第一個第二個有太多的不同。還是不講的好。」〔註27〕如果說這是「洪峰」為了不繼續講故事的開脫之辭的話，那麼，在小說中，他說：「最好有必要重申：別太看重題目。至少，它和故事本身沒太大關係。」這才是實辭。對洪峰而言，宣泄兒子出生後的生存困境與生存體驗才是最重要的，這種困境與體驗對於其它做父母的人來講，是一樣的。因此小說到底講述幾個生命創造者的故事本身並沒有意義，重要的是要講清楚生命創造者共同的人生遭際。

洪峰顛覆了現實主義小說題目的重要性，顛覆了小說開頭與結尾的內在

〔註24〕〔英國〕華萊士・馬丁：《當代敘事學》，北京大學出版社，1990年版，第221頁。

〔註25〕洪峰：《重返家園》，長江文藝出版社，1993年，第237頁。

〔註26〕洪峰：《重返家園》，第240頁。

〔註27〕洪峰：《重返家園》，第286頁。

一致性。與此同時，洪峰也顛覆了現實主義小說的情節的線性因果關係。對於現實主義創作原則來講，直線型的情節極爲重要。因爲現實主義宣揚的關於現實生活的原則，是不容置疑的，而「啓示性的思想屬於直線型而不屬於循環型世界觀」〔註 28〕，弗蘭克・克默德在他的《結尾的意義》中十分坦率地說。

小說結尾的意義也不可忽視，在現實主義小說中，構造一個和情節因果關係密切的結尾，對於小說來說太重要了。在《重返家園》中，「洪峰」卻對小說的結尾無可奈何。他無法找到一個清晰的結尾。他認爲，小說的結尾只是「故事的需要或閱讀的需要，與生活無關」。在談到如何安排這篇小說的結尾時，「洪峰」寫道：

> 我知道我的故事不可能有一個大家習慣的結局，但我更知道我的故事必須有這樣的結局。我希望我是在按最嚴格意義上的現實主義講故事，雖然我清楚這個主義和其它主義一樣不能解釋生活更無法安排生活。我的想法僅僅是：或然和必然的前提都是假設。在這個前提下我們可以做任何事情——當然也包括故事。正是從這個意義上講，大家完全可以把我所講述的所有故事放在眞實這個概念中去確證。你不要指望它和你的生活有什麼不同，也不必指望它和你的生活有什麼相同。你只須確信，洪峰所講述的故事——眞實。
>
> 我本不願很吃力地傳達這個混亂不堪的想法。我這樣做無非是使現實主義創造原則在最後關頭得到回歸。〔註 29〕

在這段話中「洪峰」表明現實主義的結尾原則的虛妄，它本身並沒有什麼意義。「洪峰」在小說中敘述了主要人物金平、小燕、老三、動動的故事。顯然，這些人物的故事都是重要的而且都可以左右小說的結尾，一個線性發展的結尾無法容納「洪峰」對故事敘事的全部雄心。爲此，「他」十分苦惱：「什麼樣的結局才能使大家也使文學使我自己滿意呢？我撕碎百十頁稿紙力圖做到這一點，遺憾的是始終沒能成功。不可能成功。在這裏，現實主義的原則本可以幫我擺脫困境，但我突然意識到很多時候原則對現存的東西無可奈何。換個說法，我只能講我所知道的那一部分而不是我所希望和不希望的

〔註 28〕弗蘭克・克默德：《結尾的意義：虛構理論研究》，遼寧教育出版社，2000 年版，第 4 頁。

〔註 29〕洪峰：《重返家園》，第 104～105 頁。

那部分。」〔註 30〕顯然「洪峰」並不是不想用現實主義原則，而是現實主義原則本身就是無能爲力的，因而小說的結尾也只能是一種設想，它並不代表生活本身的秩序。《重返家園》中的「洪峰」無力提供一個十分圓滿的現實主義式的結尾。其實，不是「洪峰」的無能，而是在現實主義的法則的要求下，金平、小燕、老三、動動等人的命運在一篇小說的結尾中無法包容，這其實暴露了現實主義法則無法眞正表達人的生存與命運危機。

先鋒小說瓦解傳統現實主義小說的另一個重要方式，是對現實主義的自然化敘事策略的凸現與消解。巴爾特在談到資本主義社會文化語境中的現實主義時認爲，「自然化」是現實主義推行資產階級文化的最重要的方式。他說：「我們社會盡最大的努力消除編碼痕跡，用數不清的方法使敘述顯得自然，裝著敘述成爲某種自然條件的結果……不願承認敘述的編碼是資產階級社會及其產生的大眾文化的特點，兩者都要求不像符號的符號。」〔註 31〕巴爾特著眼的雖然是資本主義社會的現實主義自然化的眞實的文化權力，但是客觀地講，自然化是現實主義對眞實追求的一個重要手段。巴爾特說到的自然化方法如「書信體，假裝重新發現手段，巧遇敘述者，片頭倒置的電影」〔註 32〕等，這些在中國現實主義小說中不難看到。茅盾的《腐蝕》敘述主體部分是一個內心處於不斷矛盾痛苦中的女特務趙惠明的日記體自白。在敘述主體部分前有一段文字，敘述「作者」在重慶防空洞中撿到這一冊日記，就是採用自然化方法，以加強眞實性的效果。實際上茅盾的目的的確達到了。他在《腐蝕後記》中寫道：「這三年來頗有些天眞的讀者寫信來問我：《腐蝕》當眞是你從防空洞中得到的一冊日記麼？趙惠明後來下落如何？——等等疑問，不一而足。」〔註 33〕

爲了達到「自然化」的逼眞效果，現實主義小說常常要隱藏敘述者，以便把小說所傳達的價值看成是天經地義的，而不是個人性的。因此現實主義小說大都是第三人稱的全知全能的敘述方式，在這種如「生活」一樣逼眞的敘述情景中傳達價值觀。當然第一人稱敘事小說也是追求眞實性的一種方式，在十七年第一人稱敘事小說中，即有過成功的敘事嘗試，這些嘗試的目

〔註 30〕洪峰：《重返家園》，第 108～109 頁。

〔註 31〕參見趙毅衡：《當說者被說時：比較敘事學》，中國人民大學出版社，2000 年版，第 244 頁。

〔註 32〕同上第 45 頁。

〔註 33〕茅盾：《茅盾全集》（第五卷），人民文學出版社，1984 年版，第 300 頁。

的是追求故事的自然化意義。〔註 34〕

總而言之，現實主義小說爲達到自然化的效果常常隱藏敘述者，爲了揭示現實主義小說眞實性效果的人爲性，先鋒小說常常讓敘述者走出來與讀者「見面」，以揭示現實主義小說自然化效果的編碼痕跡。

馬原一直在小說中宣稱小說的敘述者即是現實生活中的一個眞實的「人」。在《虛構》的開頭，敘述者就袒露自己就是一個活生生的實體的現實的人：「我就是那個叫馬原的漢人。我寫小說。我喜歡天馬行空，我的故事多多少少都有那麼一點聳人聽聞。」在敘述了敘述者在瘋人院的生活後，敘述者煞有其事地把自己當作一個眞實的、活生生的人。「我還得說下面的結尾是我爲了洗刷自己杜撰的，我沒別的辦法。我這樣再三聲明，也許會使這部傑作失掉一部分光彩，我割愛了。我說了我沒別的辦法。我自認晦氣，我是個倒楣蛋。誰讓我找這個倒楣的素材？找上這個倒楣的行當？當然沒別人。我自認倒楣就是了。」〔註 35〕而洪峰在《第六日下午或晚上》中，甚至渲染了一個敘述者存在的環境：「我坐在一個狹長的房間裏，桌子鋪著這本 270 格稿紙，我正在寫小說。隔壁的房間住著我母親。我知道這時候她的心臟病又在發作，她一定又吞下了一粒救急藥丸。她從來不肯去醫院，我也很少勸她去醫院看大夫。我們都知道去了醫院往往只能讓人的病加重幾分。再過去一個房間是我妻抱著我的兒子。我能清楚地聽見她的抽泣聲。也就是說她正在哭，一邊哭一邊抱著我們不滿周歲的兒子。我吃不准妻轉什麼念頭，但起碼我清楚關鍵性的一點，她在考慮是否離婚的問題。」〔註 36〕在這段文字中，我們能感到敘述者是一個眞實的有血有肉的人。

在歷史題材的小說中，一般都採用全知全能的敘述視角，敘述者一般是隱藏的，敘述者猶如上帝之眼，窺視全部事件與細節。如上帝之手安排調配事件發生的全部。但是在蘇童的歷史小說中，敘述者從隱匿走向公開，明白無誤地去告訴讀者，這些歷史故事就是「我」講述的，如歷史小說系列《楓楊樹故事》。這些小說敘述的情節、故事大都是敘述者家族的往事。在敘述時，敘述者「我」總是從「我」的記憶與猜想中展開家族的歷史。如在《1934 年

〔註 34〕參見周新民《由「角色」向「敘述者」的偏移——十七年第一人稱小說論》，《華中科技大學學報》（社會科學版），2001 年，第 3 期。

〔註 35〕馬原：《虛構》，長江文藝出版社，1993 年版，第 406 頁。

〔註 36〕洪峰：《第六日下午或晚上》，第 409 頁。

的逃亡》中，敘述的是「我」的家族在 1934 年前後的遭遇，這是父輩及祖父輩的故事。但是「我」仍然強制性地成爲這段歷史的敘述者。在小說的開頭部分，敘述者這樣表明他和敘述故事間的關係：

> 一九三四年是個災年。
>
> 有一段時間我的歷史書上標滿了一九三四這個年份。一九三四年迸發出強壯的紫色光芒圈住我的思緒。那是不復存在的遙遠的年代。對於我也是一棵古樹的年輪，我可以端坐其上，重溫一九三四年的人間滄桑。我端坐其上，首先會看見我的祖母蔣氏浮出歷史。〔註 37〕

毫無疑問，1934 年的歷史不再是客觀的存在，而是「我」的體驗與回憶的衍生。1934 的家族歷史在敘述者的情感體驗的彌漫中繁衍：「我端坐其上，首先會看見我的祖母蔣氏浮出歷史。」同樣，敘事家族歷史的時序也被敘述者操縱、調配，在小說中，「我設想陳寶年在剎那間爲女人和生育惶惑過」，「我需要陳文治的再次浮出」之類的支配故事情節的語句，大量出現。

馬原與洪峰、蘇童讓敘述者從文本中凸現出來，這樣，敘述者超出了文本敘述的符號的疆域，而成爲生活中的一個活生生的人。小說敘述的客觀化也就被個人化所取代，全知全能的生活場景也因而被「有限化」了。更爲重要的是，它還顛覆了敘述者所宣傳的眞實、客觀的價值，從而最終消解了現實主義小說的文化權力。這樣，小說不再是關於「人」之外的他者世界的被動表現形式，它本身即是關於「人」自身的。離開了「人」自身的生命與生命需要，小說無法存在。

「元小說」另一個重要的探索是懸置現實。它宣稱，小說文本只是一個自爲自足的語言能指場，它的現實意義指涉關聯被斬斷。孫甘露的《信使之函》代表意義生成源頭的上帝不再神秘，它僅是一個平凡而不具有神性的人。而且「上帝的聽力有點兒問題，在上小學的時候，因爲調皮搗蛋，叫一個教漢語的老處女一巴掌煽成了半個殘廢」。信使出發的地方耳語城，上帝無從知曉，他根本不知道有這個地方存在。信使在耳語城裏遇到了致意者、僧侶、女僧侶、無指人。但是，信使與他們的相遇也沒有構成意義生成行爲。在四個相遇者之間也不存在歷史性聯繫。信使與他們的相遇只是一次空間性語詞

〔註 37〕蘇童：《蘇童文集・世界兩側》，江蘇文藝出版社，1997 年版，第 97 頁。

蔓延，語言與意義的線性指涉發生了斷裂。信使與致意者、僧侶等人的每一次相遇，都沒有產生意義。但是每一次相遇卻帶來了語言的繁殖的生機。在信使在耳語城的相遇情節中，「信是……」的判斷均一次又一次地阻遏相遇的意義指涉。與相遇的情節意義一次又一次的難產不同，小說中「信是……」的五十多個判斷語句自由地穿插於小說文本中。與情節意義的有限性艱難地展開對比，「信是……」則是無限而自由的。「信是……」的句式表明了語言組合的任意性，及所指的脆弱性。《信使之函》最終在語言的無限自由的開放與組合中，嬉戲了語言的所指，對意義的追求終究成爲一次無望的旅行。小說文本雖然沒有生殖意義，卻成爲催生語言生長的沃土。

孫甘露的《信使之函》帶來小說全新的面貌。小說寫作就是一次語言之旅，小說並不去表現現實。在語言的敞開中，小說完成了對現實的懸置和對語言的沉溺。語言以自身的語法關係自由組合，任意延展。語言所遵循的是自身的規則，它與人的意義沒有任何的指涉關係。它雖然割斷了語言的歷史維度，但是，這也許最能體現人的存在。人的存在就是人本身，符號並不能指涉人的存在。語言和人各自遵循自身的存在法則，二者並沒有必然的指涉關係。

先鋒小說的形式實驗表明現實及其意義只是一次敘述行爲，現實與意義作爲構成主體人的維度失去了存在的天然合法性。「元小說」意味著人的自覺覺醒，人從對現實及其意義的指涉鏈中脫軌而出。因而人的存在，不是在它所指涉的外在世界，它所代表的意義中，而是人自身。80 年中後期的小說上的形式探索及「元小說」的出現，顯示了這一時期小說中的人的話語由對外在的關注轉向對人本身的專注。

第五章　生命意識的張揚

80年代中期的文化傳播和啓迪，使新時期小說的「人「的話語生成發生了變化。「人」和現實之間的關係轉化爲「人」和文化之間的關係。經歷了「後學」文化思潮的洗禮，人們對歷史的認識也發生了根本性的變化：其一，歷史並不是舊歷史主義那種「過去的事件」，而始終是「被敘述的」關於過去事件的故事，過去不能以眞實的面目現形而僅僅存在於「表徵」形式中；其二，不存在單一的、具有統一分期的歷史實體，而只有非連續的和矛盾的歷史；其三，歷史研究不再是純客觀的和獨立的，因爲我們無法超越自己的歷史境遇，過去只是從與我們的特定歷史關懷相一致的所有已寫就的本文中建構起來的東西；其四，由於文學並無那種穩定不變的歷史「背景」，這種所謂「背景」始終只是以作爲互本文的其它本文去重寫的東西即本文，從而文學本文並非崇高的超驗性的人類精神的表達，而只是存在於其它本文中的本文。〔註1〕

歷史觀念的變更引發了「人」的話語內涵的變化，與仰仗歷史光輝的「人」的內涵完全不同，歷史不再是壓制人的力量，而是與人相遇的力量和際遇。「人」也在和歷史的角力中，完成了自身的蛻變。作爲生命的「人」也在和歷史的相遇中展開。

第一節　虛無的歷史

葉兆言的小說，給人印象最深的是他的那些被稱爲歷史小說的作品，如

〔註1〕王一川：《語言烏托邦》，雲南人民出版社，1994年版，第326頁。

《狀元境》《十字鋪》《追月樓》《半邊營》等。這四篇小說，連同《棗樹的故事》以及《沒有玻璃的花房》，有著獨到的藝術特色。而其中最具有特色的，我以爲是他對「歷史」這一重要話語所作的獨到思考。《棗樹的故事》《追月樓》《沒有玻璃的花房》，都透出對「歷史」這一話語的深刻反省。在中國現當代文學史上相當長的一段時期裏，「歷史」是一個實體概念，它不僅有著清晰的時間界限，確定的事實，而且還具有相當確定的價值意義。這些事實所體現出的價值，被認爲具有無法懷疑的正確性，並且被認爲是當下現實的價值源頭。在這種歷史觀念的支配下，人們確信，這一實體的歷史眞實地存在著，而且對現實確實產生著相當大的作用。20 世紀 80 年代後期以來，許多作家都對這種歷史意識進行了深刻的反思。葉兆言的《棗樹的故事》已經對上述歷史觀開始了反思。他對這種傳統意義上的歷史意識的反思，一直延續到 90 年代寫作的《追月樓》，延伸至 21 世紀初期的《沒有玻璃的花房》中。在這些作品中，被尊爲神聖的歷史被葉兆言解構，歷史的威權被支解爲虛妄的存在。被歷史所遮蔽、隱藏的敘述特性、空虛的意義、虛無的目的被葉兆言的小說呈現得異常清晰。

一

在人們的觀念中，歷史就是曾經發生的某件具體的事件，這件事情的眞實性往往是不容置疑的。但是，這些被稱作歷史的、在時間上已發生過的事件，其實都是以敘述的方式——無論是以口頭方式還是文字的方式——被人們感知到它的存在的。因此，在一定意義上講，人們所感知到的歷史，並不是實際上發生的事件的本原面目，而是被語言和文字敘述出來的。但是，由於人們對敘述方式的選擇具有隨機性、偶然性，而且在敘述時，都有自己的價值標準。因此，人們所看重的歷史的「眞實」面目，其實已經失去了唯一性和權威性。實質上，歷史的神聖性，是建立在忽略歷史的敘事方式的基礎上的。如果注意到敘述方式對歷史面貌呈現的制約性，我們所「看到」的歷史，只不過是眞實發生的事件的幻影。事實上，歷史的眞實面貌，我們無從知道。葉兆言的《棗樹的故事》，揭示了歷史被敘述的秘密，顯示了歷史是如何被敘述出來的。

《棗樹的故事》解構了歷史的神聖與威嚴。小說表現出了歷史的面目是模糊的、捉摸不定的，甚至呈現出虛無狀態。在西方後現代文化語境中，歷史被稱之爲寫在羊皮紙上的文字，它只是文字遊戲而已，是不確定的，更談不上價値上的範本功能。《棗樹的故事》所體現的歷史意識與西方後現代語境中的歷史意識，有著驚人的相似之處。

從表面上看，《棗樹的故事》描寫了岫雲在不同的歷史階段，與幾個身份不同的男性之間的故事。岫雲在戰爭動亂年代嫁給爾漢，後來爾漢被土匪白臉殺死。成爲寡婦的岫雲，在相當長的一段時間內，和白臉姘居在一起。白臉死後，她給老喬家帶小孩，又和老喬有了曖昧關係，並且有了一個兒子。這大致就是岫雲的人生歷程。但是，《棗樹的故事》著重寫的並不是個人的生命歷程，而是在對個人命運的演繹中，展示歷史與敘述之間的糾葛。歷史所呈現出的面目與敘述歷史的敘述方式緊密相關。而在以往的歷史敘述中，我們過分地相信在敘述中所呈現出來的歷史，而忽視了敘述對歷史的制約，把敘述出來的「歷史」當作眞正發生的歷史。這是葉兆言在《棗樹的故事》中透露給我們的秘密。

《棗樹的故事》首先揭示了歷史怎樣被敘述語法的編碼所制衡。而在以往的歷史敘述中，敘述的線形與情節的編排的邏輯，以及隱藏在敘述邏輯背後的目的，被當作歷史自身的邏輯，被人所接受和認可。《棗樹的故事》在敘述岫雲的歷史時，並沒有遵循歷史的線形秩序，在這裏，歷史並不是以時間的先後順序呈示的。如果從敘事的時間上看，《棗樹的故事》開始敘述的，只是關乎岫雲人生命運的一個重要情節：白臉被殲。而在岫雲的人生歷程中，在自然時間序列上處於「白臉被殲」之前的事件，諸如岫雲出嫁、爾漢被殺等，在敘述中被置後。這樣處理的目的在於，表明在時間序列中的歷史並不是以因果關係爲編碼的邏輯動力。小說在開篇即以「選擇這樣的洞窟作爲藏匿逃避之處，爾勇多少年以後回想起來，都覺得曾經輝煌一世的白臉，實在愚不可及」作爲敘述的起點。這樣的敘述語式，打破了歷史敘述的線形時間規範性，這樣被敘述出來的歷史，充滿著宿命感和偶然性。這應該是小說傳遞給我們的重要信息。事實上，《棗樹的故事》中的歷史，常被敘述成充溢著宿命和偶然性。岫雲父母在戰爭的動亂中急於早點將岫雲嫁人，一次偶然的機會碰見了爾漢，岫雲才嫁給他；爾漢的死也很偶然，白臉曾在一閃念中想給爾漢一條生路，只是爾漢沒有抓住這個機會；岫雲後來和老喬在一起，也只是要試一試她是否有魅力拉他下水的一閃之念。岫雲的一生充滿變數和宿命，這就是歷史自身的特徵。小說在敘述歷史時，以宿命和偶然作爲歷史編碼的邏輯動力，因此，小說在敘述時，以充滿宿命的敘述語句作爲敘述歷史的基本語法。這種和常規的敘述歷史的順序不同的敘述方式，在暗示我們，敘述順序的排列本身就是和一定價值觀相聯繫的。那種按照線形關係呈示的歷史，同樣是受一定價值觀所制約的，是在這種價值觀的指導下編碼的。

《棗樹的故事》中透露出敘述歷史的動機和語法，同時，它還彰顯敘述歷史可能性。我們不應該忽視，歷史的客觀性取決於歷史敘述的客觀性。這種客觀性建立在歷史敘述以排他性的面目出現。在一次具體的敘述中，敘述的展開是唯一的，它只具有一次性。敘述的這種排他性決定了歷史的客觀性。但是，《棗樹的故事》以多維的敘述方式，瓦解了歷史的唯一性、客觀性，這也是《棗樹的故事》向我們展示歷史與敘述之間糾葛的又一重要內容。《棗樹的故事》表現了歷史敘述的多種可能性，它至少昭示了歷史敘事的三種可能性。第一種可能性，歷史以常見的客觀冷靜的面目出現。這是《棗樹的故事》所體現的一種敘述方式。小說追敘岫雲與白臉的糾葛、爾勇追殺白臉的事實與經過，基本上是採用這種敘述方式。這種貌似記實的筆法，表面上看，是客觀地敘述一段歷史。但是，隨後，這種記述方式貌似客觀的面目被揭穿。歷史僅僅是事實嗎？當歷史被看作是事件時，它是否只有一種敘述方式？不，絕不是這樣的。在敘述岫雲的人生歷程和爾漢追殺白臉的歷史事實時，小說所關注的是岫雲的人生的偶然性和生命的宿命。敘述歷史的可能性絕不只是這些。例如那位深入生活，立志創作以爾勇復仇爲題材的電影的作家，他所採用的敘述歷史的視角又是另外一番模樣。作家對這段歷史的關注焦點是爾勇的復仇故事。當以爾勇爲事件的主角時，歷史就呈現爲另一種面目。爾勇與白臉就成爲這段歷史的主要角色，而在這段歷史中處於重要角色的岫雲，則被置於歷史的邊緣；同時，岫雲與爾勇之間的一段故事，則被敘述所忽略。正是這樣，小說中才出現這樣的敘述語句：

> 爾勇幾次想和作家談談岫雲的故事。
>
> 作家對這個話題，始終不是太用心。
>
> 作家後來和岫雲見過幾次面，都是偶然的原因。

作家對歷史的關注的獨特之處在於，他不僅關注歷史，而且關注以何種方式出現的歷史。對爾勇的重視和對岫雲的忽略造成了歷史的另一種面目，這樣的歷史是爾勇復仇的歷史，在這樣的歷史中，重要的是白臉和爾勇，而岫雲被忽視。

《棗樹的故事》還出現了另外一種敘述歷史的方式：由「我」敘述的歷史。「我」對歷史的敘述在一定程度上是對上述兩種歷史敘述方式的補充。「我」對歷史的關注不是玄念的，也並不注重歷史中的人物關係，「我」對歷史的敘述能夠更多依仗的是生活中岫雲的細節。作爲生活在岫雲身邊的「我」，掌握了大量別人所不能擁有的細節，這些細節構成了對岫雲人生里程的歷史面貌。而且更重要的是，「我」對岫雲兒子勇勇的生活狀況的敘述，補足了岫雲完整的人生面貌和完整的人生里程。

《棗樹的故事》通過對不同敘述歷史片段的拼貼，顯示了敘述歷史的奧秘：歷史不可能是完整的和連貫的，在本質上是片段的、零碎的。岫雲的人生歷程，缺乏統一的敘述視角和敘述方式。第一種敘述歷史的方法，瓦解了歷史的線形敘述方式，歷史的時間序列被敘述所中斷，歷史時間被敘述時間所代替。這其中隱藏著深厚的宿命色彩和生與死的偶然性。而第二種敘述方式，顯示了歷史敘述的另一層玄機，歷史不僅僅是對事件的敘述，而且是對事件中人物關係的敘述，對人物關係的不同傾向性，歷史敘述所呈現出來的形象也是不同的。換而言之，歷史所表現出來的面貌只是某一種關係的表現，而不是所謂事實的呈現。而第三種敘述方式則告訴我們，在被敘述出來的歷史背後，還深深隱藏著大量被忽視的細節和情節，這些細節和情節本身應該是歷史本身的一部分，只是它被歷史敘述所忽略而已。從總體上看，《棗樹的故事》要告訴我們的是，歷史本身就是被敘述出來的。在一定程度上講，我們所知道的，不是歷史本相，而是敘述出來的歷史，或者是敘述在一定程度上代替了歷史，成爲我們所感知的對象。

葉兆言在《棗樹的故事》中，顯示了敘述對歷史的制約性，它把歷史看成敘述符號的所指，從而抽空了歷史的內涵。當歷史只是符號的指涉對象時，它也就消解了歷史的價值尺度。以往歷史所體現出的價值建立在歷史的客觀、公正、實在的基礎之上，當這一切都被符號化後，歷史價值也就被虛妄爲空洞的符碼，對歷史價值的堅守，也會具有喜劇色彩。《追月樓》中的丁先生，不幸就成爲這樣的人。

二

由於敘述的參與，歷史不再是一個實在的存在，而是被符號所呈示的能指。因而，附麗於歷史的價值，也就成爲一個可以質疑的對象。人們有理由質問，歷史價值是客觀的嗎？它是有效的嗎？它眞能對現實發揮作用嗎？葉兆言在《追月樓》中，拷問了歷史價值的有效性。從小說的敘述中，我們可以看到，歷史價值本身就是虛妄的，相對現實生活而言，歷史的價值功能被抽空，成爲空洞的、虛擬的存在。當這個空洞的能指被懸置在現實中時，它就成爲現實生活的圖騰。

《追月樓》敘寫了抗日戰爭時期，在南京陷落時，丁家各色人等的生活狀況。實際上《追月樓》是一個雙重文本。小說的潛文本是顧炎武等人恪守儒家倫理，在亂世中體現出來的氣節與操守；小說的顯文本是，丁先生在抗日戰爭期間，南京失守的歲月中，以顧炎武等人的文化操守爲楷模，對「節」、「義」的堅持。小說中的丁先生爲前清翰林，也是同盟會老會員，在學術界享有相當聲望，是傳統文化價值的傳承者和代言人。小說敘寫了丁先生歷史價值的形成，在這種形成的過程中，我們可以看到歷史價值自身的某種脆弱性。他的人生歷程，實際上也就是作爲歷史價值的代碼形成的過程，小說是這樣敘述的：

> 丁先生平生的得意，都顯在了科舉上，雖然不曾連中三元，也是場場得勝。廩生的資格不去説他。鄉試舉人，會試進士，都是一錘定音。按説進士就算正途出身，大觀小吏總以爲吃穩了俸銀，偏偏他一再賦閒，大官沒份，小點的官，又不肯將就。加上他老先生天字號的榆木脾氣，對上不懂得如何迎合，對下不知道怎樣敷衍，硬是一輩子官運不佳。也一生不買別人的帳，別人也不買他的帳。到了百日維新事敗，也不知道哪個烏龜王八蛋多事參了他一本，冤枉他是新黨。新黨時髦時可以做大官，倒楣了卻得殺頭。丁先生於是倉皇出走，避禍上海，又避禍日本。清朝末年，日本是中國革命的大本營。丁老先生人到了日本，他不去找革命，革命送上門來找他。有不少人看中了他的進士出身。他糊裏糊塗地入了同盟會，宣了誓。摔炸彈，搞起義之類的事，他作不來，武不過參加了兩次留學生的集會，文只是寫了篇四六體的《驅虜檄文》，除此之外，依舊埋頭傻作學問，教弟子。他那本《春秋三傳正義》的初稿，就在那時完成。〔註2〕

〔註2〕葉兆言：《追月樓》，《葉兆言文集·殤逝的英雄》，江蘇文藝出版社，1994年版，第194頁。

在小說的敘述中我們看到，丁先生對儒家的歷史價值承傳更多的體現在文字層面——寫作《春秋三傳正義》《驅虜檄文》上，並沒有延伸到現實生活層面上。在生活與實踐上，丁先生所體現出來的歷史價值，對節義的堅持，在他的人生里程中，並不具有歷史價值形成的必然性，更多的是歷史的某種偶然性。那麼，在日後的歲月中，丁先生所表現的歷史價值在多大程度上能和現實生活存在著關聯？

小說敘寫日本入侵南京時丁先生的生活。但是小說的深層意思並不是單純地敘寫丁家的日常生活。對作爲價值體現的歷史在當下生活中的功能與境遇展開思考，才是小說的主要內容與中心所在。丁先生作爲歷史價值的代言者，他所看重的是顧炎武身上所體現出來的節義情操。作爲歷史人物，顧炎武的價值體現是《日知錄》。《日知錄》把顧炎武的價值以文字的形式表達出來而作用於丁先生。同樣，丁先生對歷史的價值形式的表達與實踐寄寓於文字這一符碼形式。他對顧炎武的價值繼承的方式，是在追月樓上書寫《不死不活庵日記》，在日記中，記敘在南京陷落時的所思所想。在這裏，歷史，無論是作爲事實還是作爲價值，它的流傳與存在，都只能以文字與符碼的形式進行。在小說中，丁先生就是一個作爲價值的歷史的符碼生產者，他以符碼生產的形式繼承、彰顯、實踐歷史。他書寫《不死不活庵日記》是如此，與弟子少荊絕交寫作《與弟子少荊書》，同樣也是以文字的形式實踐歷史上對志不同道不合的親近人的絕交。

《追月樓》在此基礎上闡發了一個十分重要的話題：以文字形式傳播歷史價值的方式是有效的麼？長期以來我們對歷史意義與歷史價值深信不疑，相信歷史價值對現實生活產生作用，把歷史價值看作最高的價值源頭。對以文字形式表現出來的歷史價值具有深厚迷信感。歷史以文字形式成爲我們現實生活中一個看不見的而又對社會與生活具有重大影響的力量。但《追月樓》粉碎了我們心中長期存在的心理定勢。《追月樓》深刻地思考一個問題，歷史價值能對現實產生影響嗎？換而言之，歷史是有效的嗎？丁先生對歷史價值的生產能對現實產生作用嗎？在小說中我們看到丁先生對歷史價值的仿傚，在以下兩個方向上受到置疑。其一，丁先生的歷史價值受到來自現實生存的威脅。丁家在戰爭年代，生存受到極大的挑戰。金錢的缺乏是以丁先生爲表徵的歷史價值在現實中無法立足的重要原因。戰爭爆發，使已經敗落的丁家更加窘迫，變賣家產已不足以維持丁家的日常開銷，丁先生的後人不得不暗地裏接受喪失氣節的俸銀。其二，丁先生的後人在處理個人情感問題時，也無法接受丁先生的價值規範。丁先生的女兒愛上了他的弟子少荊。然而少荊接受了僞職。這與丁先生對節義的看重是相違背的，因此丁先生拒不接受少荊，並與他絕交。但是丁先生並不能阻止女兒和少荊的結合。就在丁先生剛死，還沒有安葬，他們就舉行了婚禮。最終，丁先生的死預示著他所代表的歷史價值的崩潰。他對歷史價值的堅守，與現實生活的實際狀況是分離的。他的一切作爲對現實生活絲毫不能發揮作用。雖然住在追月樓上的丁先生經常受到後人的請安和問候，但是，這只是一個儀式，這並不意味著他們認同丁先生的所堅持的歷史價值。丁先生，連同他所堅持的歷史價值，對處在實際生活中的後人那裏，只是儀式完成的一部分，它和生活是分離的。丁先生，連同他居住的追月樓便成爲歷史價值的圖騰。丁先生對歷史價值的實現，也只是在追月樓上書寫《不死不活庵日記》。文字最終拯救了丁先生，使丁先生的價值得以實現。丁先生對歷史價值的認同、堅守，從文字開始，並以文字的形式最終結束。而在現實社會生活中，對於他的後人們來說，它們只是日常生活中的圖騰而已。

三

葉兆言的長篇小說《沒有玻璃的花房》，是一篇描寫「文化大革命」的長篇小說。但是，葉兆言的目的並不是去反思「文化大革命」這場歷史運動發生的深層次原因，而是通過對小說中各種人物在「文化大革命」中的表演，表現了一種歷史意識：「文化大革命」這場曾被稱爲具有崇高革命意義的歷史運動，從本質上看，只不過是一場遊戲而已。在小說中，「文化大革命」的參與者擯棄了崇高的革命目的、意義，專注於個人快感的享受。「文化大革命」中的政治鬥爭變成了遊戲的環節與道具。事實上，這場遊戲遠遠溢出了政治鬥爭的邊界，社會中的各個年齡層次的人都被這場巨型遊戲的向心力所吸引，成爲這場遊戲的參與者。同時，「文化大革命」這場政治運動，這場革命，也成爲各種社會成員的遊戲的素材與組成部分。

《沒有玻璃的花房》敘寫的文化大革命期間少年木木的所思所想，小說中的木木在「文化大革命」開始時，還只是一個 8 歲的孩子，在十年的歷史運動中木木漸漸長大，小說在木木的視野中敘述了十年的歷史如何以遊戲的方式展開。小說的開頭，通過小孩們對唐老太太的批鬥遊戲，展現了歷史的遊戲面目。在「文化大革命」的歷史場景中，批鬥是一件嚴肅的政治活動，它是掌握眞理、體現歷史趨勢的一方對犯有錯誤的另一方的懲戒形式。但是，這樣的政治活動，竟是孩子們遊戲的一種形式：

> 我們不由分說，往唐老太脖子上掛上木牌，然後，再戴上紙糊的高帽子。由於不知道唐老太的正式名字，我們只能用黑墨汁胡亂寫上「唐老太」三個字，而經過反覆推敲研究的罪名，是「腐化墮落分子」，然後按照當年流行的做法，用血一般的紅墨水打上叉。

這些做法雖然是「文化大革命」中批鬥的常見形式，但是在孩子們世界裏，確是遊戲，這些遊戲在組織形式與方式上，與成人世界裏的批鬥形式是一模一樣的，甚至孩子們所喊的口號，也與成人們是一樣的：

> 「人不投降，就要她徹底滅亡。」
>
> 「馬克思主義的道理，千條萬條，歸根結底就是一句話。」
>
> 「就是一句話——」
>
> 「造反有理！造反有理！」

這場發生在孩子世界的批鬥遊戲似乎構成了小說對「文化大革命」歷史闡釋的象徵：被命名爲具有崇高意義和目的的歷史，只不過是一場遊戲。誠然，孩子的遊戲本沒有其它目的，唯一的目的就是在遊戲中分享快感。然而，更爲可怕的是這一群沉浸在遊戲中的孩子，與在「文化大革命」中的紅衛兵們大致屬於同一年齡層次的孩子們。當紅衛兵們參與「文化大革命」時，他們又有多大程度上與這群戲仿文化大革命批鬥遊戲的孩子們的動機與目的，有所不同呢？歷史被戲謔爲遊戲，其目的和價値轉化爲快感，在一定意義上成爲「文化大革命」歷史的象徵化概括。與孩子們世界裏的歷史運動成爲遊戲相同的是，成人世界裏的歷史運動也是遊戲，其目的和意義也是享受快感。不同的是，成人世界裏的歷史遊戲被披上了革命的外衣，而這場遊戲的主導因素——快感——的來源是性。把文化大革命這場歷史運動看作是成人世界裏的遊戲，並且最終把這場遊戲物質化爲性，是《沒有玻璃的花房》最重要的特點，也是它與其它類似的以性作爲視角反映文化大革命小說的最大不同之處。

成人世界的遊戲的表現方式在李道始的身上表現得最充分。在文化大革命中，李道始被抓、被批鬥，被紅衛兵要求寫交代罪行的材料。李道始在政治上的「認罪」並不能讓紅衛兵感興趣。他們感興趣的是李道始的生活作風問題。但是，李道始在生活作風上，原本的確沒有什麼可交代的。最後，在紅衛兵的拷打下，李道始發揮出自己的文學才華，特別是編造小說的才華，以小說的筆法，編造了自己的風流史：

> 李道始把認罪書當作愛情小說來寫，他寫自己如何愛上了唐韻梅，如何坐立不安，如何睡不著覺。每寫完一部分，他便把認罪書交上去，傾聽造反派的意見，如果他們滿意，他就繼續編造下去。情況的發展正像李道始預料的那樣，年輕的造反派果然被認罪書的內容所吸引，他們臉上雖然還會作出憤怒的表情，但是顯然都急著想知道後面的細節。李道始故意寫得很細膩，尤其是那些心理描寫，他運用了十九世紀歐洲經典小說中的愛情筆法。
>
> ……在李道始的認罪書中，一開始還只是些思想動機上的不健康，漸漸地便升級有了行爲描寫。如果說李道始敘述自己與唐韻梅的故事，用的是言情小說的筆調，他接下來描述的與保姆美芳之間的關係，便很有些色情文學的味道。在一開始，李道始堅決不承認自己與保姆有什麼出格的事情，但是在連續遭遇了兩頓實實在在的挨揍之後，他開始動搖，開始懷疑自己是否還能堅持得住。很快，他對堅持說老實話究竟有沒有必要產生了疑問，既然革命群眾都認爲他與美芳有一腿，他也就覺得自己就應該有一腿。
>
> 李道始具有非凡的編造故事的能力，尤其是聽說林蘇菲已準備和他離婚，他開始變得更加肆無忌憚，想怎麼發揮就怎麼發揮。紅衛兵小將們很想在認罪書中讀到一些貨眞價實的東西，他便投其所好地編織了一個與保姆通姦的故事……

在這裏對李道始的批鬥不再具有政治意義，批斗轉化爲對李道始的私生活進行窺探的藉口和手段。而在李道始那裏，對風流生活史的編造，則只是逃避紅衛兵拷打的方式。李道始編造的風流史給紅衛兵們帶來了快感，最終對李道始的政治批鬥變成對李道始私生活的窺探，批鬥的政治含義、價值被對李道始所編造的材料的快感所取代。號稱爲嚴肅的政治運動，也變成以快感爲最終目的的遊戲。但是，這場遊戲並不停留在文字層面上，當李道始的處境緩解之後，他把在文字之中的快感變成現實與實踐。這場文字遊戲帶來的快感，在李道始的日後生活中成爲現實。當李道始的政治處境有所好轉，政治地位漸漸回升的時候，他在遊戲中的被動局面與角色開始發生變化。原來遊戲的內容——性幻想，在生活中變成實踐，李道始主動地在實踐中，開始了他的遊戲。他從在認罪書中被動地編造色情故事與情節開始，到以一種主動的姿態接受來自文字的色情故事所帶來的快感。當學員秦豔看黃色小說《曼娜的回憶》被他發現後，他以教育者的身份批評她，並收繳了這本書。但在背後，他抄寫了這本書，並以極其巧妙的手段矇騙了秦豔，公開地燒毀了《曼娜的回憶》。他貌似革命地教育偷看色情小說的學生，只不過是掩蓋自己眞實行爲與目的而已，「教育」這一莊嚴的行爲，最終被李道始抽空了本來的意義，變成了堂而皇之的遊戲。李道始的遊戲，在「文化大革命」中後期已不再滿足與停留在文字遊戲的層面上。對性的追逐，開始成爲李道始生活的重要方面，他所掌握的權力，也不過是用以追逐性的手段。這時的李道始正式地從「文化大革命」初期政治遊戲的被動角色，轉變變成主動的參與者、組織者和快感的享受者。李道始利用手中的權力，與李無依等女性保持著性關係。這時李道始對性的攫取才能從文字層面，轉移到實踐中。

在《沒有玻璃的花房》看來，「文化大革命」這場革命，由於本身就是一場遊戲，其革命的目的並沒有達到。在這場革命中心的李道始，由遊戲中的戲謔角色發展到遊戲組織者。而歷史的目的，自始至終被性的快感與欲望所取代。在這場歷史運動中，被宣稱爲莊嚴的歷史目的和意義，被遊戲所抽空。它表現了「文化大革命」是一場巨型遊戲，參入者眾多。來自政治運動之外的遊戲，從另一方面，豐富了這場遊戲的劇目。在「文化大革命」的場景中，無論是紅衛兵對性的偷窺，還是李道始的性文字編造，亦或是李道始對性的主動參與與實踐，性都是這場遊戲中的媒介和道具、組織元素，它沒有任何實際意義。這個遊戲的道具、組織元素在遊戲中的功能，在張小燕身上得到最爲迅速的擴展與實踐。在「文化大革命」的這場政治遊戲中，張小燕的性行爲也打上了政治遊戲的色彩。這主要表現在，爲「挽救」張小燕，居委會爲張小燕組織了學習班，而且熱情高漲。然而這些又和免費午餐有著必然的聯繫，午餐的實際性內容，實質上把這場政治活動變成了一場享用午餐的遊戲。

在《沒有玻璃的花房》中，張小燕與馬延齡之間的性，並不具有情感上的愛情意義，也不具備道德上的含義。事實上，在張小燕那裏，性並不具有任何意義，它只是遊戲而已。即使當人們追問張小燕所懷孩子的父親時，張小燕供出的是自己的繼父張延慶，而沒有把馬延齡交代出來。這並不是她出於情感原因保護馬延齡，她這樣做的目的，不過是有著遊戲似的想法：「張小燕當時最簡單樸素的念頭，就是不讓張素芹（馬延齡的妻子——引者注）的陰謀詭計得逞。凡是張素芹擁護的，張小燕就要反對，凡是張素芹反對的，張小燕就要擁護。」從這樣的判斷方法著眼，張小燕只是爲了不讓張素芹起訴丈夫馬延齡而已。小說對張小燕爲何狂熱地愛上馬延齡並沒有作出描述，張小燕與馬延齡之間的性關係的價值判斷，成爲他們之間的性生活的盲點。這場性關係，在價值上是虛無的。甚至在倫理上，張小燕的性也不具備任何意義。小說敘寫了兩對父子與同一女性的性關係。一是李道始與兒子木木同李無依之間存在性關係；二是馬延齡與兒子馬小雙同張小燕之間也存在性關係。於是，性關係的意義與價值被抽空，成爲一個道具，在遊戲中，被扮演不同角色的人拋來拋去。

價值與意義的虛妄，使「文化大革命」這場歷史成爲一個巨大的遊戲，它以巨大的張力吸納社會中各色人等，有意無意地參與其中。葉兆言在《沒有玻璃的花房》中，通過對「文化大革命」這場歷史運動的敘寫，透射出一種歷史觀：歷史本身是一場遊戲，它自身並沒有意義和價值，在歷史場景中，個人快感等瑣碎的心理取代了歷史所宣稱的崇高的性質與內涵。

葉兆言在《棗樹的故事》《追月樓》《沒有玻璃的花房》中，從不同的層面思考了歷史這一重要話語的諸種特性。在相當長的一段時期中，歷史這一重要的話語形式，被賦予神聖的色彩，甚至成爲壓制個人的強制性力量。這幾篇小說從不同的方面反思了停留在我們思維深處的歷史意識。小說認爲歷史是被敘述出來的；認爲歷史價值對現實生活中的人們來說，只是圖騰而已；甚至認爲歷史只是一場遊戲。這些觀點剔除了束縛在個人身上的枷鎖，讓「人」的本色顯示得更清晰一些。《棗樹的故事》中的歷史的敘述因素被挖掘出來之後，歷史的神話色彩也就被粉碎，它構成了對「人」的命運給予關注的前提。實際上，當歷史的面目被語言的敘述所模糊之後，岫雲的命運與人生遭際越來越成爲關注的中心。這個女人的一生，總是被宿命和偶然所擺佈，悲劇性的生存，成爲小說敘述的中心。小說中的棗樹，成爲這個女人命運的象徵化表述。而在《追月樓》中，我們看到，生命個體的現實生存法則，總是構成了歷史價值的解構力量，當我們執拗於歷史法則時，歷史價值的內涵被抽空。《追月樓》實際上顯示了在歷史過程中，個人的生存的尷尬狀況。《沒有玻璃的花房》則在披露歷史的遊戲本質時，也就顯示了個人與歷史間的角力。個人以自身的力量將歷史的意義、目的等逼得落荒而逃，來自個體本身的生命活動在推動、改變著歷史。

第二節　生命意識的逃遁

中國現當代文化語境中的「歷史」，常常不再只是簡簡單單地對曾經發生過的事實的指稱，它被神化爲社會發展的潛在的、不可抗拒的規律，被賦予最高、最有效的價值準則。在這樣的文化語境中，歷史成爲社會個體——「人」——高不可攀的對象，它是個人的最高意義之源，皈依歷史最終成爲實現個人價值的根本途徑；同時，歷史也是個人最終的歸宿。歷史與個人的這種關係，在20世紀中國文學敘事那裏，特別是在敘述歷史、具有史詩意義的一些小說經典文本，如《青春之歌》《紅旗譜》《創業史》等作品中，有著鮮明的表現。在這些小說中，歷史意義與價值總是以最高、最有力的規範與標準高居於個人的頭頂之上，成爲個人追求意義、完成自我的價值尺度。因此，在小說敘事的邏輯演繹中，歷史與個人具有同構性。這種敘事策略，一直持續到20世紀80年代中後期才發生根本性的改變。在這一文學史重要時期，歷史與個人的關係在兩個方面開始發生變化。一方面，在李曉的《相會在K市》、格非的《大年》等作品中，歷史的必然性及其意識形態的合法性受到質疑。這些作品裏的個人，開始從歷史的壓力中探出脆弱的頭顱。在對歷史的質疑中，個人的生命意識、個人價值才開始有了獨立性和合法性的可能。《相會在K市》《大年》在歷史自身的必然性潰敗的敘事中，奏響了個人對歷史反叛的序曲。另一方面，莫言的《紅高粱》開始在歷史敘事的規範中，尋找到個人生命意識的合法性，把以往的小說敘事中，受到質疑的生命意識解放出來。從而，在生命意識的張揚中，把歷史與個人的關係帶到了新的境地。《紅高粱》中的個人的生命意識，不再是歷史意義與價值排斥的對象。同時，生命意識及其象徵物也具有了同歷史相等的價值與意義，它也因而共享了歷史的價值，並且在相當程度上，修補了歷史敘事的不足與缺陷。因此，在《紅高粱》的敘事邏輯中，作爲個人表徵的生命意識，在一定程度上分享了歷史自身的意識形態合法性。通過對歷史價值與合法性的分享，《紅高粱》就改寫了個人與歷史的關係。

但是，從根本上改寫歷史與個人關係的是蘇童的一系列小說，如《妻妾成群》《紅粉》《我的帝王生涯》等，這些小說把個人與歷史關係的敘事推向了一個嶄新的高度。在這些小說中，個人與歷史的關係呈現出嶄新的面貌：個人不再是歷史忠實的奴婢，而以自身的生命律動與節奏，同歷史意義及價值相分離，並最終摒棄了歷史參照系，以自在自足的全新姿態，宣告了個人從歷史規範中破殼而出。蘇童的這幾篇小說中，個人與歷史的關係發生根本性的變化：個人從歷史宏大的視野中走出，以個人的自在性抵抗歷史的束縛；甚至，個人不再是歷史的同路人，而是歷史的陌路者。

在蘇童的筆下，個人的自主性使歷史成爲碎片。個人不被歷史的力量所掣肘，它以自身的力量與歷史展開了較量。《妻妾成群》爲我們展示了個人與歷史開始分道揚鑣的新圖景。小說敘述了知識女青年頌蓮在父親死後，中斷學業，自願作地主陳左遷的小妾，在陳家與其它幾位姨太太毓雲、卓雲、梅珊間爭風吃醋的故事。這是一個十分常見的、描寫中國傳統舊家庭大院內的故事。這個故事本身並沒有什麼新鮮感。讓人感興趣的是，《妻妾成群》是對啓蒙歷史經典敘事的戲仿。五四新文化運動掀開了中國歷史敘事新篇章，在之後的諸多小說文本中，女知識青年們在新知識的啓蒙下，勇敢地衝破舊禮教的禁錮，在社會中尋找屬於自己的世界。並把個人的世俗幸福生活建立在對歷史價值與意義的分享上。衝破舊禮教，張揚個人精神與價值，成爲「五四」後新文學的典型敘事。在這樣的敘事規範中，個人價值與歷史邏輯緊密相關，二者甚至成爲一個整體。隨著社會現實的發展，當階級鬥爭成爲新文學的新的敘事範式時，這種個人與歷史合而爲一的敘事理念，表現爲個人的價值與外在的社會歷史價值的一致性上。頌蓮所處的時代正是一個新舊歷史時期的分界點，接受知識的洗禮，成爲一名新青年，是歷史的趨勢與走向。《妻妾成群》裏的頌蓮雖然接受了新式教育，成爲一名知識青年，但是，她並不是以歷史代言人的身份出現的。她的舉動與歷史趨勢相違背：她主動地、自願地成爲陳左遷的小妾。促使頌蓮作出決定性選擇的力量，不是歷史價值，而是個人自身的生命需求。因爲父親去世，個人生計成問題，她才決定做衣食無憂的陳家的小妾。在陳家，受到新知識洗禮的頌蓮，與其它姨太太一樣，爲爭寵而爭風吃醋，爲滿足年輕的生命肌體的需要而偷情。頌蓮漸漸遠離歷史價值與意義的播撒，隨著她的個人欲望漸漸膨脹，投照在頌蓮身上的歷史的光輝漸漸暗淡。歷史的腳步聲在個人日益擴張的生命節律中，逐漸遠離頌蓮的生活。

我們看到，歷史作爲潛在的、湧動的河流，與頌蓮擦肩而過，這個大學一年級的學生，在她身上體現出來的做派與陳左遷的其它幾位姨太太如出一轍。梅珊與醫生偷情，頌蓮與陳左遷的兒子飛浦之間，何嘗沒有偷情的情感傾向與行爲。卓雲與梅珊，爲了爭奪陳左遷的寵愛，互相陷害。而頌蓮對丫頭雁兒的迫害，何嘗又不是因爲爭寵。知識青年頌蓮的做法，與其它幾位姨太太之間，並不存在著本質上的差別。知識所代表的歷史河流，並沒有攜裹著頌蓮一起前進，頌蓮身上所體現出來的生命欲求，並沒有因爲曾受過知識洗禮的緣故而納入歷史的軌道。她，與其它幾位禁錮在被稱爲舊歷史時代的姨太太相比，並沒有顯示出新的歷史趨勢的獨特性。生命欲望充溢的個人，以它自身的特性，與歷史趨勢形同陌路，這是《妻妾成群》給予我們的啓迪。

《妻妾成群》所體現的是，在一定的歷史趨勢中個人的獨特性與自在性。它顯示的是潛在的歷史力量與個人生命特性之間的角逐與較量。在這場較量中，個人的源自生命欲求的力量，最終掩蓋了歷史的鋒芒。而這種個人與歷史間的較量，即使發生在歷史價值已經佔據著相當的、絕對性的勝算時期，個人的自身的生命欲求同樣能從歷史的手掌中逃脫。《紅粉》對此作了形象的闡釋。與《妻妾成群》相比，在《紅粉》中，蘇童把歷史與個人的分離關係表現得更加清晰。《紅粉》敘述了喜紅樓妓女秋儀和小萼，在解放後幾年間的生活。中華人民共和國的成立標誌著一個新的歷史時期的到來。關於這個新歷史時期如何把舊社會中的「非人」變成新社會中的「人」的敘事，是十七年小說的常規敘事模式。陸文夫的《小巷深處》（1956 年）就敘述了妓女徐文霞在新社會的幫助下，經過勞動改造蛻化爲新人，並獲得愛情的故事。在《小巷深處》中，徐文霞（徐文霞是解放後取的名字，當妓女的時候的名字叫阿四妹）舊的歷史——阿四妹的妓女生活——已成爲過去，新的歷史以巨大的力量重新塑造了她。在新的歷史環境中，徐文霞感受到了新歷史母親般的生育和養育的溫暖，而蛻變爲一個嶄新的人。《小巷深處》中的歷史與個人是一體的，歷史的意義與價值成爲個人追求的最高目標。同時，它也宣告，歷史具有巨大力量足以改變個人的一切。另外，歷史也爲個人安排了幸福的世俗生活，作爲個人委身於歷史的回報。徐文霞獲得了技術員的愛情，正是這種意識的體現。最終，個人無法逃避歷史的力量，接受了歷史的規範，成爲歷史宏大邏輯中被演繹的符碼；同時，個人也分享了歷史的勝利。

與《小巷深處》一樣，《紅粉》也是敘寫歷史巨變時期的妓女生活，但是，秋儀和小萼卻沒有像徐文霞那樣，主動地接受歷史對個人的設計與規範，而從歷史對人的鑄造——改造——中逃離。因此，與《小巷深處》宣揚歷史與個人的同步與一體進而彰示了歷史的神話功能不同，《紅粉》則流露出歷史與個人的分離傾向。《紅粉》中的秋儀主動地逃離歷史的設計，她從被送去改造的車上跳車逃走。隨後，她走上了一條與當時歷史軌跡相異的道路。她逃到她的常客老蒲那裏。當老蒲對她移情別戀後，她遁入佛門，終因生計困頓，嫁給了馮駝子。

與秋儀通過逃跑的方式逃避歷史規範不同的是，小萼雖然沒有用跳車逃跑的方式來拒絕歷史的規範，但她內心深處卻在逃避歷史的力量。在新的歷史意識場景中，小萼並沒有爲新的歷史到來而感到幸福，她感到的只是痛苦，甚至想到要自殺。這種痛苦很大程度上來源於她對新歷史、對人的改造的恐懼。她實在難以接受每天縫完三十條麻袋的改造方式。相反，在她看來，在妓院做妓女，讓她這樣無家可歸的、無父無母的人找到了歸宿。對小萼來說，相對於個人的生存而言，個人身上所承載的社會歷史價值與歷史意義，與被妓院剝削相比，沒有多大優先意義。因此，新的歷史對她的改造的價值和意義，要遠遠超出她的自然生命的承受力，她無法忍受社會歷史價值與意義。對個人自然性生命的壓抑。她覺得這種壓抑性力量，與奪去她的自然性生命沒有根本性的差別。因此，她曾選擇自殺來逃避改造。在小萼看來，個人對歷史的評價，對歷史的參與程度，取決於個人生命的承受程度，而不是歷史自身的價值。因此，在小說中，當作爲歷史的代言者——女幹部，以「歷史」的形象來啓迪小萼，認同歷史意義、價值時，小萼卻執拗地維護自然性生命意識，逃離了歷史價值的招安：

> 小萼，請你說說你的經歷吧。一個女幹部對小萼微笑著說，別害怕，我們都是階級姐妹。
>
> 小萼無力地搖了搖頭，她說，我不想說，我縫不完三十條麻袋，就這些，我沒什麼可說的。
>
> 你這個態度是不利於重新做人的。女幹部溫和地說，我們想聽聽你爲什麼想到去死，你有什麼苦就對我們訴，我們都是階級姐妹，都是苦水裏泡大的。

我說過了，我的手上起血泡，縫不完三十條麻袋。我只好去死。

這不是主要原因。你被妓院剝削壓迫了好多年，你苦大仇深，又無力反抗，你害怕重新落到敵人的手中，所以你想到了死，我說得對嗎？

我不知道。小萼依然低著頭看絲襪上的洞眼，她說，我害怕極了。

千萬別害怕。現在沒有人來傷害你了。讓你們來勞動訓練營是改造你們，爭取早日回到社會重新做人。妓院是舊中國的產物，它已經被消滅了。你以後想幹什麼？想當工人，還是想到商店當售貨員？

我不知道。幹什麼都行，只要不太累人。

好吧。小萼，現在說說你是怎麼落到鴇母手中。我們想幫助你，我們想請你參加下個月的婦女集會，控訴鴇母和妓院對你的欺凌和壓迫。

我不想說。小萼說，這種事怎麼好對眾人說，我怎麼說得出口？

沒讓你說那些髒事。女幹部微紅著臉解釋說，是控訴，你懂嗎？比如你可以控訴妓院怎樣把你騙進去的，你想逃跑時他們又怎樣毒打你的。稍微誇張點沒關係，主要是向敵人討還血債，最後你再喊幾句口號就行了。

我不會控訴，真的不會。小萼淡漠地說，你們可能不知道，這到喜紅樓是畫過押立了賣身契的，再說他們從來沒有打過我，我規規矩矩地接客，他們憑什麼打我呢？

這麼說，你是自願到喜紅樓的？

是的，小萼又垂下頭，她說，我十六歲時爹死了，娘改嫁了，我只好離開家鄉到這兒找事幹。沒人養我，我自己掙錢養自己。

那麼你為什麼不到繅絲廠去做工呢？我們也是苦出身，我們都進了繅絲廠，一樣可以掙錢呀。

你們不怕吃苦，可我怕吃苦。小萼的目光變得無限哀傷，她突然捂著臉嗚咽起來，她說，你們是良家婦女，可我天生是個賤貨。

我沒有辦法，誰讓我天生就是一個賤貨。

小萼所固執己見的是，個人的生命意識與生命歷程具有獨立的、自在的存在，即使面對歷史的力量，它也應該有自身的獨立性、合法性。後來小萼在一家玻璃廠洗瓶子，所從事的勞動算是最輕鬆的勞動。但勞動一段時間後，她主動閒居在家。在她身上，自然性生命的標準取代了社會歷史意義與價值。小萼，從形式上參加了社會改造，但是從實質上看，她拋棄了歷史對她的鑄造。在新的歷史環境中，她的生活仍然只保持著對自然性生命的維護。她嫁給老蒲，追求物質享樂。最終，在經濟的壓力下，老蒲貪污犯罪。在老蒲入獄後，她爲了個人的生存而拋棄兒子，遠走他鄉。

作爲生命個體的小萼與歷史之間的遭遇，顯示了個人與歷史之間的分離關係，在小萼看來，個人的生存境況與歷史——無論這種歷史被命名爲新的社會還是舊社會——沒有多大的關聯。作爲生命個體，人的存在首先是對自然性生命存在的維護，而不是追求歷史意義與價值。新的歷史無法改變小萼對自然性生命意識的堅持，小萼所做的一切表明了個人生命意識的獨立性。個人生命意識的獨立性，是作爲人存在的基本法則，它與外在個人的歷史法則是不相關的。在小說的結尾，從未體驗過舊歷史生活、生長在新的歷史環境中的男孩馮新華（小萼與老蒲的孩子），對胭脂盒天然的親近，更加顯示了個人的自然性生命對歷史的拒絕、與歷史的疏遠，卻是與人自身的生命律動的親和。很顯然，《紅粉》所表現的是：人與歷史是陌生人的關係。在這樣的關係裏，人的生存無法以新、舊歷史來劃分界限，個人的生存最終不必從歷史那裏取得任何的證明，個人也無法獲得歷史的支持，歷史也無法爲個人的世俗生活的幸福提供保障。《妻妾成群》《紅粉》彰明了個人與歷史間的分離關係，它們表明，在個人的自然性生命面前，歷史的尷尬與無能，歷史的威嚴與力量被個人的生命存在的執拗所嘲弄，歷史的韁繩在個人生命自主性的衝撞下，顯得疲軟無力。

雖然在《妻妾成群》《紅粉》中，蘇童極力彰顯了歷史與個人之間的分離關係，但是蘇童的目的顯然並不在此。當歷史與個人的關係確定之後，他的注意力和思想焦點，集中到個人存在的意義與價值的思考上：在一定歷史氛圍與歷史時期裏，個人的生命的意義並不是對歷史意義與歷史價值的追溯，而是對生命存在的關注，對生命體驗的關懷。在這裏，生命存在並不具有西方現代哲學裏的意味。在薩特與海德格爾等人那裏，存在，與一定的形而上的價值聯繫在一起。在蘇童的小說裏，存在及生命體驗顯示的是：自然性生命個體在具體歷史環境中的生存感受。它顯示了褪除歷史重軛後，個人生命的自由與充溢。在這裏，歷史只是時間或是事件的標示，而不是個人生命的價值源泉。頌蓮上學接受教育，並不是對歷史趨勢自覺的回應，她所追求的價值顯然不是歷史價值。正因爲這樣，她在父親去世後，選擇「小妾」這一與當時歷史價值相違背的角色，從而放棄了歷史的要求與召喚。對於秋儀和小萼而言，新的共和國的誕生，只是她們個人生命的一個事件，同時也只是個人生活方式改變的一個時間標記。她們所堅持的仍是生命存在的自主性方式。歷史意義與價值，在她們看來，是與個人生命毫不相關的。當歷史與個人相遇時，歷史的社會意義與價值被抽空，歷史蛻變爲個人生存時間與事件，甚至淡化爲個人存在的氛圍。與歷史的社會價值與意義被弱化、被淡化相比，個人生命存在被凸現，個人的生存遭際受到關注。

在《妻妾成群》《紅粉》中，當個人從歷史神話中分離出來時，個人的存在的價值和意義已經開始受到關注。個人的生命存在，浮出歷史的水面，成爲關注的中心。因此，在蘇童的《我的帝王生涯》裏，對具體歷史事件的價值與意義的判斷被模糊，而個人的生存狀況成爲關注的焦點。在《我的帝王生涯．跋》中，蘇童談到小說的寫作目的時說：「我希望讀者朋友不要把《我的帝王生涯》當歷史小說來讀，我在寫作中模糊具體年代的用意也在於此，考證典故和眞實性會是我們雙方的負擔。小說裏的紅粉鬢影和宮廷陰謀都只是雨夜驚夢，小說裏的災難和殺戮也只是我對每一個世界每一堆人群的憂慮和恐慌，如此而已。」這種突出人的生命存在，淡化歷史的意圖，被清晰地貫徹在小說文本中。在小說裏，歷史的社會意義與價值不再是超越個人、規範個人的力量，相反，在個人的生命體驗面前，歷史被掏空爲時間和事件的符碼。因而，個人不再是歷史意義與價值的載體，相反，這個曾被歷史重軛囚困的對象，卻向歷史發難，它所表現出的對生命體驗的執拗，讓歷史步步退卻爲空洞的符號，在個人的生命體驗的威逼下，淡化爲環繞著個人的生存氛圍。

《我的帝王生涯》中本應作爲歷史意義與價值的載體的帝王，在「我」的個人的生存體驗面前，總處於被動尷尬的角色上。小說在帝王的歷史價值被弱化而「我」的生命意識得到強化的二元對立的敘事結構中展開。在小說的開頭，「我」討厭父親的死，對他的去世沒有一絲的憂傷。在聽取司儀宣讀遺旨這個重大的「歷史」時刻，「我」的個人體驗並沒有迎合歷史氛圍，「我」所表現出來的只是作為一個少年的自身的意識，「我」的意識被祖母腰帶上垂下的玉如意所吸引；在王冠加頂的時刻，「我」的體驗仍然是個人的、生理性的，而不具有歷史感：「我」感受到了情緒上的害羞和窘迫，只是感到頭頂的「冰涼」。「我」的這種來自生命自身的衝動和體驗常常越過歷史符碼——帝王——的邊界，帝王這一歷史角色常常被少年的生命律動所沖淡、稀釋，甚至被生命的躍動所顛覆。當「我」出巡到彭國地界上，「我」明知品州西王對自己並不友好，仍禁不住外邊世界的誘惑，微服私訪，和燕郎一起享受少年的快樂。在「我」看來，帝王本來就是社會歷史符碼，它並不能反映一個人存在的眞實狀況。在品州的這次微服私訪的過程中，「我」和宦官燕郎做了一個換裝的遊戲。「我」發現，燕郎穿上帝王的服裝，同樣具有帝王風範；而眞實的帝王——「我」卻因穿上宦官的衣服，卻儼然眞實的宦官。蘇童通過換裝的描寫，把帝王的標誌認定為帝王的服裝，充分顯示了帝王只具有符碼功能的眞實面目。鑲嵌在歷史鏈條中的帝王只是抽象的、空洞的皮囊，其具體的內容只能等待歷史的塡充。但是，「我」拒絕了歷史對「我」的注釋，在「我」的帝王生涯中，「我」的少年生命意識的勃發，阻隔了歷史意義與價值的進駐。宮廷慘烈的鬥爭、國家風雨飄搖的命運，並不能引起「我」的歷史責任感，少年的「我」只是鮮明地感到對生命的恐懼與厭惡。「我」把更多的熱情傾注在寵愛的妃子上，在與愛妃的共同相處中，感受到了作為人的生命歡娛。蘇童在《我的帝王生涯》中展開了對帝王符碼的空洞與少年的生命意識的勃發的對比性描寫，從而發掘了人與歷史的對話與思考。生命意識與帝王角色的對比，以及生命意識對帝王角色的擴張，都只是作為生命個體的「我」在具體歷史氛圍中的生存體驗。毫無疑問，這種體驗是超出歷史的規範的，同樣也是歷史自身意義與價值所無法涉及的。這種帝王與少年的二元對立的敘述在小說的後半部分中依然存在，雖然這時「我」已經不是帝王了。但這種二元對立結構轉化為《論語》與走索之間的二元對立。早在帝王之位上時，「我」就十分渴望成為走索的雜耍人。當「我」的兄弟成功地發動了宮廷政變後，「我」的願望才眞正實現，「我」才從帝王的人生之殼中脫身而出，找回了眞正的自身。走出宮廷之後，「我」終於可以沉迷於走索。與帝王這一歷史角色的冷漠與失敗相比，走索的人生才是「我」成功的人生，也是「我」眞正的人生。在走索中，「我」諦聽生命的節律，在繩索上完美絕倫地展現少年眞實的生命狀態。而隨身攜帶的《論語》，「我」總是無法靜心閱讀，治國安邦的歷史遺訓，「我」總是無法領會。「我」疏遠《論語》而癡迷走索。

的確，歷史與個人關係的常規敘事範式在蘇童這裏開始分崩離析。在《紅粉》和《妻妾成群》中，個人的生命意識從歷史中開始分離出來，顯示了個人生命意識的自在的、獨特的特徵。進而在《我的帝王生涯》中，他展示了生命個體的人在歷史氛圍中的生命體驗。在這裏，生命的存在狀態遠遠地溢出了歷史的疆界，成爲個人存在的本眞狀態。在走索與《論語》的二元對立中，小說完成了對生命意識的皈依。

當「我」還是帝王時，作爲少年的「我」，對自然性生命體驗的關注，遠遠超過了「我」對帝王這一社會歷史符碼的眷顧。當帝王這一歷史外飾被拋棄後，「我」生命的本色顯示出來了。這種生命的本色的顯現在小說中體現爲走索。走索集中地展示了「我」的生命律動，它表現了比帝王更爲眞實、更爲正常的個人的存在狀態。在「我」的後半生，走索一直體現了「我」的本眞生命狀態。雖然後來出家了，「我」也讀《論語》，但是，這時閱讀《論語》，並不是從歷史價值出發，它所顯示的歷史價值並不是「我」閱讀的根本目的，而只是「我」對生命體驗的方式。

在蘇童這裏，由於生命意識逃逸了歷史的法網，它的存在並不仰仗歷史的合法性，而以自身的尺度存在，它存在的功能並不是修補歷史的不足與缺陷，而是昭示與歷史不同的價值尺度與規範，並最終彰示人自身的生存狀態。頌蓮、小萼、「我」從歷史法則中的逃離，對自身的生命呵護，對生命存在的體認，無不都顯示了這一主題。蘇童在《妻妾成群》《紅粉》《我的帝王生涯》中，就這樣抒寫了歷史與個人生命意識之間的分離關係，進而把個人的生命意識作爲個人存在的根本，探詢了生命意識作爲個人存在的狀態。

生命意識的書寫和吟唱是 20 世紀 80 年代中期以降文學的重要主題。個人自然性生命意識誠然是對歷史理性與歷史規律的解構力量，從個人生命意識的自然性與歷史理性各自運行理路來講，二者是分離的。但是，作爲社會結構之中的個人的生命意識必然迥異於自然界中一般性的物的生命意識。當面對社會結構中的歷史時，個人的生命意識在多大程度上去擁有自律性，在多大程度上與歷史理性相對話？在歷史這個社會的群體磨盤轉動時，個人生命意識的敘事呢喃與之有何關聯？與之有何生命意識上的糾纏？這是蘇童小說從歷史敘事神話走向個人生命意識神話式敘事之後面臨的一個重大挑戰。

同時，這也是在當下，當代小說必須要面對的一個具有時代意味的課題！

第三節　個人歷史性維度的書寫

在 20 世紀 50 至 70 年代的中國當代文學中，個人並沒有取得自身的獨立地位與價值。個人的價值仰仗歷史意義與價值的播撒。因而，從根本上講，個人只是歷史的載體，作爲生命意識存在的個人，並沒有受到關注和重視。這種現象一直延續到了新時期文學中。雖然個人話語是新時期以來的文學最爲重要的主題話語，由「傷痕文學」始，個人一直是文學關注的中心問題。但是，在作家們的想像與敘述中，個人價值的源頭仍然在歷史價值那裏，當新的歷史時期來臨後，個人所體現出來的人生感受與新的歷史價值趨向保持著相當的一致。在「傷痕文學」、「反思文學」裏，建立在所經歷的痛苦記憶上的個人對過去的歷史時期的否定，與國家意識形態站在新歷史的基點上對舊歷史的否定，保持了一致；同樣，個人對新歷史的幸福體驗同國家意識形態對新歷史的幸福許諾也是同步的。在小說敘述中，個人由痛苦到幸福的情感體驗的決定性力量，仍然是歷史。在個人與歷史的一致性中，個人依然難以擺脫歷史的擺佈。這種個人與歷史的關係一直延續到「改革文學」。在「改革文學」敘述中，個人所表現出來的新的價值與新歷史所倡導的價值仍然是一致的。由「傷痕文學」到「改革文學」，個人價值敘述法則最終仍歸依於歷史敘述法則，因而，從根本上講，個人的生命體驗最終被歷史碾得粉碎，成爲歷史隨意捏搓的稀泥。而稍後的「新歷史小說」則常常把個人當作解構歷史的銳利刀刃。在這裏，歷史成爲不關乎個人生存體驗的外在力量與背景，個人冷漠地面對歷史，並成爲擊碎歷史鐵律的絕對力量。由於歷史與個人的絕對分離，在這些小說中，個人成爲一個沒有歷史記憶與歷史體驗的、超離生命意識的個體。總之，在新時期的文學中，個人與歷史之間的這種絕對的同構與絕然的分離關係，抹殺了個人作爲生命意識的個體在面對歷史時的獨特體驗。

與「傷痕文學」、「反思文學」、「新歷史小說」所表現出的歷史與個人的關係不同，王安憶的小說則從另一個層面表現了個人與歷史間的關係。在她的小說裏，當個人與歷史相遇時，歷史成爲個人生命存在的一個重要維度，它鍍亮了個人複雜褶皺的每一個角落，與個人生命體驗渾然一體。而當歷史以事件、時間的名義發生變更時，與歷史相聯繫的個人的生命體驗，並不因爲時間的消逝而消失，也並不因爲事件的變更而更替。於是，在王安憶小說裏，個人不再只是純粹的現實的物體，而是交融著歷史體驗與歷史記憶的生命個體。她的小說《叔叔的故事》《紀實和虛構》《長恨歌》表現了個人的生命中歷史性體驗的存在及意義，從不同層面彙聚成個人的歷史性維度書寫的主題。這些小說描述了歷史與個人的糾葛，並由此出發，展示了生命的獨特性，昭示了生命的意義。

《叔叔的故事》是由敘述者「我」講述的一個飽經歷史滄桑的上輩人的故事。叔叔在反右鬥爭中，被打成右派，在文化大革命中被下放到農村。這是一個在「傷痕文學」和「反思文學」中常見的故事。這些故事的主要情節，無非是書寫右派在錯誤的歷史時期裏，遭受了不公正的待遇；而在新的歷史時期，右派的冤案被平反，命運得到根本性的改變。「傷痕文學」「反思文學」小說在對右派沉浮命運的描繪時，其實暗含著一個這樣的觀念：歷史是外在於個人的。但是，《叔叔的故事》並沒有去敘述一個右派的命運沉浮史，也沒有去討論在個體生命與歷史的緊張關係中二者的合法性的問題。她所關注的是這樣的一段歷史對個體生命的掣肘：歷史不是外在於個體生命的，而是個體生命內在的一維。《叔叔的故事》要探討的不是個人在歷史事件中的命運，它所關注的是歷史由生命體驗作爲中介，開始鑲嵌在叔叔的人生歷程裏，轉化成個人的生命體驗。在文化大革命之後，成名的叔叔無論是和異性在一起，還是面對自己的孩子，他所表現出來的生命體驗，都和那一段當右派的歷史有著不可分割的聯繫。叔叔年輕的時候，因一篇小說而獲罪，文化大革命中被下放到農村改造。身在農村的叔叔的人生呈現出特殊的生命狀態：他的肉身與靈魂相分離，肉身在現實中得到安息，並且最大程度地獲得滿足；而靈魂卻呈現出虛無。這段歷史造就了叔叔特定的人生體驗。在他平反昭雪之後相當長的一段歷史時期裏，叔叔的人生都與這段歷史所造就的生命狀態休戚相關。進城之後，他爲了斬斷與舊歷史的聯繫，迅速地和妻子離了婚。作爲舊歷史時期的象徵物——婚姻——是解除了，但是那段歷史所造就的生命體驗卻並沒有消逝。他和大姐、小米的關係，呈現出那段歷史刻下的清晰的痕跡。在大姐那裏，他表現出靈魂的需要，肉身則寄託在小米那裏。他對待兒子大寶，也鮮明地體現出了靈魂與肉體分離的傾向。他十分不喜歡大寶，因爲大寶不是叔叔內心幻想的、寄託著靈魂的女兒，而只是一個具有血緣關係的肉身。靈魂與肉身分離的生存狀態，使叔叔常常沉浸於肉身的歡娛，靈魂則虛妄爲謀求肉身的手段。即使時間和空間大幅度的變換之後，歷史刻下的印記也沒有消除。在德國，當他以慣用的手段接近一個女孩而遭到拒絕後，他徹底地暴露出了鑲嵌在自己生命深處的歷史體驗，他的作態完全回到了小鎮上曾經的歲月。無論是時間和空間的變更，還是對象和方式的變化，都無從改變深深嵌入他生命的歷史之維。《叔叔的故事》徹底地改寫了新時期以來小說中個人與歷史之間的關係。在這裏，歷史不再是外在於個人的事件，而是與個人糾葛在一起，成爲個人生命體驗中無法消除的一部分。個人生命的物質空間的變更，並不能抹去個人生命中那重重的歷史劃痕。在個人的生存中，歷史成爲個人無法剔除的部件，頑固地參與個人的生命活動。

王安憶在《叔叔的故事》裏，開始注視歷史與個人間的獨特關係。歷史不再是外在於個人的事件，它成爲個人生存的境遇。在這獨特的個體生存的境遇裏所形成的生命體驗，蟄伏在個人生命的深處，成爲個人生命的歷史性維度，隨著個人的存在而存在，無法消失。在《紀實和虛構》裏，這種個人生命的歷史性維度，被提高到一個更加抽象的高度。如果說在《叔叔的故事》裏，個人生命的歷史存在境遇所造就的特定的生命狀態與具體的歷史事件相聯繫，那麼，在《紀實和虛構》裏，王安憶則通過對家族神話的編造，顯示了個人生命歷史性存在的深廣度。誠然，《紀實和虛構》是對家族歷史的書寫，但它與八十年代後期家族小說有著根本性的區別。80 年代後期的家族歷史小說——如莫言的《紅高粱》蘇童的「楓楊樹」系列中，個人以局外人的角色參與小說的敘事，家族的歷史並沒有構成個人的生存體驗的維度，它只是敘述者個人的敘述對象而已。而《紀實和虛構》則不同，在這裏，家族的歷史是個人生命的一翼。把「我」和家族聯繫在一起的血緣，成爲個人生命的歷史性維度的物質化形式。在王安憶看來，個人的人生和生命存在具有縱向和橫向兩個維度。在談到《紀實和虛構》的寫作時，王安憶這樣說：「我虛構我的歷史，將此視爲我的縱向關係，這是一種生命性質的關係，是一個浩瀚的工程」，「我還虛構我的社會，將此視做我的橫向關係，這是一種人生性質的關係」。從王安憶對個人生命的理解中，我們可以看到，她虛構家族史的目的，其實是展示個人生命的歷史性維度的深廣。在這裏，家族史是作爲個人生命存在的一個維度，也是個人生命存在的昭示，它延伸的深度與廣度，其實是對個人生命深度與廣度的形象性隱喻。

《紀實和虛構》中的母親是一個忘卻歷史，只認同生命橫向關係的人，母親用一切可能的方法消除與家族的歷史糾葛。在上海這座移民城市裏，母親總是堅持講普通話，從來不講方言，雖然她的上海話講得比普通話還要標準；母親只是和同志往來，她從不承認在這座城市裏有親戚，雖然她至少還有一位嫁入大戶人家的姑母。她把親戚看成只是純粹的物質化關係，她說:「親戚算什麼？過年的時候我奶奶帶我到姨母家去，我在樓梯下磕三個響頭，上面就扔下一塊錢，這就是親戚。」她甚至對自己母親的記憶也十分模糊，感情十分疏遠，連去上墳，也被當成節日旅遊。母親就這樣斬斷了同家族的任何聯繫，表現出強烈的「孤兒」習氣。母親對家族、對家族史的漠視，代表了一種生命觀，這種生命觀拒絕歷史，只認同現世及現實社會關係，並把它作爲生命的全部內容。但是，在「我」看來，生命無法避開歷史維度。母親對親戚對血緣的否定與拋棄，讓「我」的生命感到壓抑、自卑和孤獨。因爲，血緣、家族、親戚，以及家族的神話傳說，從根本上講，都與我們的生命息息相關。在「我」看來，「沒有家族神話，我們都成了孤兒，西西惶惶，我們生命的一頭隱藏在伸手不見五指的黑裏」。同時，在「我」看來，家族神話傳遞的過程，本身就是一個生命盎然的過程，「這世界是一個後天的充滿選擇性的世界，使人摒除崇高的觀念。而家族傳說超越了人們的認識，它將世界置於『知』之上的渺茫境界之中，使敬仰之心油然而生。家族傳說那種代代相傳接力式的傳播方式充滿了歡樂的生命之情和莊嚴的責任感......家族神話像黑夜裏的火把，照亮了生命歷久不廢的行程」。

因此，在《紀實和虛構》中，王安憶對「茹」姓家族歷史的追尋，並不是簡單的編造家族神話，而是顯示個人生命歷史性維度的存在。在「我」眼裏，從根本上講，家族史是生命勃發、昂揚的歷史。「茹」姓的家族史上第一人木骨閭，讓家族的歷史有了開端。木骨閭馬術高超，精於射術。在逃跑中，他得到神秘力量的幫助而脫身，並建立起了自己的部落，因此有了「茹」姓的開始。「茹」部落經社侖又得以中興，他雖被囚禁，但是歷經艱辛，終於取得政權，讓「茹」家族發揚光大。隨後，「茹」姓部落雖然有漸漸衰落並幾乎被人滅亡的歷史。但是，在「我」看來，這種生命的沉寂，其實是爲了孕育更大的輝煌。成吉思汗的橫空出世，讓「茹」姓家族輝煌天際。家族歷史由一「茹」姓狀元接續，最終抵達外祖父。雖然外祖父與英雄的祖上不同，他是一位破壞欲望特別強烈的男性，是他把祖上的家產揮霍一空。但是，「我」

卻認爲，破壞與創造一樣，都是生命張揚的形式。其實，在王安憶那裏，家族史其實就是個體生命蒸騰的歷史，它構成個人生命存在的一個重要維度。雖然它成爲了歷史，但是，通過姓氏這一象徵化物質形式，最終與個人的生命相接續。由於個人維度的介入，王安憶對家族神話的追溯，與一般尋根小說大相徑庭。尋根小說對「史」的依賴，其目的是思考民族與歷史的關係。《紀實和虛構》則將個人與歷史的關係，放在生命存在的角度上來思考，勘探出了個人存在的新的維度。當王安憶把《紀實和虛構》看作「創世紀」時，她實際上認爲生命的創世紀的結構與小說的結構一樣，存在著歷史與現實兩翼，對歷史性維度的重視，是生命自身的需求。

《叔叔的故事》和《紀實和虛構》顯示了個人與歷史之間不可抹殺的關係，同時它們也顯示了作爲生命的個人面對歷史時，所表示出來的特性。這種特性，在《長恨歌》那裏得到更鮮明的表現。《長恨歌》再現了歷史與個體生命相交融的圖景：與歷史相聯繫的個人生存體驗，具有不可再現的特性，當個人生存的外在時空發生變化時，這種生命體驗並非隨之變更。它表明了一個重要的生存論主題：與外在時空及個人生存環境的可複製性相比，個人生命體驗具有無法複製的獨特性。

《長恨歌》敘述了王琦瑤四十餘年的生活。在這四十餘年裏，王琦瑤由少不更事的女中學生，成長爲上海「三小姐」，到年老時被人殺死。這其間，她的生命歷經了舊上海時的繁華，被人包養的生活，也經歷過上海困難時期的生活。她愛過人，但最終被權勢所俘獲；她也被人愛過，卻不能如人所願。她人身自由後，也在毛毛舅、老克蠟身上寄託過自己的情感，但這些最終都成過眼煙雲；她生養過一個女兒，女兒卻從沒有繼承過自己的一丁點什麼。在時間的流逝與人事的糾葛中，王琦瑤深深地感到，她在舊上海所經歷的生命體驗再也沒有重現過。誠然，歷史場景、人事關係，都曾重新顯現，但是，鑲嵌在她生命深處的歷史切片折射出的生命的光彩，從此再也沒有閃現過。《長恨歌》正是通過個人的歷史性生命體驗的書寫，展現了人的生命體驗的獨特性。在王琦瑤的生命歷程中，舊上海時的少女時光，是她人生中最富有獨特意味的生活。那時，她放射著一個優秀、出眾少女的人生風彩。女伴吳佩珍、蔣麗莉從內心深處崇拜她、呵護她、追捧她，她們都以是王琦瑤的朋友而自豪。在王琦瑤成爲上海淑媛和上海三小姐這些事件上，她們起著決定性的作用。和她們在一起，王琦瑤過著十分愜意的少女生活。王琦瑤的少女生活中，還有一個十分重要的人——程先生，他是王琦瑤人生的一道獨特的風景。是他拍的照片，讓她成為上海淑媛；是他的慫恿與策劃，讓她順利地成為上海三小姐。程先生愛著王琦瑤，他讓王琦瑤領略到了少女的初戀，享受到初戀的激動與幸福。王琦瑤的舊上海生活中還有重要的一翼，那就是李主任。王琦瑤雖然被李主任包養，但是，李主任對王琦瑤確實負起了責任。在歷史將發生巨變的時刻，他負責任地為王琦瑤安排了以後的生活，為她留下生活保障。王琦瑤的舊上海生活，都具體化為在這些人事中的生命體驗。從王琦瑤的整個生命歷程來講，它構成了王琦瑤生命的歷史性維度。當歲月的腳步悄悄地移動時，它漠然地注視著歲月的流逝，靜靜地龜縮在王琦瑤生命的最深處。對王琦瑤來講，歲月流失、空間流轉、人際更替，這些只是個人生命的外殼，而生命的內核——個人歷史性存在——仍如磐石，蟄伏在生命的深處。在王琦瑤以後的人生中，相似的人事關係仍在出現，但是，那獨特的生命體驗卻從此再也無法重現。

在新的歷史時期，王琦瑤曾兩度面臨過相似的人事，但是，在其中所蘊藏的生命體驗，卻大相徑庭。第一次是在 20 世紀 50 年代，那時，上海剛解放不久，王琦瑤的生命中，出現了同解放前相似的人事關係。嚴家師母代替了吳佩珍、蔣麗莉的位置，康明遜取代了李主任的位置，薩沙成為另一個程先生。但是，在相似的人事中，藏匿著的生命體驗卻是不同的。嚴家師母對王琦瑤的情感無法像吳佩珍她們那樣的熱烈與真摯。她對王琦瑤，是有距離的關心與交往，她遠沒有吳佩珍她們那般地無私與傾情，而帶有一定的世故與圓滑。康明遜取代了李主任的位置，但是，他對王琦瑤，遠不及李主任那般負責任。他給王琦瑤留下了一個孩子，卻讓王琦瑤獨自承擔撫養責任。王琦瑤把薩沙當作康明遜的替罪羊，她對薩沙的功利，與她和程先生間的赤誠有著根本性的差別。在 50 年代，王琦瑤的人生中，人事關係雖然重現了，但是，在這一次的人事中，她所體驗到的不是幸福，更多的是無奈，是人世的滄桑。80 年代，圍繞王琦瑤，也出現過與前兩次相似的人事關係。王琦瑤在老克臘那裏找到了上海懷舊的氣息和夢幻般的情愛生活。但是，對王琦瑤來說，老克臘只是把她帶回到四十年前去的道具，而不是和王琦瑤一起上演四十年前戲劇的男女主角。張永紅對生活的感悟與見地，像年輕時的王琦瑤。但是，她絕不是自己的復現，她身上的張狂與輕佻，難以讓王琦瑤接受。張永紅的男朋友長腳，在王琦瑤的人事關係中，復現了配角的位置。但是，他不像程先生和薩沙那樣，給自己的人生帶來值得回味的地方，恰恰相反，他是王琦瑤走完人生歷程的終結力量。《長恨歌》正是通過對圍繞王琦瑤的人事關係狀況的描寫，浮現出王琦瑤的歷史性生命體驗的獨特性。雖然，圍繞王琦瑤的人事關係能一次再一次地重現，但是，她在四十年前的生命體驗，卻再也沒有重新出現過，生命中歷史性體驗成爲個人歲月長河中的磐石，標示著生命曾經的狀況。在《長恨歌》中，隨著時間的流失，歷史場景與人物關係可以再現，但是生命體驗深處的歷史性，卻不可能再現。個人的歷史性體驗具有不可再現的特徵。

小說的敘述者由「四十年的故事都是從片廠這一天開始的」展開小說敘事。王琦瑤在吳佩珍的帶領下來到片廠觀看拍照。在拍攝現場，王琦瑤看到一個拍攝鏡頭，小說這樣敘述王琦瑤的感受：「最後終於躺定了，再也不動了，燈光再次暗下來。再一次亮起的似乎與前幾次都不同了。前幾次的亮是那種敞亮，大放光明，無遮無擋的。這一次，卻是專門的亮，那種夜半時分外面漆黑裏面卻光明的亮。那房間的景好像退遠了一些，卻更生動了一些，有點熟進心裏去的意思。王琦瑤注意到那盞布景裏的電燈，發出著眞實的光芒，蓮花狀的燈罩，在三面牆上投下波紋的陰影。這就像是舊景重現，卻想不起是何時何地的舊景。」當時光的腳步移動到王琦瑤被長腳殺害，在她死亡的最後一瞬間，王琦瑤的眼裏最後的景象就是四十年前的這幅景象：「王琦瑤眼瞼裏最後的景象，是那盞搖曳不止的電燈，長腳的長胳膊揮動了它，它就搖曳起來。這情景好像很熟悉，她極力想著。在最後的一秒鐘裏，思緒迅速穿越時間的隧道，眼前出現了四十年前的片廠。對了，是片廠。」王琦瑤在死亡的最後一刻，她所感受到的、所體驗到的，卻是四十年前在片廠的所見所感。在這裏，歷史沿著時光的隧道，最終抵達王琦瑤的生命體驗。四十年前與四十年後的重疊，源於個人生命歷史性維度的存在，對個人的生命存在的歷史性維度的凸現，最終又顯示了生命的宿命與悲涼。在王琦瑤臨死的瞬間，她充分地感受生命的超越性力量。原來，自己的幾十年的風雨人生歷程，卻爲的是給生命的宿命、超越性歷史存在，作一個具體、生動的注腳。

正是因爲歷史鑲嵌入個人的生命，成爲個人生命的一翼，個人的歷史性生命體驗才呈顯爲不可重現的獨特意味。同時，由於個人生命的歷史性維度的存在，個人當下的生命被歷史性生命情景注視著、制約著，歷史性生命體驗相對於當下的生命而言，具有超越性、形而上的生命意味。於是，王安憶從個人與歷史的內在關聯中，從個人歷史性生命的獨特性出發，昭示了生命的形而上層面。與王安憶同時代的北村、張承志、張煒、史鐵生等作家也在小說中關注人的形而上層面，開始追尋形而上的生命存在。只不過在他們這裏，形而上的生命體驗都無一例外地表現爲神性。在北村那裏，人的神性維度體現爲基督教。在張煒那裏，這種超越性力量寄託在「大地」意象中。在張承志那裏，人的神性之維表現爲哲合忍耶。在史鐵生那裏，人的神性則體現爲各種宗教的力量。在他們那裏，神性是人的彼岸，是人的生命理想狀態。而在王安憶那裏，生命的形而上體現在個人的歷史性維度上，是生命的此時感受，也是人的「此岸」體驗。在她的作品中，個人的歷史性維度，以超然的姿態凝視個人的具體的、瑣碎的生活。它以強大的力量，超越時空的阻隔和紛繁複雜世事的侵擾，它的源頭，最終直抵個人的生命存在。當從現世回溯到遙遠的過去時，個人的生命存在的歷史之維，清晰地傲然屹立在個體的天空，像透過雲彩的陽光，炫亮著個人的生命旅程。

王安憶的小說改變了新時期以來文學中歷史與個人之間的關係，這種關係的改變建立在她把個人當作生命個體的基礎之上。她的小說顯示了作爲生命體的個人與歷史間堅固的關係。由於生命中歷史性維度的存在，生命才具有獨特性；也正是歷史性維度的存在，生命的形而上的探詢也具有與其它作家不可具備的特點，顯示了獨特的文學史意義。

第六章　超越性價值的訴求

在 80 年代，如果說李澤厚關注的是人的歷史規定性，在他那裏人是由歷史文化欽定的，劉曉波則關注人的個體生命，在人與自身現世生存上展開人的話語，那麼，劉小楓則在人的個體生命的終極性意義與價值層面上探討人的屬性及規範。80 年代中後期，劉小楓以《詩化哲學》《拯救與逍遙》《走向十字架的眞》〔註 1〕奠定了他在這一階段的文化地位。在這三本文論中，《詩化哲學》從德國哲學中清理出一條人本詩學線索，從中闡明人對自己生存意義的詩性關懷是人之所以爲人的內在依據。《拯救與逍遙》在此基礎上指出，只有經過現代智慧清洗過的上帝即西方現代基督神學，才爲人生價值取向提供了根基性尺度。劉小楓在構架人學話語時，最大的貢獻是關注生命形態的人的價值和意義，這也是從《詩化哲學》到《拯救與逍遙》的內在線索。

在《走向十字架的眞》中，劉小楓眼中的神學是使人之成爲人的知識學。在這部論著中，劉小楓通過對神學思想的闡釋，來對抗李澤厚的歷史理性主義。在他看來：「按照歷史理性主義的主張，歷史的發展是以歷史中的個體的犧牲爲代價的。似乎，只要歷史進步了，在發展中表現的邪惡和不義就是無疚的，無數無辜個人的苦難、不幸就是微不足道的。這種論調的主張者還把對歷史發展過程中的無辜受害者不可埋葬的記憶嘲笑爲小資產階級的多愁善感，似乎理性的歷史發展才是大無畏的無產階級精神」〔註 2〕。劉小楓以神學

〔註 1〕《走向十字架的眞》在大陸出版雖在 1994 年，但此書中十三篇文章有十篇，自 1988 年至 1989 年春，以「默默」爲筆名，連載於《讀書》雜誌，故將此書置於 80 年代時期文論觀之。

〔註 2〕劉小楓：《走向十字架的眞》，上海三聯書店，1995 年版，231～232 頁。

反對歷史理性主義，一方面是因爲在歷史理性操持下，中國人頭腦中留下了夢魘般的記憶，另一方面，現代神學認爲非神性的東西不能作爲人的意義、價值的根基，而人之所以爲人，最根本的即是對人的神性的皈依。這是劉小楓的最後結論。劉小楓思想的價值不在於讓人們皈依神學，而在於讓人們看到在社會歷史理性之外，作爲生命個體的「人」尚有存在的價值，從而打破了「人」的單一的價值目標。

劉小楓的理論，要到 90 年代後才得到創作上的回應。自 90 年代開始，張承志、北村分別皈依了宗教，成爲教徒，他們的文學創作在一定意義上成爲宗教教義的宣教。就文學作品對「人」的話語塑造而言，要關注的是文學的宗教精神，而不是文學作品所表現的宗教教義。二者之間的區分，史鐵生有過比較中肯觀點：「說到宗教很多人會想到由愚昧無知而對某個事物的盲目崇拜，甚至想到迷信」。而作爲表現人的精神向度的文學作品，他所推崇的是宗教精神：「所以我用宗教精神與它區分，宗教精神是清醒時依然保存的堅定信念，是人類知其不可爲而絕不放棄的理想，它根源於對人的本原的嚮往，對生命價值的深刻感悟。所以我說它是美的層面的。這樣它就能使人在知道自己生存的困境與局限之後，他依然不厭棄這個存在，依然不失信心和熱情、敬畏與驕傲。」〔註 3〕

因此，對 90 年代以來文學創作中宗教精神的關注才是重要的。在人類的困境和局限中，尋求超越的精神支柱，才是人類的最根本的出路，對人類來說，也是最普遍的價值追求。而宗教就要狹隘得多，它實質上把從中世紀那裏獲得解放的人的命運、人的價值，重新交還給了上帝，是對現代人精神、價值的二度異化。在物質主義、功利主義大行其道的今天，人需要獲得對現實的超越，需要的是宗教精神而不是宗教。從這個意義上，張承志、北村的虔誠的宗教信仰就不具備普遍意義，他們的宗教態度在 90 年代以來的文學中，自然也不具備典型意義。

討論近 30 年以來中國文學的宗教精神訴求，史鐵生是無法越過去的對象。他的作品所表現出來的精神，是這個時代對超越性的神性追求的典型代表。面對中國近百年的革命功利主義歷史，對中國革命歷史某些激進觀點、行爲的反思，在反思中確立人的價值，是中國近 30 年來文學作品的重要主題。而把這種反思提昇到神性精神高度的是《聖天門口》。這是近 30 年來反思革

〔註 3〕史鐵生：《宿命與反抗》，《作品與研究》，1997 年，第 2 期。

命功利主義，倡導神性價值的代表。而面對物質主義，反思現代化，自然是這30年來中國文學的基本主題，其中的典型代表，一般人認爲是張煒，認爲他的作品所宣揚的「大地」精神，是對現代化反思的典型作品。這種觀點也有一定的道理。但是，不容質疑的是，張煒的「大地」精神更多地是一種道德評價，還無法上陞到宗教精神的高度。而代表在反思現代化進程，具有宗教精神的代表是陳應松在新世紀以來的「神農架」系列作品。這些作品，把自然，具有宗教精神的自然，看成現代人的困境和出路，昭示了一種超越功利主義的神性價值，也是「人」的話語新塑造。

第一節　個體生存的承擔

和張承志、北村是虔誠的教徒不同，史鐵生並沒有皈依到任何宗教之中，但是，他的作品長期以來被認爲是最具有宗教精神的文學。其中一個重要的原因，大概與他總是在深沉地思考人的命運有著緊密的關係。這大概就是他雖然沒有皈依到任何宗教，但是，其作品充盈著宗教精神的重要原因吧。關於文學和宗教的關係，史鐵生有著自己獨到的理解。在《自言自語》一文中，史鐵生寫道：「智力的局限要由悟性來補充，科學和哲學的局限要由宗教精神來補充，眞正的宗教精神絕不是迷信，說得過分一點，文學就是宗教精神的文字體現」，「我認爲高級的宗教是最棒的文學，而最棒的文學又是最高級的宗教」〔註4〕。

當然，史鐵生在這裏所說的宗教，並不是指我們通常意義上的宗教，而主要是指文學中所包含的對人類命運深廣的關懷與思考，他說：「現在，人們常常把那種深入探究人類命運問題，渴望減輕人類苦難，並且懇切希望將來會實現人類美好前途的人，說成具有宗教觀點，儘管他也許並不接受傳統的基督教。」〔註5〕因此，在史鐵生看來，文學中的宗教精神並不是對某一宗教教義的闡釋，而是一種廣泛的、形而上的信念：「宗教精神便是人們在『知不知』時依然葆有的堅定信念，是人類大軍落入重圍時寧願赴死而求也不甘懼退而失的壯烈理想」〔註6〕。

〔註4〕史鐵生：《自言自語》，廣東旅遊出版社，1992年版，第186頁。
〔註5〕史鐵生：《隨想與反省》，《人民文學》，1986年，第10期。
〔註6〕史鐵生：《自言自語》，《作家》，1988年，第10期。

人們常常將史鐵生對宗教精神的思考歸結爲他身體殘疾的緣故。其實，史鐵生和宗教的聯繫，遠遠超出了個人性原因，而是他對中國當代文化的思考。馬克思主義是當代中國的指導思想，是中國政治的「教義」，在史鐵生看來，它也具有一定的神性品質。他的早期作品《關於詹牧師的報告文學》中，詹牧師用馬克思主義對基督教作了三點犀利的批判，證明「主是僞善的，騙人的，愚昧的」。詹牧師的批評，實際上把上帝的神性轉移到了馬克思主義那裏，以意識形態的神性替代了上帝的神性。同時，它要表明的是，在生活中，神性同樣存在，只不過它被日常意識形態所遮蓋。《鐘聲》裏教堂的遺址上，要蓋起「一座神奇而美妙的大樓」，而原本是牧師的姑父擔任了設計師。但是，對於政治意識形態和日常生活意識形態而言，這裏的神性是具有一定的功利主義的，遠離了個人的生存體驗，因此，它本身就是不可靠的。史鐵生的可貴之處在於，他把本來就存在於政治意識形態和日常生活中的意識形態中的神性，轉化爲個人對生存體驗。他的一系列作品的宗教精神，正是建立在對個人生命與存在的拷問上。

一

生命的偶然性是史鐵生對生命體驗的最大感受，也是他作品中宗教精神確立的基礎。在他眾多的小說中，生命的偶然性，是最突出的體驗。史鐵生的作品描述了生命處處充滿著偶然的表達。他的有些作品甚至表現了這樣的主題：偶然性甚至成爲生命的常態，是它構成了生命的每一部分。兩個陌生的男女在一個陌生的地方偶然相遇，兩年後竟結爲夫妻（《第一人稱》）；一對漂亮幸福的夫妻，卻偏偏生了一個患侏儒症的孩子（《來到人間》）。在《小說三篇・對話練習》中，史鐵生寫了一對男女在黑暗中的對話，其中就談到了上帝借某些人給另外的人分配命運的問題。在招生過程，四人中錄取哪兩個刷掉哪兩個，都是上帝借招生的人在決定著被招者的命運。然而上帝決定人的命運，都是偶然性的。

這種命運的偶然性在《宿命》中表現得最爲深切：青年莫非充滿青春的生機和活力，前途無量，然而在一次車禍中，他的前途、人生都被改變了。「我」騎著自行車，在要讓避汽車時，一隻很大很光又很挺實的茄子改變了「我」的命運。它「把我的車輪猛扔向左，我便順勢摔出二至三米遠，摔進那一秒鐘內應該發生的事裏去了」，在一秒鐘裏被汽車將腋脊髓骨截然掐斷。「我」

命運的改變源於一系列的偶然事件。在此之前，假如他不在距離出事地點二百米遠的地方遇見一個熟人捏了一下車閘，耽誤了一至五秒的時間，汽車就會在「離我僅一寸之遇」的地方停下；而在此之前的之前，假如他在那家小飯館裏不是吃了一個包子而是五個（他原本要吃五個的），他就見不到那個熟人；時間再往前，假如他不去看那場倒霉的《貨郎與小姐》，他就可以買到五個包子，事情也並非這樣。實際上，假如不是因為批評那個在課堂上笑個不停的學生，他就可能不去看《貨郎與小組》。但是，那個顯然神經正常的學生為什麼會在課堂上笑起來沒完呢？答案啼笑皆非，因為他聽見了一隻狗望著一進學校大門正中的那條大標語放了個屁。莫非命運發生改變的全部原因竟只在一個狗屁？一個狗屁改變了一個人一生的命運。回顧這段改變命運的事件，雖然由一連串的事件的累計造成了車禍，但是，假設這其中任何一件事情發生變化，他的命運都不會發生改變。而這些事情最終都發生了，事情的最初事件竟然就是一個極其偶然的狗屁。

與《宿命》相似，《一個謎語的幾種簡單猜法》也表現了人生的偶然性。小說借生命個體的不同生存階段來展開敘述：當「我」剛剛學會思索的時候，屬於「我」的那個謎語就開始了。「我」以「我」的感官隨時感受著周圍的一切，世界也便因「我」的感受而存在，當「我」長大成人後，「我」不知道「我」的體重為什麼恒定在 59.5 公斤，也不知道「我」為什麼每天準時在 6：30 醒來。「我」用這兩個數字組成的密碼找到了一個陌生的女人，這陌生的女人原來就是「我」的妻子，而當「我」身患絕症胸上劃著紅方塊時，內心深處卻莫名其妙地潛藏著對女人的渴望。對這一切「我」都無法解釋。即使當「我」目睹了生活的重複從而知道「我」已經老了從而認為自己可以洞見那難猜的謎底時，卻發現這仍然是一個幻想。「萬事萬物你若預測它的未來你就會說它有無數可能，可你若回過頭去看它的以往你就會知道其實只有一條命定之路。」

《宿命》《一個謎語的幾種簡單猜法》還只是探討了個體命運的宿命性，而《中篇 1 或短篇 4》則將宿命、命運的偶然性推廣到世界，表現了世界也是偶然性組成的主題。偶然性超越了個體，看起來似乎是毫不相干的事物、人物，由偶然性聯繫在一起了。上述作品，表現了史鐵生對人生包括世界的看法，完成了世界是由偶然性組成的生存圖景的構造。小說開始敘述彼此毫不相干的幾件事情：在同樣的時間不同的空間裏，每個人又都在各自默默地行動著。一個老頭在湖岸邊的一塊大石頭上自殺了，這個老頭又似乎是《局部》中的叛徒；一個美麗而文雅的女人在市中心一棟安靜的小樓裏午睡；一個背著背包的人正沿著蜿蜒的小路從山那邊走來；「你」坐在寫字臺前構思著一篇名為「眾生」的中篇；一個老養路工在暴風雨快到時前來檢查一座老橋；一對青年男女在橋下快活；十幾個明天打算進山的人各自分佈在市區的高樓和矮房裏。這一切人物、事件看起來是孤立的，表面上看是沒有聯繫的：「你」不認識那個女人，不認識那個正從山那邊走來的男人，也不認識那個年老的養路工和橋下的一對青年，更不認識分佈在市區的那十幾個人。但是，又有一些偶然性讓這陌生的隔絕著的一切，發生了種種聯繫。偶然性的降臨，讓這些人和事聯繫起來了。那個從山裏來的喜歡傳播消息的男人，將老頭或叛徒的死告訴了「你」，於是，「你」決定明天進山，因為「你」是叛徒或者老頭的兒子。那個年老的養路工為了不打擾橋下的那對青年，致使橋墩上的一條裂紋沒被發現，於是，大水沖毀了那座橋。「你」和那個女人和那另外的十幾個人在一家小飯館裏相遇了。這一切都被偶然聯繫起來了，然而，這偶然又純係一種必然：當「你」的父親和那個漂亮女人之間結束了的時候，「你」和另外一個女人之間就已經開始了。即使她在多年以後才在飯館找到「你」，但她確實早屬於「你」了。多年後，那個男人也注定要翻過那座山，從「你」門前的小路上走過，向「你」問路，告訴「你」那個消息。「你」也注定要進山，那座橋也注定要被沖毀，「你」與她也就注定要見面了。那個男人別無選擇，「你」別無選擇，那座橋也別無選擇，你們都別無選擇。人事難料，看似沒有關係的人與人之間，看似沒有聯繫的事物和事物之間，通過偶然性建立起了聯繫，從而建立起來了對世界圖景的描繪。

史鐵生由個人的偶然性命運遭際出發，完成了世界是偶然性的命題。史鐵生對偶然性命運的書寫，其實是為了表達個人對於命運的抗爭。《足球》中那幾個拼命搖動輪椅的青年，是為了在觀看到健全的體魄在綠茵場上拼殺的同時滿足自己被「命運」的無形之手剝奪的權利；《山頂上的傳說》中那個腐了一條腿的青年，奔走在大街小巷上，尋找象徵愛情、自由與平等的鴿子。儘管命運充滿偶然性，人卻在過程的體驗中超越命運無常的痛苦，從而找到生命的意義。這是史鐵生基於生命是偶然性所建立起來的具有宗教精神的主題。

二

史鐵生在《病隙碎筆 4》中寫道：「我是個愚頑的人，學與思都只由於心中的迷惑，並不很明晰學理、教義和教規。人生最根本的兩種面對，無非生與死。對於生，我從基督精神中受益，對於死，我也相信佛說。通常所謂的死，不過是指某一生理現象的中斷，但其實，宇宙間無限的消息並不因此而有絲毫減損，所以，死，必牽繫著對整個宇宙之奧秘的思悟。對此，佛說常讓我驚佩。頓悟是智者的專利，愚頑如我者只好倚重一個漸字。」

史鐵生在創作之初（70 年代末）的關注點也落在社會現實層面，他的作品《法學教授及其夫人》，敘寫了「文化大革命」給普通人造成的災難和痛苦，《午餐半小時》表達了普通人生存的窘境，等等。但是，史鐵生的創作更關注人的命運。如《愛情的命運》，小說描寫了一對從小相識後來相愛的青年，最終沒有如願結合，以致釀成一齣令人遺憾的愛情悲劇。對於造成悲劇的原因，史鐵生沒有簡單地從社會層面去找，如社會的荒誕、世俗的偏見等，而是把它歸於「命運」。作者感到了紛紜複雜的社會現象背後有一種說不清楚、認識不透，但卻客觀存在的超人力量在支配著人的命運，所以他把作品命名爲《愛情的命運》。其後，史鐵生的作品，一直把目光集中在人的命運的關注上。

爲了更加深入地思考生命問題，史鐵生常常把人帶入到絕境，以此來拷問生命存在狀態。《來到人間》裏，面對生來就殘疾的聰慧的女兒，夫妻倆無法下決心以死亡來擺脫痛苦，他們所要解決的是如何使女兒面對殘疾這一事實，在殘酷的生存環境中活下去。史鐵生說：「對於必死的人（以及必歸毀滅的這個宇宙）來說一切目的都是空的。他又生氣又害怕。他要是連氣帶嚇就這麼死了，就無話好說，那未必不是一個有效的歸宿。他沒死他就只好鎮靜下來。向不可能挑戰算得傻瓜行爲，他不想當傻瓜。在沮喪中等死也算得傻瓜行爲，他覺得當傻瓜並不好玩，他試著振作起來，從重視目的轉而重視過程，唯有過程才是實在，他想何苦不在這必死的路上縱舞歡歌呢？這麼一想憂恐頓消，便把超越連續的痛苦看成跨欄比賽，便把不斷地解決矛盾當作不盡的遊戲。」〔註 7〕在史鐵生看來，「死」並不可怕，而「生」才是最艱難的。

史鐵生的作品，對生存困境描寫得越是眞切，生存的意義才顯得越發重要。他近乎殘酷地寫到人超越死亡企圖的破滅，如《原罪》中十叔所虛構的

〔註 7〕史鐵生：《答自己問》（創作談），《作家》，1988 年，第 1 期。

那個「神話」和《命若琴弦》中老瞎子所信奉的那張「藥方」，最後都成爲泡影，但這「虛設的目的」卻是相當重要的，有了它才越發凸顯出人超越生死之慮的精神價值。這「虛設的目的」實則就是史鐵生式的「精神宗教」。《毒藥》中那位多次想用毒藥來了結此生的老人，終於領悟到死亡的意義而選擇了生。《一個謎語的幾種簡單的猜法》中，病人之間常議論到死，患癌症的 1 床常對「我」說的是「你不會死」，而那個給病人帶來優雅滋味的護士，卻從容安詳地死去，死去時也不忘讓一盆花還能長時間地吸到水。《中篇 1 或短篇 4》中，那個死於湖上的人走到岸邊一塊大石頭前就好像走到了床前，脫了鞋爬上床，脫下棉大衣當被子，還吸一支煙，最後在大雪中安然躺著死去。

史鐵生在作品中反覆敘寫生與死的拷量，其實是要表達人在世界中所面臨的困境。這困境在史鐵生看來，大概有如下幾種：「第一，人生來註定只能是自己，人生來注定是活在無數他人中間並且無法與他人徹底溝通。這意味著孤獨。第二，人生來就有欲望，人實現欲望的能力永遠趕不上他欲望的能力，這是一個永恒的距離。這意味著痛苦。第三，人生來不想死，可是人生來就是在走向死。這意味著恐俱。上帝用這三種東西來折磨我們。」〔註 8〕這就是人存在於世界所面臨的永遠無法解脫的三種困境。那麼，人要生存，要在存在中超越這種困境而獲得人生的意義，就需要人具有智性與悟性了，也就是說需要某種「宗教精神」的支撐了。按史鐵生的看法，「宗教精神便是人們在『知不知』時依然葆有的堅定信念，是人類大軍落入重圍時寧願赴死而求也不甘懼退而失的壯烈理想」〔註 9〕。具體化爲小說中就是美的超越。因此，在小說《原罪》中，癱瘓在床上的「十叔」依託的就是一個「神話」。「十叔」實際上又是一個清醒的信奉者，他對那些還不諳事的小孩說：「一個人總得信著一個神話，要不他就活不成，他就完了。」

三

縱觀史鐵生的文學作品，我們可以明顯地發現，史鐵生的宗教精神是建立在對生命的熱愛的基礎上。正是對生命的熱愛，才催生出神性的宗教精神。在發表於 1984 年的短篇小說《奶奶的星星》中，史鐵生寫道：「人類浩蕩前行，在這條路上，不是布的恨，而是靠的愛……」。他正是靠著特有的眞誠、

〔註 8〕史鐵生：《自言自語》（創作談），《作家》，1988 年，第 10 期。
〔註 9〕史鐵生：《自言自語》，《作家》，1988 年，第 10 期。

熱情與愛走向文學的。在他看來，文學不是用來打倒人，而是爲了探索全人類面對的迷茫而艱難的路。並且，這條路應該用對生活的摯愛和思索編就而成。後來在《我的遙遠的清平灣》《插隊的故事》中，他更以充滿愛的溫馨語言深刻揭示出，沒有愛的世界只能使人類變傻。如果說這還是出自作家淳樸的本性的話，那麼在寫作《山頂上的傳說》時，則注入史鐵生對於宗教意識的深刻思考。「爲什麼一定要活著呢？」「人到這個世界上來是幹嗎著呢？」「上帝給了你一條艱難的路，是因爲覺得你行……」他感到了冥冥中的一種異己力量在安排著人的命運。由對生命的熱愛，史鐵生的文學創作走向了對生命的深層次思考。

基督教宣揚博愛思想，倡導人要愛上帝，愛鄰如己，甚至愛仇人。愛是基督教徒的基本信仰。史鐵生的作品中，愛也是一個基本的主題。他說：「人類在絕境或迷途上，愛而悲，悲而愛，互相牽著手在眼見無路的地方，爲了活而捨死地朝前走，這便是佛及一切神靈的誕生，這便是宗教精神的引出，也便是藝術之根吧。」〔註10〕在他看來，這在絕境、迷途中得以拯救的「愛」的精神，也是宗教精神。他的小說在宗教精神上，於是增添了「愛」的主題。他的小說《山頂上的傳說》提出了追求愛的人生主題。小說敘述了主人公在殘疾和失去愛情的雙重打擊下，滋生了對人世的恨意。但是後來，「我」終於明白，要獲得人格尊嚴，要擺脫精神困境，只能依靠愛，而不是恨。這是史鐵生較早倡導愛的小說。隨後，在他的長篇小說《務虛筆記》中，愛的主題得到了集中表現。

《務虛筆記》表現了各種對愛的守望和堅守。小說中的愛情大都是超越時間和物質條件的愛。這種愛情，一種是堅守而不可能得到。如Z的母親。Z的母親一直不相信自己的丈夫在海難中喪生，一直等待。即使爲了讓Z有一個完整的家，勉強結婚。當得知到丈夫還活著的信後，立刻與人離婚。雖然他的丈夫其實已經不在人世。《務虛筆記》也描寫了始終不渝地追求但是又錯失的愛情，如F和N的愛情。他們相愛，但是沒有結果。雖然已結婚二十多年，F在內心依然熱戀著N。但是，由於時代的偏見，無法和N結合，下定不再見N的決心後，F一夜之間頭髮便漸漸變白。而N也發覺了和F錯過了眞愛，從國外回來見F，但是他已經離開了人世。《務虛筆記》也表現了愛情

〔註10〕史鐵生：《給楊曉敏的信》，《宿命的寫作》，山東文藝出版社，2001年版，148～149。

也並不因爲結合就是完美的，在追求愛情的過程中，依然有著無法彌補的缺憾和無奈。O 和 Z 的愛情悲劇，演繹著愛情的另外一種方式。O 和 Z 相愛，也結爲夫妻，但是，等待他們的卻是愛情悲劇。這種悲劇不是源於二人的忠誠，而是二人成長經歷的差異。Z 的家境貧寒、童年不幸、經歷坎坷，使他變成了一個性格孤傲自卑、鄙視世界的「征服者」。他把 O 當成了征服的對象。而家庭環境良好的 O，心地善良、待人寬厚、將 Z 視爲上帝，當成了仰望和崇拜的對象，並以母性的情懷愛護著他。但是，由於家庭成長環境的差異，造成了他們之間情感、意志和人格的「差別」或不平等。這種差異和不平等最終造成了他們愛情的悲劇：O 爲了保持自己的自尊，也爲了拯救自己，以自殺的方式完成了救贖。《務虛筆記》還表明：愛情的考驗除了無形的歷史因素，也有功利的政治因素。Z 的叔叔的戀人追隨他從事革命，爲了掩護 Z 的叔叔從被包圍的葵林中突圍，她被捕了。隨後因難以忍受敵人的嚴刑拷打，她成了叛徒。此後的歲月她陷入到自責和歉疚中。而 Z 的叔叔則成了勝利者。現實因素讓這對戀人分道揚鑣。但是，經過歲月的沉澱，現實的功利因素過濾後，晚年的他，在無數不眠之夜裏呼喚那個纖柔的名字，於是他重又回到了戀人身邊，演繹了一段愛情傳奇。而殘疾人 C 和 X 則超越了身體的局限，獲得了愛情。

《務虛筆記》中的愛情，無論是哪種愛情，大都經歷了種種外在物質、政治因素或無形的宿命因素的制約。小說在表現這種種愛情的時候，演繹了愛情如何超越人生的局限。這些動人的愛情，最終以各種方式表達了對人生堅守的拯救，從而完成了愛的主題的演繹。對於《務虛筆記》的愛的主題，史鐵生有自己的認識和概括：

> 如果有人說這是一部愛情小說，我不會反對。殘疾（殘缺）與愛情——尤其是它們以 C 爲標誌如此地緊密相關，我甚至相信這是生命的寓言，或是生命所固有的遺傳密碼，在所有人的心裏和處境中都布散著它們的消息。從我們一出生，一感受到這個世界、這個同類之群，我們就日益強烈地感受到了差異、隔離和恐怕，同時生出了愛的欲望。——這就是「我」與畫家 Z 從童年時，便由「一座美麗的房子」和「一個可怕的孩子」所聽到的消息。這消息不斷流傳，不斷演變，直至詩人 L 的日記被人貼在牆上，和他未來在性愛中的迷惑；直至 WR 的童言無忌與流放邊陲；直至 O 的等待，及其

> 夢想的破滅；直至F醫生的眺望、深藏的痛苦與夢中的供奉；直至Z的叔叔晚年重歸葵林；直至一個叛徒的生不如死的殘酷處境，和她永世的期盼……這一切都攜帶著那種美麗並那種可怕的消息。因而這一切（無論是更爲個體化的、還是更爲社會化的）都發端於、也結束於生命的最初的那個密碼：殘疾（殘缺）與愛情。〔註11〕

無論是對於生命的認知，還是對於生命的承擔，抑或是對於生命殘疾的拯救，史鐵生的表現方式無疑是充溢了宗教精神的。在他看來，「如今來想，有神無神並不值得爭論，但在命運的混沌之點，人自然會忽略著科學，向虛冥之中寄託一份虔敬的祈盼。正如迄今人類最美好的嚮往也都沒有實際的驗證，但那嚮往並不因此消滅。」〔註12〕宗教精神對於史鐵生來說，也許是對人的精神的一種闡釋而已。

第二節　探詢終極性價值

激進主義文化——革命，是20世紀中國文化的主流。「革命」一詞早在中國古代漢語中就存在。如《易經》言：「天地革而四時成，湯、武革命，順乎天而應乎人，革之時義大矣！」在傳統文化中，「革命」是合乎天、地、人的重大舉動，是王朝變更合法性的主要體現。「革命」包含了改朝換代的意義。進入近代歷史以後，「革命」獲得了現代性的內容。中國激進主義的革命文化思潮起源於十九世紀末期。面對積貧積弱的古老帝國，中國知識分子效法西方變革圖強，暴風驟雨式的法國大革命以其巨大的魅力影響到中國人對革命的熱情。革命成爲中國社會變革圖強的主要方式之一：「革命者，天演之公例也；革命者，世界公理也；革命者，爭存爭亡過渡時代之要義也；革命者，順乎天而應乎人也；……」〔註13〕「革命」不但是「順乎天而應乎人也」，還具備了世界和宇宙公理的意義，獲得了超越性的能量，成爲統攝人類發展的總綱領。按照梁啓超的觀點，革命有廣義和狹義之分〔註14〕，但是在中國現

〔註11〕史鐵生：《關於〈務虛筆記〉給柳青的信》，《宿命的寫作》，山東文藝出版社，2001年版，第230～231頁。

〔註12〕史鐵生：《給楊曉敏的信》，《宿命的寫作》，山東文藝出版社，2001年版，第148～149頁。

〔註13〕周永林編：《鄒容文集》，重慶出版社，1983年版，第41頁。

〔註14〕梁啓超：「革命之義有廣狹。其最廣義，則社會上一切無形有形之事物所生之大變動者皆是也。其次廣義，則政治上之異動與前此劃然成一新時代者，無

代歷史上的革命更多具備了狹義革命的性質：或以推翻現存秩序爲要旨，或以鐵血的方式獲得新的時代秩序爲目標。激進主義文化徵候的革命往往宣揚以暴力的方式來達到改變社會面貌的目的。於是，革命與暴力相伴而生，在20世紀中國大地上演出了一幕幕悲喜劇。

80年代中期之後，中國出現了歷史性轉折，改革取代了革命，經濟建設取代階級鬥爭，使人們開始質疑這種與暴力相伴的激進主義革命文化，開始思考革命之後的文化之路，因而激進主義革命話語逐漸喪失其權威性，成爲人們反思和解構的對象。甚至有人認爲，對激進主義文化加以反省，「是走向21世紀的起點。」〔註15〕

其實，80年代中期以來的文學，就已經開始突破1950年代以來確立的革命敘事範式，以文學的方式反思了激進主義革命文化。回顧中國當代文學史，我們發現在1950～1970年代的文學中，「革命歷史」是中國當代文學創作的傳統題材，以《紅旗譜》《紅日》《紅岩》《青春之歌》爲代表的「紅色經典」形成了中國革命歷史敘述的經典範式。在這種敘述範式中，階級鬥爭哲學構成了其敘述的思想支撐點，通過對線性革命歷程的描繪確立了暴力革命的合法性。而自80年代中期以來，以經濟建設爲中心的改革開放的深入發展，以及西方「後學」思想的傳入，在中國當代小說中，「革命」逐漸從意識形態中走出，並逐漸成爲了一個被解構的對象。大一統的、規範性的革命歷史敘述被打破，《靈旗》《紅高粱》《大年》《沒有玻璃的花房》《白鹿原》等等小說中的革命呈現出和正統革命歷史敘述完全不同的風貌，欲望敘事立場，個人敘事立場，以及文化敘事立場，構成了近20年來反思和解構經典革命歷史敘事的主要模式。《聖天門口》從激進主義文化邏輯自身的顛覆出發，經由中國傳統文化的觀照，皈依到神性，提出了放棄暴力和殺戮、尊重人的生命價值的文化理念。

一

在傳統的革命敘述中，革命建立在宏大的目標上，拯救蒼生是革命的主要目的，它承諾給人們以幸福的生活，革命也因此具有崇高和神聖的色彩，

論以和平得之以鐵血得之皆是也。其狹義則是專以武力向於中央政府是也。」《中國歷史上革命之研究》，《新民叢報》，第46～48合號，1904年版。

〔註15〕陳來：《20世紀文化運動中的激進主義》，《東方》，1993年，創刊號。

具有巨大的鼓舞力量和感召力。但是《聖天門口》中神聖的革命被塗抹上了個人欲望的色彩。在小說中，除了傅郎西這一位職業的革命者外，其它人走上革命道路都帶有個人的功利色彩和充滿著個人欲望。阿彩是帶著被雪茄拋棄的怨恨走上革命道路的；杭九楓是爲了打敗雪家，爲了家裏的狗被雪家的貓咬死而復仇的；常守義走上革命的道路僅僅是爲過上好的日子，不用再在河上經營生計。按照董重裏的說法：「這些人對革命既感情又理想，完全憑著利益的嗅覺……是不折不扣的投機分子。」〔註16〕

這種現象的出現，並非偶然，而是激進主義革命文化本身所具有的特徵。在傅郎西的革命理論中，眞正懷有革命理想，走上革命道路的人並不占多數，相反，占革命大多數的是遊手好閒的人，而正是這些人將革命理想實踐了下去。可以說，革命從一開始其神聖性就十分可疑。天門口的革命應證了上述革命理念。事實上，在傅郎西的革命理論指導下，天門口革命的發生，在很大程度上，是在一場詭計、陰謀的主導下產生的，而不是革命者及其領導的群眾在革命理想的激發下自覺地發生的。

在天門口，由於杭家人尙武，作風剽悍，能否把他們納入革命陣營，就成了天門口革命成敗的關鍵。爲了讓杭家人主動地參加革命，壯大革命力量，革命者首先謀劃了一場殺戮。常守義設計了連環計，先殺死了馬鎭長，並僞裝成是杭家人所殺。然後常守義又殺死了杭天甲二父，製造成他是被報復而死的假象。爲了替杭天甲二父報仇雪恥，杭家人最終捲入了革命。革命，就這樣以兩個無辜性命爲代價啓動了。從一開始，革命就顯示出對生命剝奪的猙獰面目，革命的神聖和崇高被無端的殺戮所顚覆。而且隨著革命在天門口的逐漸展開，革命漸漸遠離了革命理想本身。

由於革命的動力並不是純粹的革命理想，而是個人殺戮的欲望，暴力就成了革命的主要內容。其實，在革命的指導思想中，暴力本來就是革命的應有之義。傅朗西在發動革命時就指出：「請大家記住我的話，溫情脈脈代替不了革命！暴動免不了殺人，免不了要人頭落地！失敗的教訓太多我們再也不能重複過去的錯誤。雖然不能大開殺戒，但也不能只是小開殺戒！依我看中開殺戒是很合適的！」〔註17〕

〔註16〕劉醒龍：《聖天門口》，人民文學出版社，2005年版，第115頁。本書中所引用的小說內容都出自同一版本。下文的引用只表示出處頁碼。

〔註17〕劉醒龍：《聖天門口》，人民文學出版社，2005年版，第205頁。

這場由暴力開始的運動並沒有隨時間和革命的發展而改變其暴力的本色。在革命和反革命的角力中，暴力、殺戮成爲了天門口的主題。在長達60來年的革命活動中，每一次革命運動都是以殺戮開始，並以殺戮告終。革命在個人欲望和非理性的推動下，在暴力的泥沼中愈演愈烈，正如杭九楓所說：「管他什麼革命，其實都是打撲克牌，前一盤打完了，就要重新洗一次牌。」〔註18〕神聖的革命變成了暴力遊戲，個體生命成爲毫無價值之物。可想而知，這樣的革命最終能否給人帶來幸福。《聖天門口》讓我們看到暴力革命最終並沒有帶給人們幸福，留給人們的只是痛苦和悲傷。在天門口，甚至一戶人家「爲獨立大隊先後死去了六個人的特殊烈屬，婆媳三代共有四個寡婦」，他們最終也沒有等到革命者曾經許下的幸福遠景諾言的實現。

當革命的暴力成爲革命的主體時，原來的革命理想就被徹底顛覆了。革命也被暴力所顛覆。這種顛覆不僅指天門口的人們並沒有得到當初革命所許諾的終極性幸福，更重要的是，連當初發動革命的各色人等的革命觀也漸漸發生了變化。革命領導者傅郎西的妻子紫玉皈依了佛門，他自己也開始反思從事多年的革命，他認爲革命也可以以暴力之外的方式來進行：「這麼多年來自己實在是錯誤地運用著理想，錯誤地編織著夢想，革命的確不是請客吃飯……革命可以是做文章、可以雅致、可以溫良恭儉讓，可以不用採取一個階級推翻另一個階級的暴力行動。」〔註19〕革命者鄧巡視員同樣表達了對暴力革命的深刻反省：「這二十年，革命的成分越來越少，暴力的因素愈演愈烈」，「深深覺得，革命是必要的，也是必須的，不革命中國必將滅亡。但革命的手段也要合乎人倫道德，如果因襲李自成、洪秀全等無所不用其極的方式，中國只會滅亡得更快。」〔註20〕董重裏這位天門口暴力革命的策劃者，也在目睹了革命演進爲殺戮，個體生命如同草芥後，恍然大悟：「在這許多人已經將殺人作爲實現自己夢想的主要方法時，我只能選擇離開。」〔註21〕隨著革命者的反省，建立在暴力基礎上的革命遭到了質疑。

《聖天門口》從激進主義革命文化自身特徵出發，解構了革命的神聖和崇高。在小說敘述中，隱藏在革命中瑣碎的個人欲望，伴隨著革命歷程的暴

〔註18〕劉醒龍：《聖天門口》，人民文學出版社，2005年版，第1144頁。
〔註19〕劉醒龍：《聖天門口》，人民文學出版社，2005年版，第1184～1185頁。
〔註20〕劉醒龍：《聖天門口》，人民文學出版社，2005年版，第1096頁。
〔註21〕劉醒龍：《聖天門口》，人民文學出版社，2005年版，第463頁。

力，最終構成了革命的反諷力量，把革命的崇高、神聖改寫成一個無盡悲涼的戲劇。革命，這種激進主義文化，最終自我顛覆。

二

現代意義上的革命是線性歷史觀的體現。鄒容就對革命的線性觀作過這樣的表述：「革命者，去腐敗而存良善者也；革命者，由野蠻而進文明者也；革命者，除奴隸而爲主人者也。」〔註 22〕革命文化思維具有以下兩個本質特徵：一是線性的思維模式，它相信在革命理念的指導下，革命一定能成功，革命許諾的幸福生活一定能到來；二是革命這種文化理想之所以能夠在現實生活中取得成功，其主要原因是啓蒙理念所確立的價值標準，即人能夠掌握自然和社會發展的規律，並且能夠運用這些規律來改造自然和社會，以合乎人的需要。這顯然過分地誇大了人的力量，並進而刺激起了人無盡的欲望。

當人們不無遺憾地發現革命需要反思的時候，就自覺不自覺地以傳統文化作爲反思革命文化的資源。《白鹿原》開創了從傳統文化的角度來反思中國革命歷史的敘述模式。在《聖天門口》中，革命文化思維方式與中國傳統文化思維方式並置，在中國傳統文化思維方式的觀照中，革命文化思維方式獲得了全新的反思。《聖天門口》中的漢民族史詩《黑暗傳》以說書人說書的方式，自始至終穿插在小說中。《黑暗傳》蘊涵了中國傳統文化的深厚底蘊和哲學內涵：循環論歷史觀和「天人合一」的哲學思維。這兩種思想潛在地構成了反思現代革命的思想資源。

中國傳統文化的歷史觀是循環論的。「大道周天」、「無往而不復」是這種循環論思想的重要表現。這種歷史觀在現代革命文化興起後，受到了批判。梁啓超曾經談到：「在中國傳統歷史哲學中，歷史循環論是占主要位置的。」對於孟子「一治一亂若循環」的歷史循環論，梁啓超就決然地批評其不符合歷史規律：「孟子此言蓋爲螺線之狀所迷，而誤以爲圓狀，未嘗綜觀自有人類以來萬數年前之大勢，而察其眞方向之所在，徒觀一小時代或進或退或漲或落，遂以爲歷史之實狀如是云爾。譬之江河東流以朝宗於海者，因以爲江河之行，一東一西，一南一北，是豈能知江河之性矣乎！」〔註 23〕這種批評正

〔註22〕周永林編：《鄒容文集》，重慶出版社，1983 年版，第 41 頁。

〔註23〕梁啓超：《新史學・中國之舊史》，《飲冰室合集・專集》（之九），中華書局，1989 年出版，第 8 頁。

好彰顯了現代革命觀和中國傳統歷史觀之間的本質差異。

《聖天門口》中的《黑暗傳》，作爲中國傳統文化的一種歷史遺跡，體現出傳統的歷史思維方式，顯在或潛在地提供了一個察看歷史的視角，無形地解構了支撐著正統革命歷史敘述的歷史觀。從小說中，我們可以看到，如果放在傳統「歷史循環論」的視閾中，革命歷史就是一部暴力的歷史，它的起源、發展、演化都是在一個循環的暴力圓形中展開的，革命本身並不存在一個線性的發展過程，革命許諾的幸福遠景也不會到來。由暴力開始的革命，必然經歷暴力的展現過程，最終得到一個暴力無法停止的惡性循環的結果。

當革命者傅朗西們把革命的火種播撒在天門口的時候，企圖以革命來改造天門口，實現革命理想。但當時間過去了近六十年，天門口歷經了幾次革命後，人們發現，這些打著各種旗號的革命者，雖然旗號各異，但是他們對暴力的倚重並沒有改變：

> 一場大戰在即，河灘上從早到晚都有人在進行戰鬥演習。想起來，最早馬鷂子帶人在這裏演習時，自衛隊員們一律喊著：「預備——殺！」馬鷂子逃走了，由傅朗西等人組織起來的獨立大隊將操練口號變爲：「一、二、殺！」多年後，當初的人差不多都死了，由一省指揮的這些也跟著叫紅衛兵的人，將已經短得不能再短的過程全省了，直截了當地高喊：「殺！殺！殺！」〔註24〕

歷史在不停地換裝，但是演出的劇目總是不變，暴力總是革命的主題。這一點正印證了《黑暗傳》中透露出來的循環歷史觀：「一代代漢民族的興衰，只不過是將一段段的歷史，換上不同衣衫一次次地重演」〔註25〕。在說書中，王朝的更替是建立在殺戮基礎上的，暴力成爲了王朝建立的基本手段。但是暴力從來也沒有最終制止暴力，相反卻催生著暴力。在歷史長河中，由暴力建立的王朝又被暴力所推翻的歷史命運總是循環發生，這樣的循環構成了中華民族的歷史。當《聖天門口》詳盡地傳達《黑暗傳》時，正是對革命線性歷史進化論的一種拷問。

作爲漢民族的創始神話，《黑暗傳》還從道家文化的角度闡釋了宇宙和生命的誕生。在其中，「道」構成了宇宙和生命的主宰。革命鼓吹了人欲的力量，但是，人欲的力量到底有多大？《聖天門口》告訴我們：人性的力量被局限

〔註24〕劉醒龍：《聖天門口》，人民文學出版社，2005年版，第1179頁。
〔註25〕劉醒龍：《聖天門口》，人民文學出版社，2005年版，第1012頁。

在「天道」中，人最終還是難以脫離天道的制約和規範。

小說中的說書人瞎子常天亮表現出了超出於常人的神秘力量，他的夢境中經常出現將要死去的人的形象。這種超人的力量體現了人對天道感應的可能。小說中的柳子墨正是一個秉承「天道」的人物。

柳子墨是個氣象學家，他的主要活動是預報天門口地區的氣象。他一方面是自然「天道」的傳承者，另一方面他又是「人道」的啓示者。柳子墨是自然氣象的預報者，肩負著客觀地預報自然氣象的責任。但是，從他的氣象預報中，我們又何嘗不感知到「人道」的變幻。柳子墨在 1927 年對武漢地區的氣候預報，就很難把它看成是單純的自然氣候預報：

> 本來武漢三鎮地區的氣象條件越來越具備暴戾傾向。在今後十數年乃至數十年內，這樣的氣候從任何角度來看，都不能使當地居民享用風調雨順的時光。從客觀上看，此類氣象危機主要來自東南兩個方向，在對此尚無高屋建瓴之認識的目前形勢下，種種由意想不到的因素導致的災難將是各類災患的主要根由。

這不僅是對氣象的預報，也是對以後若干年裏武漢地區的社會形勢的預示。惡劣的天氣和險惡的社會生存環境形成了一種契合。

「天道」預示了「人道」，在一定程度上，「人道」也感應著「天道」，人的合乎正義的要求也能感動「天道」。

天門口面臨著日軍的屠殺，此時天門口正處在一個少雨的季節。但是，爲了抵禦日軍的進攻，傅朗西他們要求一個洪水來臨的氣象預報，以鼓舞抗戰的人心，爭取有利的戰爭局勢。於是，當洪水對於天門口人來說非常需要的時候，柳子墨率領人們拿著火種，點燃了天門口的森林，火勢催生了雲朵的變化，天門口峽谷發生的洪水，變成了千軍萬馬，打垮了日軍的進攻。

這次天氣因爲人爲因素而發生了轉化，展示了「人道」和「天道」之間存在的呼應。小說在對「天道」和「人道」的感應中，揭示了自然和人類存在著廣義的革命。自然和人類需要無形和有形的變化，這種變化是合乎天理的、合乎人倫的，也是自然和人類的存在之道和根本的法則。而當自然和人類的「道」被忽視時，就像自然要發生災變一樣，人類也會面臨著災難。

小說敘述了無論是什麼年代，什麼樣的革命發生，氣象觀測從沒有停止過，一直堅持著。這種堅持其實是對「天道」的堅守。它既是對自然律動的把握，也是對人道蒼生的眷顧。《聖天門口》花了大量篇幅來寫柳子墨以及雪樗等人幾十年如一日的氣象觀察和預報，正是表明了「人道」應該遵從「天道」的文化理念。

20 世紀激進主義的革命文化思潮強調人對歷史、社會和自然的絕對主宰，人的力量被過分誇大。誠然，人對社會和自然具備一定程度的改造力量，但是這種力量絕不是毫無節制的。當人的力量被無限誇大時，它必然會對自然、對社會產生巨大的傷害。在中國傳統文化的觀照中，革命的「限度」尤其顯得更加清晰。這種「限度」警示著我們：必須謹慎地面對人欲！而這種思考，爲推崇神性價值觀，奠定了基礎。

三

暴力和殺戮顛覆了革命的神聖和崇高，在中國傳統文化的觀照中，革命暴露出了其有限性。《聖天門口》對革命文化的反思並不僅僅止於此，它進一步讓我們深刻思考：當社會、國家、民族面臨著改變自身的痼疾尋求出路的時候，我們該堅持一個怎樣的價值標準？毫無疑問，社會——作爲人們生活的共同體，肯定會面臨著變革的歷史機遇和需要，但是一切社會變革的基礎、目的和方式，都應該放在人的標準上來衡量。一切社會變革的基礎都不應該傷害個體的生命，一切社會變革方式都應該遵從個體生命的需要和發展的原則，一切社會變革的目的都是實現生命的價值。尊重生命，敬畏生命，應該是一切社會變革的核心思想。《聖天門口》正體現了這種理想，並以基督教文化的神性救贖表達了這一理念。

自 80 年代中後期，政治去魅的宗教以文化的面目被中國人漸漸接受，此後的中國文學經常出現宗教救贖的主題。但是，這些文學中宗教救贖的對象往往針對的是世俗的個人。史鐵生追求宗教對殘缺人生的拯救，北村呼喚宗教對世俗人生的救贖，張承志在世俗與神性的對比中強調宗教的價值和意義。在這些作家那裏，宗教救贖的是世俗生活。而《聖天門口》則以宗教來反思激進的革命文化。因此，《聖天門口》把 80 年代以來的宗教敘事推向了一個新的高度，也爲反思激進主義革命文化提供了一個新的參照系。

《聖天門口》讓我們看到，「革命」從兩個方面讓人淪爲革命的工具。一方面是鼓動革命者的人性欲望，讓它成爲實施革命的工具；另一方面是讓被革命者生命消失，讓它成爲革命實現的工具。因此，無論是作爲「革命」主語的革命者還是作爲「革命」賓語的被革命者，都淪爲革命的工具。劉小楓曾以現代神學的眼光來批判這種把人當作工具的思想，在他看來：「個人作為人之存在的眞實基礎」即「人與存在本源的超驗關係」，而絕不應該被「個人與家族、國家的社會關係」以及「個人與民族性傳統的歷史關係來取代」〔註26〕。在現代神學思想視閾中，革命、國家都是非神性的，都是把人變成非人的主要方式，現代的「人」應該是孤獨的個體，在他自己中完成他這個人的全部。因此，在神性中，人不是工具，人只是一個有生命的個體。《聖天門口》正是從「人」的神性角度，反思了革命的非人屬性。

《聖天門口》寫到一個地方，此地任憑風雲變換，任憑時代改變，革命者或反革命者都將它當作大本營——小教堂。小教堂作為物質的存在，象徵基督教文化已經滲透到了天門口地區，同時作為一種文化信仰，它已經和這個地區的人們發生了緊密的聯繫。《聖天門口》中的梅外公、梅外婆、雪大爹、雪茄、雪檸、雪藍、雪萂、柳子墨等都心懷濟世情懷，反抗暴力，主張以仁愛之心來救贖世人。他們是神性的現實載體。

「人」是雪家價值的核心。「用人的眼光去看，普天之下全是人。用畜生的眼光去看，普天之下全是畜生」〔註27〕。在梅外婆看來，所有的生靈，作為生命存在都具有不可否認的平等價值，道德、意識形態的評價都不是生命自身的負載。當一直和雪家作對的杭九楓性命危在旦夕的時候，張郎中和撒播神性的梅外婆之間，就表現出了世俗的人性和神聖的人性之間的分野：「不是他（張郎中—引者注）不想救杭九楓，而是救了杭九楓一條性命，往後不知會傷害有多少性命，梅外婆應該明白，應該在救一個人和救許多人之間取捨」。而梅外婆的態度依然堅定不移：「救人就是救人，與任何害人的事無關，更不能去想這個人該不該救，值不值得救。今日能救一人而不救，來日才會留下無窮禍害」〔註28〕。在她看來，人的生命都是珍貴的，不應該有任何超出生命之外的意義來判斷其價值。

梅外婆、雪檸等對生命的尊重超出意識形態和道德判斷，質疑了漠視個體生命的革命價值觀。個體生命在革命者看來，只是達到革命目的的手段和工具，因此革命對社會的改造和拯救的方式是暴力，通過暴力革命消滅敵方肉體的方式，達到建立新的社會秩序的目的。與革命者的拯救方式不同，雪

〔註26〕劉小楓：《走向十字架上的眞》，上海三聯書店，1994年版，第298頁

〔註27〕劉醒龍：《聖天門口》，人民文學出版社，2005年版，第63頁。

〔註28〕劉醒龍：《聖天門口》，人民文學出版社，2005年版，第860頁。

家拯救的方式是仁愛和寬容，著重人的心靈的改造。在梅外公看來，「任何暴力的勝利最終仍要回到暴力上來」，「革政不如革心」〔註29〕。梅外婆也認爲：「很多時候，寬容對別人的征服力要遠遠大於懲罰，哪怕只有一點點的體現，也能改變大局，使我們越走越遠，越站越高。懲罰正好相反，只能使人的心眼一天天地變小，變成鼠目寸光」〔註30〕。

在現代基督教文化看來，革命的機制建立在現代博愛思想的基礎上。而現代博愛思想把愛從一個自由行爲轉移到被愛者的利益和處境上。其結果是，現代型博愛理念中的世俗福利的偏愛取代了基督教的愛之自由行爲的偏愛，世俗感性原則取代了愛之自由行爲中的精神原則：

> 這種近代的所謂人類之愛……是一種革命色彩極其濃厚的抵抗激情，首先是一種要把一切人性中客觀的價值差異拉平的激情。這種愛並非靈魂的精神性行動，而是一種激越昂揚的感性熱情。作爲這樣一種溫情，這種愛活躍在盧梭的思想中，法國大革命的羅伯斯庇爾們和馬拉們便是打著這個旗號鬧得天翻地覆。這些人爲了讓人人有飯吃，爲了一個全人類的國家，世界大同等主張，要把個人、階層、民族、國家的神授的、特殊的及獨具特色的規定統一起來，使之成爲一體，集中在一起。實即把這些規定消滅掉。……對於他們來說，一種以福利爲秩序的愛所眞正鍾愛的對象，並不是較高的質的價值及較純潔的價值充溢，也不是距離上帝即至善更近的價值，而只是在數量上更多的人而已——如同英國人邊沁幼稚地說的那樣：「最大多數人的幸福」。〔註31〕

舍勒的分析指出了現代革命的思想核心是對現存的怨恨。他認爲，市民倫理的核心是植根於怨恨之中的。從13世紀起，市民倫理開始逐漸取代基督教倫理，並最終在法國革命中發揮出其巨大功效。其後，在現代社會的革命運動中，怨恨成爲一股起決定作用的強大力量，並逐步改變了既有的倫理。

與傅朗西們領導的革命起源於人們的怨恨和仇視心理不同，雪家人表現出的是寬厚和仁慈。救贖是他們仁愛之心的外化，雪家人心中承載的是救贖

〔註29〕劉醒龍：《聖天門口》，人民文學出版社，2005年版，第49頁。

〔註30〕劉醒龍：《聖天門口》，人民文學出版社，2005年版，第692頁。

〔註31〕舍勒（M · Scheler）：《基督教的愛理念和當今世界》，李伯傑譯，上海三聯書店，1991年版，第1076～1077頁。

的責任。這種救贖既有物質上的：雪大爹爲了拯救素不相識的阿彩父親，不惜散盡家財；雪家爲窮人施粥，爲獨立大隊無償提供糧食；雪家爲了制止殺戮，承諾只要有人不從事暴力活動，租種雪家的田地不用繳租，還可以無償轉讓。精神上救贖，更是雪家的信念。救贖成爲了雪家的精神信條：「梅外婆認爲一個人的能力救不了全部的人，那就救一部分人，再不行就幾個人，還不行就救一個人，實在救不了別人，那就救自己，人人都能救自己，不也是救了全部分人嗎？」〔註 32〕

其實，一部雪家拯救史就是一部雪家受難史。梅外公參加過武昌起義，是國民政府的要員和社會名流，因抗議反動政府而被暴殺街頭。這僅僅是雪家受難的開始。在隨後的歲月中，雪家頻頻受到各種苦難的折磨。梅外婆被日軍淩辱。雪茄、荔枝非正常死亡。雪檸、雪萁受到形形色色的男人侮辱。阿彩強行讓雪檸和柳子墨在山寨成親，在雪檸難產的時候，帶人闖入內室，企圖讓其蒙羞。同樣還是阿彩，在梅外婆還健在的時候，爲梅外婆選陰宅穿壽衣詛咒梅外婆。在雪家的年輕一代人中，死亡威脅和侮辱如影隨形。

但是，即使是受難，雪家也沒有萌生出怨恨心理，而是更加堅定了救贖之心。面對敵人的殺戮，梅外婆要求雪檸「發自內心地感謝那些殺死梅外公的人，是他們用靈魂做了鋪路石，墊在梅外公的腳下，送梅外公上了天堂」〔註 33〕。雪家人的拯救意識源自於他們的仁愛之心，怨恨在他們的心裏並沒有位置。杭家和雪家有世仇，杭家參加革命主要是爲了打垮雪家。但是，雪家總是以寬厚仁愛之心看待杭家。杭九楓被馬鷂子用松毛蟲咬得奄奄一息，正是雪檸不計較個人恩怨，費勁周折，歷時幾個月，搜集各種動物的奶水救活了杭九楓。爲了拯救杭九楓的兒子，也正是雪藍主動到沒有人願意去的農場，建立氣象站來幫助他。

以梅外婆爲首的雪家人心懷濟世情懷，以其神聖的救贖之心深深感染了天門口的人。各種政治勢力的代表人物，無不受到了梅外婆的影響。傅朗西臨死時，覺得自己越來越像梅外婆，連說話都像。在雪家的感化下，杭九楓最終與雪家和好了。段三國、王參議以及馮旅長等人也受到了梅外婆的感染和影響。以梅外婆爲代表的雪家人，以不同於暴力革命拯救世人的方式，幾十年來一直以寬厚和仁愛之心默默地拯救著天門口人。當天門

〔註 32〕劉醒龍：《聖天門口》，人民文學出版社，2005 年版，第 706 頁。
〔註 33〕劉醒龍：《聖天門口》，人民文學出版社，2005 年版，第 68 頁。

口經歷了數十年的殺戮後，人們恍然大悟：也許只有這種拯救的方式才更符合人倫道德。

梅外婆們所代表的神性，正是對生命的敬畏。生命是人世間最珍貴的，它超出了任何現實功利的制衡。神性作為一種恒定的價值，不為任何世俗力量所左右。建立在暴力基礎上的革命，應該受到神聖生命的審視。在神性對革命暴力的審視中，《聖天門口》表達了對個體生命的尊重和敬畏。

20 世紀是中國文化思想激烈碰撞的時期。由於中國歷史的某些特殊性，激進主義的革命文化思潮佔據了中國近現代文化思想的主導地位，並在現實中有著影響深遠的實踐。無論是作為文化的革命還是作為社會實踐的革命，都需要我們冷靜的反思。在今天，激進主義的革命已經被我們奉送進了歷史，尤其是執政黨對政黨性質的重新定義，讓我們更有理由重新思考：當我們崇信一種文化價值觀的時候，我們應該以多種文化價值來審視這種文化，慎思這種文化。換而言之，一種社會實踐是否能借鑒人類多種文化價值觀，能否把全人類的文化都納入到我們的視野之中？革命這種激進主義文化席卷中國大地，為我們建立了民族國家共同體的時候，也為我們留下了許多的遺憾。如果我們在堅持這種激進主義文化的時候，也能在保守主義文化和具有普世價值的自由主義文化價值立場上，以宏觀的、多維的文化來審視現實、著眼未來，我們是否會少付出一些代價？

第三節　自然：人類的自我救贖

人類的墮落、罪惡、文明的虛偽構成了人類面臨的最大的問題，這是陳應松前期小說的基本主題。但是，他自己也面臨著無法解決的困惑：人類的自我救贖之路在哪裏？他激憤地表達了對人類文明病的批判，但是並沒有找到人類切實可行的出路。這一困惑在神農架系列小說中得到了解決。陳應松神農架系列小說通過對神農架地區自然、人文風情的描繪，尋找到了人類救贖之路：建立起合乎自然的人倫規範和生命價值觀。陳應松認為，人類不僅要善待自然，珍愛自然，敬畏自然，更重要的是在人和自然之間建立起倫理價值關係。這種關係的核心是人類和自然的和諧共生。陳應松並沒有止步於此，而是由此出發，走上敬畏生命、倡導神聖的終極價值觀，以此尋找到在現代化的歷史邏輯中人類的精神出路。現代化的歷史征程也許無法避免，但是，人類應該去極力避免現代化所引起的精神困惑。自然爲人類在現代化的道路上的自我拯救提供了價值參照，因而成爲陳應松神農架小說拯救人類的根本路徑和方法，這也是陳應松小說的價值核心，神農架系列小說完成了陳應松小說創作的歷史性蛻變。

圍繞自然，陳應松的神農架系列小說建構了一個特點鮮明的等級世界，城市——鄉村——自然構成了這個等級世界的三個梯級等次。城市作爲現代化的標誌，是徹底和鄉村、自然脫離的世界，是現代化的典型象徵；這裏的鄉村，主要是神農架地區的行政區劃，是一個連接城市和自然的世界。它相對城市是自然化的，相對自然又是人化的，帶有現代化的某些徵候。自然，是指和鄉村、城市完全不同的有著自己的生命律動的區域，它由植物、動物、山川組成。陳應松構造的神農架世界中，通過這樣的結構方式，闡釋了這樣一個主題：對自然的漠視、扭曲、利用只能給人自身和社會造成災難。自然不應單純是外在於人的客觀存在，它也是人的價值性對象化和倫理對象。

爲了闡發上述主題，體現自然的意義，陳應松的神農架系列小說構造了兩個等級系列，一個是城市（人）/鄉村（人）系列，一個是鄉村／自然系列。在這兩個系列中，以自然因素的多寡構成了對立的兩極。城市和鄉村是對立的，因爲城市是邪惡的，它漠視鄉村，排斥鄉村，單純地利用鄉村。在城市／鄉村的對立項中，鄉村充當了自然的象徵。但是在鄉村/自然的對立項中，鄉村在自然因素上不及自然，因此，在自然的觀照中，鄉村又是邪惡的，它無視自然的法則存在，最終要受到自然的懲罰。這兩個對立項中，自然構成了神農架系列小說的最重要的核心。陳應松通過上述兩對對立項的構造，最終達到以與自然和諧共生的方式，拯救現代文明病。

一

陳應松的小說創作一直貫穿著城市和鄉村對立的主題。他的前期小說基本上都表達了在城市和鄉村的對立中，對城市的唾棄和對鄉村的熱愛和留戀的感情傾向。他曾這樣看待城市：

> 「在城市，連寂寞也充滿虛僞。
>
> 城市的膨脹是人心的縮影。
>
> 金錢像肮髒的樹葉一樣卷起人心的深秋。人們不再傳遞著季節

的喜悅，唯一關心的是行情。」〔註 34〕

在他看來，城市只有罪惡、虛僞和算計。而他對鄉村則又是另外一種記憶:「記得桑葚吧，記得紅薯吧，記得碗堆的清湯和一把對夏天發言的蒲扇吧，記得父親的駝背和廟宇的青苔吧。鄉村是往事的海洋。已與詩十分近似，差不多都走進了詩裏。因此鄉村是我們精神的歸途，是人生苦惱的偉大歌手。」〔註 35〕與對城市的印象不同，陳應松認爲鄉村遠離了城市的腐朽與墮落，充滿了詩意。對城市和鄉村的這種絕然相反的看法，源於陳應松對現代都市的情感困惑，是他對現代人的生存困惑的表達。在小說中，這種生存困惑建立在城市詩意喪失的楚痛中，而鄉村是作爲都市人生存困惑的救贖存在的。

在陳應松神農架系列小說中，城市與鄉村對立的結構模式依然存在，但是這種對立的基本點已經從詩意轉向自然因素上面了，城市獲得了更加清晰的對應點，鄉村也獲得更明瞭的內涵。

《松鴉爲什麼鳴叫》講述了一個城市和鄉村對立的故事。伯緯爲了兌現承諾，把修公路摔死的王皋從工地上背回家。此後，當公路修到伯緯家門口的時候，他就充當了車禍發生後背死人的角色。在伯緯那裏，背死者、救傷者是他自發的動力，沒有任何外在的目的和要求，就像松鴉看到了死屍要鳴叫一樣自然。但是在城市人看來，伯緯的背死屍和救人一定有利益的驅動。小說中，自然的自發性和城市的自覺性就這樣展開了較量和對比。在這裏，自然的特性和都市的習氣出現巨大的弔詭空間，從而讓我們看到了城市和鄉村的巨大分野。

城市和鄉村的分野在更大意義上體現爲生命態度和生命規約的差異，《人瑞》對此作出了精彩的寫照。《人瑞》展現了自然和城市的對比。人瑞是鄉村的一個年紀很大的老人，據說有 105 歲。這個老人是神農架大地孕育的生命。他按照神農架的自然規律生活，抽旱煙，穿髒衣服，長時間不洗澡。他和神農架融爲一體，成爲神農架不可分割的一部分。但是，隨著現代文明、城市文明的入侵，他的生命就漸漸枯萎。在商業化的現代文明邏輯中，他成爲被都市人窺視的對象，成爲傳媒獵奇的談資，成爲旅遊社的賣點。不僅如此，現代文明開始深入到人瑞的日常生活，人們按照現代文明來規範他，給他洗澡，給他穿漂亮的衣服，給他抽過濾嘴的香煙，甚至給他喝在現代社會常見

〔註 34〕陳應松：《紀末偷想》，武漢出版社，2001 年版，第 163～165 頁。

〔註 35〕陳應松：《紀末偷想》，武漢出版社，2001 年版，第 163～165 頁。

的保健品。在現代文明的侵襲下，這個和神農架同氣相吸的生命最終走向了枯萎，即使是現代醫學也無法留住他的生命。這是個自然生命和現代文明遭遇的悲劇。在這種對照的描寫中，我們發現現代文明、城市其實是建立在對個體的自然生命閹割的基礎上的。

在陳應松看來，城市和鄉村的對立主要體現在城市對生命的漠視，超越和忽視了自然。這也是城市罪惡產生的主要原因。《望糧山》中兒子到城市尋找母親，但是已經成爲有錢人的母親並不看重和兒子之間自然的血緣關係，以 5000 元了斷了和兒子的關係。《太平狗》對城市和鄉村的對立表現得更加尖銳。城市——程大種——太平狗三者體現了城市和鄉村的對立和衝突。程大種到城市謀生，但是這個城市一步一步地剝奪了他的生命。首先，他被城裏的姑媽拋棄，這是城市給他的第一個教訓，讓他明白在城市並不存在自然的血緣關係，只存在利益關係。這種利益關係是城市後來不斷饋贈給程大種的禮物。他被要求幹各種重體力勞動，甚至危險的勞動，他最終被工廠折磨致死。太平狗在城市的遭遇和程大種構成了對應關係。它被主人拒絕帶入城市，它被城市的屠宰廠所關，差點被殺。它成爲寵物，但是最終被人所拋棄，並險些喪命。爲了營救主人，它曾陷入生命的危機。最終，太平狗回到了它生活的村莊。但是在城市的遭際讓它面目全非。一隻健壯的、精神抖擻的狗，回到鄉村的時候已經骨瘦如柴。無論是程大種還是太平狗，作爲曾經在鄉村自在而富有生氣的生命，卻被城市踐踏和拋棄。城市就像一個巨大的怪獸無情地吞噬著所有的生命。

城市是現代化的主要體現，也是建立在去自然的基礎上的。從物質基礎上來說，城市是優於鄉村的。但是從精神上講，城市是鄉村的自然價值觀念的異化。通過城市和鄉村的對照性敘述，陳應松建立了城市和鄉村的價值對照。在二項對立的結構中，陳應松在價值傾向上執拗地倒向鄉村。這意味著自然構成了這個二項對立結構的支點。作爲人類的精神價值趨向，城市被否定，而鄉村得到了肯定。城市的擴張建立在對鄉村的掠奪基礎上，自然被城市所拋棄。在敘事中陳應松在提醒我們警惕建立在對鄉村和自然的摧毀和掠奪基礎上的現代化。在他看來，自然、鄉村構成了質疑現代化的力量。

二

如果說在城市和鄉村對照性敘述中，陳應松確立了鄉村在對自然的尊重上的優先性，確立了反思現代化的價值支點，那麼，在人（鄉村）與自然的對照性敘事中，自然以巨大的力量超越了鄉村，顯示了回歸自然的必要性和充分性意義。

神農架地區的人生活在幾乎與世隔絕的環境裏，在和城市的對照中，他們具有較多的自然本性，因此在神農架地區的人的參照下，都市的險惡、卑鄙得到了鮮明的展現。但是，陳應松的小說所關注的並不僅是在城市與鄉村的對比基礎上展開對城市的批判，而是以此爲出發點，彰顯自然力量、價值甚至倫理意義。因此，他的小說又構築了另一個對照系列：鄉村和自然的對照。在這個對照中，鄉村又喪失了優先的價值意義。

這個對照系列展開了對自然價值和意義的追問。這個系列中的神農架人不再在外面闖天下，而是神農架地區一般的獵人等，他們不與外界發生關係，直接和神農架的動物、植物、自然界發生關聯。神農架人對自然的態度是工具性的，在他們看來，動物以及自然界的一切只是他們滿足生活的必需品。他們忽視了自然本身也具有生命，也有尊嚴；忽視了自然和人類之間其實也存在著一種倫理關係。當人類把自然當作工具的時候，人類必然要面臨著懲戒和懲罰。人類的尊嚴和倫理意義也必然要受到自然的拷問。尊重自然，尊重自然的生命意義，構成了人類重要的倫理原則。這是陳應松在神農架系列中要表達的核心觀點。

《神鷲過境》告訴我們，人類對自然的改造只是人類利己的自私行爲，但是對於自然來說它是殘酷的虐殺，是對生命的無情毀滅。號是一隻在遷徙途中掉隊的神鷲，被丁連根抓獲。丁連根通過熬鷲的方式，徹底地改變了鷲的生活習性。熬鷲的過程就是人類改變自然，把人的意志強加給自然的重要表現。最終丁連根熬鷲成功，鷲成了丁連根捕捉其同類的誘餌，號的叫聲呼喚了過路的、遷徙的鷲，它們被丁連根一一捕殺。被改造了的自然，體現出的是人貪婪的物質欲望，這種欲望建立在對生命的粗暴掠奪，和對生命的意義的漠視上。

按照人類的方式改造自然、扭曲自然的本性，受到傷害的並不只是自然自身，這種傷害最終要還歸於人自身。在《醉醒花》中，巴安常養了一隻小熊，並且和熊建立起了非常深厚的感情，熊和人之間出現了和諧的關係。但是最後吃了醉醒花的熊失去控制，吃了巴安常。這個非常簡單的悲劇故事蘊涵著複雜的內涵。一方面，熊和它主人關係的友好源於熊的自然性情被改變，從這個角度來說，人對自然的改造是成功的；但是另一方面，也正是這種改造導致了悲劇的發生，因爲也正是人，與熊建立起了友好關係的人——伐木隊的冉二賤讓熊吃了醉醒花而失去控制。人對自然的改造，帶來好處的同時也許就埋藏了不可見的危機。《神鷲過境》《醉醒花》顯示了當人把自然當作工具的時候，必然要受到來自自然的制約和懲罰。從而自然顯示出自己的生命邏輯。

《豹子最後的舞蹈》《牧歌》呈示給我們的是價值理性意義。自然和人之間的並不是簡單的工具關係，還具有重要的倫理意義。當人將自身的倫理態度強加給自然時，自然會把同樣的倫理態度反作用給人類。於是自然和人類之間就形成了一種價值交互關係。《豹子最後的舞蹈》描寫了豹子家族走向滅亡的命運。人類對自然環境的破壞讓豹子失去了生存的環境，使豹子無法覓食。豹子家族最後一隻豹子，最後也死在獵人的手下。但是走向滅亡的何止僅是豹子家族。在豹子家族走向滅亡的同時，打獵者的家族也同樣走向滅亡。豹子的母親、兄弟、妹妹、情人紅果、情敵石頭都被獵人老關殺死。豹子家族的死亡激起了豹子復仇的欲望。於是在豹子家族走向滅亡的過程中，獵人老關的一家也付出了慘重的生命代價。他的兒子們和孫子最後在豹子的報復下，走上了死亡之旅。

《牧歌》同樣也描述了自然和人類之間的搏鬥。老獵人張打狩獵一生，殺死動物無數。張打的小兒子張俠違反了正月不打獵物的禁忌，把野豬的獵物拖回來了，從此，張家開始面臨厄運。野豬來報復，毀壞了張家的房屋。在一次打獵中，張打莫名其妙地把張俠給打死了。把四隻小老虎攔腰砍斷的大兒子張膽，被虎媽媽追殺，被嚇瘋了。孫子張番，因爲洗了泉水，雙眼在晚上也能打獵，但最後被他父親摳瞎了。張打最終明白，人類對自然的掠奪，是讓人類暫時增長了物質財富，解決了物質上的匱乏，但是人類也因此付出了慘重的代價。

「因爲，當我們付出後，竟沒有回報，土地和岩石一點都不仁慈，對我們板起千萬年的面孔，以拒絕的方式訂下了與我們的生死合約，那麼財富究竟去了哪兒？變作渾濁的流水和雲彩流向了山外？只有不停地砍樹和偷獵才能使人稍微變得滋潤一些嗎？可是，對斧頭和獵槍的操作是危險的，它危險萬分。也是繁重的，壓得你抬不起頭來，就好像在岩石上挖一眼泉；樹木和野獸都被這塊土地吃掉了，不再讓它們蓬勃地生長和發育，這塊土地因失望而吝嗇。對在這片山岡上生活的人們來講，山岡是並不歡迎我們的，視我們爲仇敵。因此，我們對世代生活的這塊地方只會越來越感到生疏、沮喪和絕望。人和大地的親密關係早就不復存在了，我們之間帶著深深的狐疑、猜度和敵意，在對大地的淩辱中，以爲大地不會說話而忘記了被施暴對象的存在，其實這種施暴，像迎風潑水，那水會飛回到你自己的頭上。沉默的山岡憤怒無聲。我們人類罪孽深深。被施暴的結果不是通過呻吟和憤怒還給我們，而是透過那些慢慢禿頂的山峰，透過越來越岑寂、乾旱和沒有滋味的日子表現出來。」〔註 36〕

在自然和人類的搏鬥中，由於人類違背了自然的意志，最終遭受到了慘重的教訓，付出了沉重的生命代價。在鄉村和自然的二項對立結構中，陳應松的態度傾向了自然，顯示了對人化的自然的一種謹愼態度。自然並不是任由我們隨意處置的對象，它具有自身的生命價值和倫理傾向。外加於自然的價値準則和倫理意義最終被自然還給人類。

三

陳應松在神農架系列小說中通過構造城市／鄉村、鄉村／自然的結構方式，讓人一步一步地退回到自然，回歸到無人化自然的目的地。陳應松並不是要讓人在自然面前放棄主體性，而是強調要和自然尋求和諧的、自在的關係。這種建立在對自然價値基礎上的人和自然的關係、人和人之間的關係，體現出不一般的社會倫理意義。我以爲，在陳應松的神農架系列小說中自然成爲找到人類的出路的重要通道。回歸自然，自然不僅是人類的生活對象，它還是人類的生活價値尺度。這應該是陳應松的神農架系列小說的重要主題。

自然並不是人類、現代化進程能完全把握的對象，自然的存在有著自身的價値。在陳應松的小說中，我們可以看到許多神秘的景象，如棺材獸、軟骨人、天書、天邊的麥子等等。《望糧山》多次出現人的動物形象的還原，余大滾一直強調人一天中有兩個時辰是牲口，金貴殺死老樹時說了一句：「我殺死的是一隻獐子，這個時辰他正是獐子」。《鄉長變虎》描寫了鄉長身上長滿了虎毛，差一點變成了老虎。這些個貌似荒誕的細節正是表明了在自然和人之間，並不存在絕對的界限，主體與自然之間並不具有等級的差異。

〔註 36〕陳應松：《牧歌》，《紅豆》，2005 年，第 3 期。

自然並不是可以任意由人類來處理的對象，它有著自己的尊嚴，甚至是生命。在《牧歌》中，打獵一輩子的張打幡然醒悟，自然其實和人類一樣充溢著生命的情趣：「回家的那個傍晚天象依然很怪，好像眞有什麼要別離似的，晚霞黛青，紅鱗變成了卷雲，一陣又一陣的大風把山岡都快吹歪了，河水拱起的浪濤像魚背一樣閃閃發光。各種樹木因爲大風的長驅直入到處響起折斷的喀嚓聲，彷彿在過一隊大獸陣一般。眞撩撥人啊，讓人一下子就想起了過去野豬、鹿子擠滿森林的情形，那些神秘的動物，它們有著鬼鬼祟祟的尊嚴，當你要打死它們時，它們跑得比風還快，眞像是一群雲精風神。可一忽你又覺得它們是本不該打死的，它們的徜徉極其優雅，一個個如紳士，行走的皮毛絢爛至極，多肉的掌子踏動山岡時無息無聲，抬頭望山望雲時充滿著傷感。你就會覺得它們眞像你家中的一員，它們的情緒伸手即可觸摸。」〔註37〕

於是，我們發現，自然充滿著生命的光輝，有著無上的生命尊嚴。在這裏，陳應松在自然和人類之間建立了倫理關係。我們知道，自從文藝復興以來，人類中心主義的思想影響甚爲廣泛。倫理關係、生命意義只存在於人與人之間，自然只是人類的工具，是人類欲望滿足的對象。這種思想的盛行最終構成了人和自然的衝突，人類生存的環境日益惡化。這就是陳應松的小說中的人和自然的二項對立結構所折射的圖景。在這個二項對立的結構所引起的悲劇性結局的思考中，他最後表達了人類應該尊重自然的理念。

《雲彩擦過懸崖》闡釋了在人和自然之間、人和人之間能夠建立起和諧關係的理念。蘇寶良是瞭望塔上的火情觀察員，獨自生活在山上。在長期和自然的獨處中，他和自然建立起了和諧的關係。在他眼裏，自然充滿著生命氣息，山上的植物、雲朵、動物都是他的鄰居和夥伴。即使他的女兒被動物咬死，但是在他看來，動物一般的時候是不和人爲敵的。正是這樣的信念，他在山上從不獵殺動物。在自然中建立起的倫理尺度，幫助蘇寶良和人們建立了和諧的人際關係。他和周圍的鄉民、過路客建立起了相互信任、相互關照的良好關係。在臨下山的那一刻，他決定放棄下山的機會，長期據守在瞭望塔中。

《雲彩擦過懸崖》樹立了人和自然、人類社會的倫理尺度。在人和自然、人和人之間的關係中，人和自然的關係是最基本的關係，因爲人本身首先是自然物。在馬克思看來，人本身就是自然的存在：「說人是肉體的、有自然力

〔註37〕陳應松：《牧歌》，《紅豆》，2005年，第3期。

的、有生命的、現實的、感性的、對象性的存在物，這就等於說，人有現實的、感性的對象作為自己本質的即自己生命表現的對象；或者說人只有憑藉現實的、感性的對象才能表現自己的生命。」〔註 38〕作為自然中的一部分，人類要依賴自然，與自然融為一體，才能得以生存。功利性的思想、欲望的膨脹讓人和人類社會的發展遭遇到了空前的危機。陳應松的神農架系列小說中的人和自然的二項對立結構，所要體現的就是人在向自然索取的時候，人把自然當作單純的功利對象的時候，人類並沒有因此獲得倖福，相反受到了來自自然的抵抗、制約，甚至是報復。人類在自然面前並不能獲得自由，也無法得到自在的生活狀態。因而要像《雲彩擦過懸崖》中的蘇寶良那樣，和自然建立起和諧共生的關係，甚至是倫理關係，才是最為重要的。

另外，對於人類社會組織來講，人和人之間的關係，其實是人和自然之間關係的另一種重現。自然的倫理意義也體現在這裏。在陳應松的神農架系列小說所表現的城市和鄉村的二項對立結構中，城市對於鄉村的功利性的掠奪，不也是人對於自然的工具性態度的翻版嗎？從這個意義來講，人、自然、人類社會其實是一個整體。馬克思早就對此下過斷言：「全部所謂世界史不外是人通過人的勞動的誕生，是自然界對人說來的生成。所以，在他那裏有著關於自己依靠自己本身的誕生、關於自己的產生過程的顯而易見、無可辯駁的證明。」〔註 39〕因此，馬克思認為人和自然其實存在著整體性，人和人類社會的發展離不開自然的交換，同時，自然也在改變著人和人類社會。馬克思據此認為自然是人的對象化存在。

因而自然和人之間存在著一種倫理的、價值關係。人不是自然的主體，同樣，自然也不應該是人的主體。因為人畢竟是按照人的尺度來生活的，而不能按照自然的尺度來生活。但是，自然、人自身、人類社會應該尋找到共同的價值尺度和倫理原則，三者的和諧共生就構成了宇宙的最高的價值準則。自然、人、人類社會和諧共生的倫理關係，是個人對自由、自在生活的完成，同樣也是自然存在的最有意義的體現方式。它也是人類社會的最高的理想——共產主義社會的原則：「共產主義是私有財產即人的自我異化的積極的揚棄，因而是通過人並且為了人而對人的本質的真正的佔有；因此，它是人向自身、向社會的即合乎人性的人的復歸。這種復歸是完全的，自覺的和

〔註 38〕馬克思：《1844 年經濟學哲學手稿》，人民出版社，2000 年版，第 105 頁。
〔註 39〕馬克思：《1844 年經濟學哲學手稿》，人民出版社，2000 年版，第 84 頁。

在以往發展的全部財富的範圍內生成的。這種共產主義，作爲完成了的自然主義=人道主義，而作爲完成了的人道主義=自然主義，它是人和自然界之間、人和人之間的矛盾的眞正解決，是存在和本質、對象化和自我確證、自由和必然、個體和類之間的鬥爭的眞正解決。」〔註40〕在馬克思看來，人、自然、社會統一於三者的價值、倫理中，只有在三者完全回復到同一的價值基本點上，人才能作爲完全的人存在，社會才能尋找到完美的社會存在，自然也才能成爲人、社會的自然。馬克思對自然的強調，對我們重新思考社會與人的意義和價值體現方式，對我們來說不無啓迪。陳應松的神農架系列小說的可貴之處正在於找到了人類社會和諧發展的主要支點：自然。

神農架系列小說對人、自然的和諧關係的強調，顯然具有強烈的社會倫理意義，它突出了我們這個時代應該具有的價值觀念和價值理想。人類社會組織形式建立的標準應該考慮到自然的因素，甚至人類社會的理想的實現，也應該考慮到自然的價值和意義。人類的倫理關係，不應該僅僅體現在人類社會中，也應該體現在人和自然之間。只有當人和自然的關係以及人和人之間的關係，體現出對自然應有的尊重的時候，人類社會才能尋找到福祉。

四

當然，陳應松小說中自然的倫理意義並不只停留在此。因爲我們不能僅把他小說中所描寫的自然看作是實體性、物質性的存在。在我看來，它是一種精神符碼。陳應松在小說中執拗地要返回到自然中來尋找世界的倫理秩序，應該有更深層次的精神拷問。這種精神追尋就是尋找人類生存的形而上的意義和價值。

陳應松神農架系列小說不僅僅是具體生活細節和現場的呈現，自然也具有豐厚的生存論的價值意義。在生存論視野中，人和自然和諧共處，人和自然之間並非是一種算計、利用的關係。固然，人類的生存離不開自然，人類也要借助自然來維持生命，但是人和自然的關係是平等的，同時，人也應該小心地維護著自然的神聖性。一個中世紀的農民在勞作時儘管也使用了諸如獸力、風力和水力等一些技術，但同時他也被「一個這樣的認識所佔據，即在神聖的創造委託中去行動；他在造物的名義下去開始並結束他的工作，對他來說，他的動物是減輕他的工作的惟一的『力量源泉』；他知道土地、植物

〔註40〕馬克思：《1844年經濟學哲學手稿》，人民出版社，2000年版，第81頁。

和動物本身都是由神創造的，並且得自於神；對他來說，生長過程還是一個秘密，是某種不可製造的東西，而且只能加以支持；他把他的收穫品看作仁慈的上帝的禮物。」〔註 41〕自然和人類在神的共同看護下，平等相處，並且對自然的情感中包含有神聖的敬畏之情。

因此，人類應該從功利中走出來，對自然保持著神聖的感情，這是人尋找精神家園的主要途徑。在陳應松的神農架系列小說中，他反覆敘寫的自然，也寄予著一種宗教般的情感。他曾說：

> 「宗教感情是對大自然的感情的延續，如果缺乏這種感情，人和人之間就只剩下盤算了。」（普里什文）
>
> 宗教對大自然充滿了敬畏與仁愛之心，而宗教的感情或類似於宗教的感情正呼嘯著離我們遠去，或者說當她來的時候，我們走遠了。
>
> 人在自然的迷失使他們內心狂躁，變態，時刻想君臨一切，敵視一切。這多麼可怕。人在互相排斥就像人以強盜的眼光恣意要折磨自然一樣，他們除了掠奪就是算計。在算計中掠奪，在掠奪中算計。〔註 42〕

宗教意識很早就在陳應松的生活中留下了影響。在他所生活的地域就充滿了神秘的色彩，這種地域特徵被他概括爲北緯 30 度。在他的成長的歲月裏，他深深感受到了神秘的生活現象。在他的自傳性文字中屢次提到青少年時期所遭遇到、所聽說的神秘事件。在他成爲作家後的歲月裏，這種神秘事物的影響仍然伴隨著。他夫子自道地說：「我相信命運，相信冥冥之中的主宰。我並沒有皈依一種宗教，但這並不排除我對佛教典籍和基督教典籍的瘋狂嗜好，它裏面的所有禁忌和終極眞理使我與教徒們一樣充滿了敬畏感。」〔註 43〕他青少年時期的生活體驗和以後對宗教的思考，使陳應松的小說形成了一個獨特的現象：在他所描寫的生活現實上，存在著一個高高在上的世界。這個世界以神秘的、不可測的面目審視著世俗的社會生活。在《松鴉爲什麼鳴叫》中，這個神秘的力量是人們無法解讀的天書；在《望糧山》中，它是天邊出

〔註 41〕紹伊博爾德：《海德格爾分析新時代的技術》，中國社會科學出版社，1993 年版，第 18～19 頁。

〔註 42〕陳應松：《世紀末偷想》，武漢出版社，2001 年版，第 47～48 頁。

〔註 43〕陳應松：《大街上的水手》，長江文藝出版社，1999 年版，第 310 頁。

現麥子的傳言。《吼秋》中則是傻子對未來的預示和「起蛟」的傳說。《馬嘶嶺血案》中是只開花不結籽，但是六月一開花是年就有洪水的千年老樹。這些神秘之物超越了現實世界，構成了一個超越性的世界。對世俗的現實世界來說，它是神聖的。它在預示著世俗生活，審視現世人生。

和其構築的自然的、超越性的神秘世界相對應的是，陳應松反覆敘寫了人世間的苦難和死亡。因此，陳應松的神農架系列小說還存在著一種二項對立結構：超驗／現世。不同於前兩種是具象的二項對立結構，超驗／現世是抽象存在的，它隱藏在城市／鄉村、鄉村／自然的二項對立結構之中。在上述對神農架的兩項二項對立結構的描述中，自然和鄉村、鄉村和城市的對立中，自然以超越的、高踞鄉村和城市的姿態構成了對鄉村、城市的審視和批判。正因爲鄉村失去了純粹的自然特性，打上了人類活動的足跡，正因爲城市拋棄了鄉村的自然生活形態，最終導致了人類社會的災難。苦難、死亡時時來臨，完成了自然的神聖性的構造，完成了超驗/現世的二項對立結構。

陳應松的神農架系列小說充斥著大量的死亡、災變的敘述。幾乎他的每一篇小說都有死亡。他如此頻繁地寫死亡，顯然有著他自己的用意在裏面，它體現了超驗世界對現世世界的懲罰。在神農架系列小說中，《狂犬事件》和《吼秋》最具有這種形而上的意義。

《狂犬事件》在表面上看，並沒有寫到自然，但是它是自然的反題，描述了人間的非理性的生活狀況。小說在「一隻瘋狗進村了」中展開敘述，這也成了村莊發生變化的重要原因。一隻瘋狗進村引起了鄉村的混亂。鄉村的狗一隻接一隻地瘋了，鄉村的牛瘋了，鄉村的人死了。在災變面前，鄉村的生活秩序大亂。我們彷彿看到了一隻手在背後製造了鄉村的死亡和災難。它沒有出現在具體的事件現場，但是它的確存在著，左右著鄉村的命運。而《吼秋》則是一副世紀末圖景。山村面臨著崩岩，一場巨大的災難即將來臨。但是，對於即將到來的災變，生活在這裏的人們並沒有在意。生活秩序還在繼續。鎮上的領導爲了舉辦蛐蛐節而忙碌，人們爲了經濟利益而奔忙。就在蛐蛐大集舉辦的時候，災難降臨：

> ……小鎮像畫片一樣摺疊起來……山像一張晾在竹竿上的竹席被狗的爪子抓了下來，它慢慢地、堅定地、沉重地向下矬著矬著，大家看到那山隆隆作響地沖進街上，巨大的碎石塵埃吞沒了古把根的兒子。大梁子，高高的大梁子，晃眼間就只剩下半邊了，

像屠夫的剁骨刀剁去了一半，齊刷刷的。那山梁上一股泉水沖騰出來，頓時，一條巨大的瀑布垂掛下來，就覆蓋了那個叫毛家溝的小鎮。

毛家溝的這場災難，顯然是隱藏在背後的自然神對這些無視自然神的暗示的一種懲罰。在災難中顯示了自然的存在和力量，也表現了陳應松對人類生活的擔心和焦慮。

陳應松神農架系列小說對自然的堅定皈依，充分地表現了他對超越世俗、拯救世俗生活的一種設想和努力。陳應松不是宗教徒，但是他的小說最後由自然指向宗教意義，顯然是對當下生存的一種思考。他的神農架系列小說中的自然，具有一定的宗教意味，但是，他所要表現的不是宗教本身。借助宗教母題，他所要思考的是在現代化境遇中的人的終極性命運。終極性價值的關懷，才是陳應松構造的自然精神家園的最終指向。它預示著對當下的世俗生活的批判和反省，也是對當下浮華、墮落社會生活尖銳的批判。當然，也寄予著對當下人類生活的救贖的理想情懷。

陳應松的神農架系列小說在所構造的「神農架」形象中，完成由藝術形象——倫理價值——生存論的思考。在陳應松的「神農架」中，自然是他的小說全部藝術的支點，圍繞著自然完成了小說結構、形象的塑造。由此出發，陳應松還深入地思考了自然的倫理意義，提出了具有價值的思想。更主要的是，他的這些小說還走向了更抽象的世界，把具體的社會和人生的問題引入到了一個更加具有普遍性的追問上：人類該如何拯救自我？

現代化是人類無法迴避的道路，同樣，現代化所引起的思想困境也無法逃避。自現代化之路在古老的中國不可避免地展開時，中國的思想界和文學界就展開了無窮盡的思考、探索和追問。對於中國這樣一個有著悠久的農耕文明的國度而言，「天人合一」的思維理路曾經是中國思想的核心。現代化的到來，意味著對傳統農耕文明的拋棄，對自然的生活形態的摒棄。在現代化銳不可當、高歌猛進的征途中，回望農耕文明，構成了世界範圍內反現代化的主要道路。就中國現當代文學史而言，沈從文對湘西世界的描繪，癡情地對「希臘神性小廟」的構造，甚至在後期的小說《看虹錄》中對自然神性的深情禮贊，開始表現出「自然」從現代化的軌跡中脫落的思想。原始性包括自然構成了沈從文對現代化的歷史道路的反思和審視。陳應松對神農架的「自然」多層次地拷問，是否接通了沈從文反現代性的文化和文學的思維理路？

我深以為是。這也就是陳應松小說的根本性的思想和文學的意義所在。

第七章　身體：「人」的延伸與轉折

第一節　經濟視閾下的「人」的話語轉型

在 90 年代，經濟成爲這一時期「人」的話語產生的決定性因素，它從兩個方面建構了「新」的人的話語。從深層次上看，經濟影響了人的心理結構、生命感受，從而決定了這一階段「人」的話語特徵。從顯層次上看，創作主體的價値取向，也是決定「人」的話語轉變的重要原因。在 90 年代中後期，由於經濟的原因，文學中的人首先表現爲從社會中分離出來的個人；其次這裏的個人更多地是關注私人空間的個人，身體在這時成爲個人的替代者。

一

如果說在 90 年代以前，人的存在具有某種先驗的品格，是意識形態或一種理想品格的載體；那麼到了 90 年代，「人」的問題不再是一個精神學、哲學問題，而是一個社會學的問題。在這個年代，現代經濟引發出了人的新的生命態度和心理感受。從經濟生活入手，分析人的感受、品質是探討 90 年代人的話語生成機制的一個根本前提。90 年代的市場經濟建設，使追求財富成爲個人與國家的合法性目的。經濟與人的聯繫的一個最根本的物質載體即是貨幣，因而探討 90 年代經濟與人的關係問題，可以轉換爲貨幣與人的關係問題。貨幣與人的關係問題不僅是一個經濟學問題，更爲重要的是，它是社會文化學問題。在西美爾看來，即使就自然交換而言，兩個人交換產品，絕非僅是一個國民經濟的事實，毋寧說：「它更是一個心理學的、道德史的，甚至審美（感覺）的事實。」〔註1〕他認為，貨幣是現代生活的文化象徵和現代生活觀的主宰；同時個體情感與社會結構的關係也通過貨幣來規定。因而，在探討90年代文學中的「人」的問題時，西美爾的貨幣文化學理論是一個不能忽略的理論資源。西美爾的思想並沒有否定物質決定精神的歷史唯物觀，而是把經濟生活本身當作一個心理學、審美現象學的問題。經濟、貨幣成為社會的中心價值後，「人」的話語的轉型主要體現在以下三個方面：

第一個方面的表現是，傳統意義上的人的精神性品格消退，這是「新」人的話語的突出特徵。貨幣對人的最大的影響表現為，貨幣從方式上陞為目的。在現代經濟活動中，貨幣成為衡量人的價值、物的價值的根本標準。作為手段的貨幣成為目的後，拜金主義成為社會的一大景觀。西美爾這樣評價貨幣對人的心理的影響：

> 從來沒有一個物體擁有價值惟獨是因為它作為手段的性質，因為它可轉換為更多確定的價值，它徹底而毫無保留的發展為一個心理學的價值絕對物，發展為統治我們實際意識的一個相當引人注目的最終目的……貨幣本質的內在二極性在於它是絕對方式，從而在心理學上成為許多人的絕對目標。〔註2〕

當貨幣成為人追求的唯一目標時，人內心的精神維度被取消，金錢成為人的唯一的也是最終的需要，個人的內心被物質化，人的精神、形而上品格消退，取而代之的是現代工商精神。拜金主義成為社會風尚的意義在於，不僅在物質生活領域，而且在人的精神生活世界，金錢成為上帝。人原來的精神世界被金錢所佔有。對中國人來講，金錢成為目的之後，最重要的是，意識形態對人的價值的唯一裁決功能被取消了。人們不再以意識形態、精神生活、道德倫理作為人的價值的衡量標準，人的價值由精神形態轉化為可以物質化的貨幣。這種轉化意味著，在經濟影響下，從精神價值中破土而出的人漸漸走出歷史的帷幕。

個體化的人的誕生，這是「新」人的話語的又一特徵。由於貨幣成為物質世界和精神世界中的新上帝，它平均化了所有物與人的差異，在金錢上帝之手的撫摩下，所有的物和人都是平等的。對此西美爾作過如下論述：

> 貨幣使一切形形色色的東西得到平衡，通過價格多少的差異來

〔註1〕H·J·Helle：《西美爾的社會學與認識論》，Darmstadt1988，第152～155頁。

〔註2〕西美爾：《貨幣哲學》，華夏出版社，2002年版，第232頁。

> 表示事物之間的一切質的區別。貨幣是不帶任何色彩的，是中立的，所以貨幣便以一切價值的公分母自居，成了最嚴厲的調解者。貨幣挖空了事物的核心，挖空了事物的特性、特有的價值和特點，毫無挽回的餘地。事物都以相同的比重在滾滾向前的貨幣洪流中漂流，全都處於同一水平，僅僅是一個個的大小不同。〔註3〕

當貨幣以公分母的姿態平均化了社會事物和人之間的差異後，在精神與物質之間的價值等級被取消了，同時，人與人之間的差異也被取消了，人與人之間成爲既沒有精神聯繫，又沒有價值等級的原子化個體，最終，個體化的人成爲社會中的游離分子。在中國，這意味著，原來人與人之間的政治等級、精神等級被破壞，人開始有可能成爲獨立的個體。個體人的出現，成爲經濟影響下的人的話語轉型中一個十分重要的現象。

第三個方面的表現是，人的心理感受發生了新的變化。貨幣使人的公共精神神話破滅，貨幣成爲人的價值的公分母，這並不意味著人的生命感覺徹底消除。一方面貨幣經濟使人的認識行爲和理念失去了固定的、實體性的穩定形式，向漂浮性狀態轉移，無條件眞理被取消了。由於貨幣，社會生活形態的確理性化了，但是人對生命的認知感悟並沒有因金錢而消失。西美爾這樣看待這個問題。他說：「倘若生活中充滿著理性、對比、平衡，那麼，感覺的需要又要遁入自己的對立面，又要去尋覓非理性及其外部形式即非對稱了。」〔註4〕貨幣使傳統親情淪喪，個體生命僅靠工具理性心理不足以維繫自身，於是對理性的反叛和傲慢，冷漠、孤僻的心性就產生出來了。這意味著在經濟的影響下，人的心理感覺發生了變化，這種新的心理感受是從人的轉型中產生出來的「新」人的話語的又一特徵。

貨幣、金錢成爲 90 年代社會文化的中心事件後，人從意識形態、精神品格的規範中走出來，在物的價值標準衡量下，人蛻變爲個體的人。

二

經濟生活給 90 年代作家以巨大影響的一個重要表現是，在 80 年代業已成名的作家紛紛從 80 年代的政治、文化神話的傳統佈道者席位中走出來，追

〔註 3〕西美爾：《橋與門——西美爾隨筆集》，涯鴻、宇聲譯，上海三聯書店，1991 年版，第 265～266 頁。

〔註 4〕西美爾：《橋與門——西美爾隨筆集》，涯鴻、宇聲譯，上海三聯書店，1991 年版，第 217 頁。

求經濟效益已成為作家寫作不可不考慮的因素。作家開始追求經濟效益，把經濟作為個人價值實現的根本目標。方方說：「經濟基礎決定上層建築，這些是我們多少年學哲學聽得最多的一句話。你的收入決定了你不得不去設法買廉價商品，不得不放棄你想要的書籍，不得不為幾毛錢同小販爭來吵去，不得不在評職稱上吵得頭破血流，也不得不在靜夜裏捫心自問：我們是不是該改個行當了？」〔註 5〕由於作家在寫作時必須面對自身的經濟狀況與生存狀態，作家已由精神導師的角色轉向職業分子的角色，劉心武對此有過這樣明確的表述：

> 在我看來，作家不過是一種社會職業，跟其它的社會職業並無本質區別。不錯，有嚴肅追求的作家，品味趨雅的作家，熱愛寫作因而功利心不那麼強烈也就是說比較「純粹」的作家。他寫作時，要體現特立獨行的人格、充溢創造性發揮的「文本」、新奇詭異的個人風格。可是他不能不考慮安全問題、溫飽問題、出版問題。當然他應在可達性與可行性之間求得一個最大也最優的生存系數，他如向社會規範和市井俗尚過分爭媚，當然有礙他的突破創新。但是他完全不顧所在的環境而放肆地「傷時罵世」，「心無讀者地」「嚴、雅、純」到底，以至全不考慮出版面世，那麼，他不是傻子必是瘋子。〔註 6〕

有些作家則走得更遠，把自己等同於俗人，何立偉說：「作家者，人類靈魂之鑄匠也，我做不來鑄匠。而且我也沒有思想，我簡直在思想上極其平庸。」〔註 7〕湯顛說：「小說是啥？低檔的像襪子褲衩，中檔的像冰箱彩電，高檔的不過就是汽車、洋房。擺出來都可以劃價或者換回點兒你所喜歡的啥。」〔註 8〕對經濟利益的追求甚至使作家自發地組成一些利益集團。1989 年 1 月，王朔、魏人、劉毅然、莫言、蘇雷、朱曉平、劉恒等 12 位作家成立了中國第一個民間作家組織——「海馬影視創作中心」，其宗旨是將商品規律引入文藝創作中，保護作家權益，按質論價，爭取合理的稿酬。1993 年，上海的宗福先、賀子壯、陳村等 33 名作家組成了稿酬協議組織，簽署規定影視劇本稿酬最低標準，明

〔註 5〕方方：《一切都是真事》，《中篇小說選刊》，1992 年 2 月，第 93 頁。
〔註 6〕劉心武：《話說「嚴雅純」》，《光明日報》，1994 年 3 月 30 日。
〔註 7〕何立偉：《說自己》，《文學自由談》，1989 年 4 月，第 46 頁。
〔註 8〕湯顛：《瞎聊》，《文學自由談》，1989 年 4 月，第 49 頁。

碼標價的「九三・一約定」：根據目前情況，劇本每部最高定價爲6000元，電影劇本每部15000元，電視劇單劇每集3000元，多本每集2000元〔註9〕。另外一些個體作家也自覺地在市場上爲自己的作品尋找買方。作家李準以3萬元價格將其作品賣給謝晉的亨通公司。〔註10〕在深圳文稿競價會上，史鐵生的一篇短篇小說所獲得的稿酬高達8000元〔註11〕。

經濟帶給創作主體潛在影響的表現是，更爲年輕一代的作家在文化價值取向上與主流文化秩序產生斷裂。這些小說作者在思想資源上與前代作家有著根本的差別。他們認爲，在50、60年代、70年代和80年代文壇成名的作家中，沒有人能對他們的寫作給予一種根本性的指引。韓東的觀點也許具有一定的典型意義，他說：「我們絕不是這一秩序的傳人子孫，我們所繼承的乃是革命、創造和藝術的傳統，和我們的寫作實踐有比照關係的是早期的『今天』，他們的民間立場，眞實的王小波，不爲人所知的胡寬、于妹，不幸的食指，以及天才的馬原，而絕不是王蒙、劉心武、賈平凹、韓少功、張煒、莫言、王朔、劉震雲、余華、舒婷以及所謂的傷痕文學、尋根文學和先鋒文學。」〔註12〕他們的小說深受海明威、卡夫卡、博爾赫斯等人的影響。在這些小說家那裏，小說的啓蒙主題消褪了，魯迅及「五四」文學傳統在他們小說中找不到承傳的基因。在針對這些作家的一份問卷調查中，98.2%的作家不以魯迅爲自己的寫作楷模〔註13〕。

在思想資源及精神承傳上，這些小說家沒有繼承以往小說的傳統，而與之產生了斷裂。同時，這些小說家的寫作也脫離了以往小說家的體制內色彩。這些小說作家大多是自由作家，沒有固定的職業，寫作即是他們的職業，從而他們的寫作不是爲什麼人服務，表達自我的人生體驗成爲小說的主題。另一方面，他們與作家協會的關係也與以前不一樣。在計劃經濟時代，作協是國家規範管理作家的機構，也是作家賴以生存的「單位」，但在這些作家中有96.4%的人對作協持完全否定的態度〔註14〕。

〔註9〕參見《文學報》，1993年1月14日。

〔註10〕參見《文化托起新工業》，《中國青年報》，1993年5月20日。

〔註11〕王乾榮：《躁動的文壇》，《中國青年報》，1993年11月9日。

〔註12〕汪繼芳：《斷裂：世紀末的文學事故》，江蘇文藝出版社，2000年版，第309頁。

〔註13〕汪繼芳：《斷裂：世紀末的文學事故》，第301頁。

〔註14〕同上。

在以經濟爲主導的社會中，作家價值觀、文化觀的變更，直接的影響了這一時期小說中人的話語的變化。這裏的「人」不再關心宏大的敘事主題，對個體與身體的觀照成爲這一時期小說中人的話語最突出的特點。

三

經濟的崛起成爲90年代文學話語轉型的根本性力量，這種潛在的力量得到了創作主體的認同，因而 90 年代文學的話語、「人」的話語轉型成爲顯在的現實。這種「人」的話語轉型的結果，便是人的觀念發生了根本性的變革：「個人」成爲90年代人的話語的中心概念。但從表現形式上看，這種人的觀念最終是以身體爲形式體現出來的。

90年代文學最大的變化是個體的人從普遍的宏大場景中走出來。在80年代中前期，文學中的人是一個普遍的主體，人成爲意識形態的一種表述方式，在這種表述方式裏，人成爲意識形態的合法的、被大多數所能接受的符碼。在80年代後期、90年代初，人身上的意識形態堅硬的外殼雖然被打碎，生命意識成爲意識形態的替代者，但是這時的人所顯示的仍然是一種普遍的形式，表現的仍是一種普遍的人的特性。在90年代，這種意識形態的、普遍的人開始退出，「個人」於是成了90年代文學中人的重要的觀念。

在這裏，個人最爲重要的特徵是與意識形態及傳統的普遍的「人」的對立。戴錦華認爲，個人「意味著一種無言的、對同心圓式社會建構的反抗，意味著一種『現代社會』、『現代化前景』的先聲；而非道德化的故事，它不僅伸展著個性解放的自由之翼，而且被潛在的指認爲對倫理化的主題話語的顛覆、至少是震動」〔註15〕。在90年代，個人意味著對社會倫理、社會價值的破壞，它返回到個體生命的體驗，將傳統意義上的個人從道德、社會價值的負載的重軛中解脫出來。對此，陳染也有過同樣的觀點，她說：「在一些傳統的文化觀念中，認爲每一個個性化的個人是殘缺的，非普遍意義的，習慣於接受和認定被『社會過濾器』完全滲透、淹沒過的、共性的『完整的人』，她們只是在張三李四的表象特徵上有所不同，而在其生命內部的深處，卻是如出一轍。她說的話，即是社會的話語。其實，我以爲，在個性的層面上，恰恰是這種公共的人才是被抑制了個人特性的人，因而她才是殘缺的、不完

〔註15〕戴錦華：《陳染：個人和女性的書寫》，《私人生活》，陳染著，經濟日報、陝西旅遊出版社，2000年版，第315～316頁。

整的、局限性的。」〔註16〕在90年代，這種從意識形態、社會倫理中走出來的個人，其自身就意味著一個完整的、自足的生命世界，它自身就是一個與社會完全不同的生命系統。在這個生命系統中，個人開始迴避歷史，個人的成長史是一個沒有歷史的過程。迴避社會，迴避他人，退回自身是這時的個人最大的特點。

90 年代對個人的強調，在很大程度上是對個人的私人空間的強調。在漫長的20世紀中國文學主潮中，「大寫的人」、「普遍的主體」一直是最爲重要，也是最具合法性的存在。而作爲個人的私人生活層面一直被壓抑，被禁錮。在80年代中後期，徐星、劉索拉等人的小說中也出現過不同於社會普遍價值的個人形象。不過，在她們那裏個人在更大的意義上是停留在人的精神層面上，只是相對於社會普遍歷史意識而言，它才是個體化的。90 年代的文學中的個人在精神譜繫上繼承了 80 年代文學中的個人，但是又與 80 年代有所不同。90 年代，隨著經濟成爲社會生活中的主題，個體人的私人空間漸漸浮出水面。在這一時期，所謂的個人，其實質是相對於公共空間的私人空間中的個人。正如薩托利所言：「個人作爲一個人，同時作爲一個『私人生活中的自我』理應受到尊重……」〔註17〕在90年代，個人以其對私人空間的強調，迴避了公共空間。在以往的文學中的「大寫的人」、「普遍的主體」過多地剝奪了人的私人空間，私人空間在宏大主題中被看作是非法的，它被強行納入公共空間的範圍。而90年代的個人則退回到私人空間中，它拒絕一切集團的、集體的召喚，把自我當作一個封閉的完整的整體。從根本意義上講，這個私人空間中的個人，「只關心自己，而對自己以外的一切淡漠而疏遠，使文學成爲作家對於小小自我無休止的『撫摸』」〔註18〕。

在這裏，迴避意識形態與普遍性、重視私人空間的個人，只是體現了 90 年代文學中人的話語的觀念。而這種觀念的表現形式，即是身體。身體成爲個人的表現形式，可以從以下兩點來理解。

第一，由於個人從精神層面上疏離了社會價值、道德倫理，從而也從根本上瓦解了傳統意義上的精神/身體的二元對立。在傳統觀念中，精神以巨大

〔註16〕陳染：《私人生活》，經濟日報、陝西旅遊出版社，2000年版，第282頁。
〔註17〕薩托利：《民主新論》，東方出版社，1993年版，第289頁。
〔註18〕王家新　孫文波編：《中國詩歌90年代備忘錄》，人民文學出版社，2000年版，第242頁。

的壓力壓制著身體，使它完全聽命於精神。在這樣的二元對立中，精神是身體的合法裁決者，也是身體價值的最高體現者。因此，身體要受到倫理和精神的雙重監視。當個人從傳統的精神、道德的束縛中掙脫，個人價值、個人生命成爲獨有的價值系統時，身體就成了個人體現自我價值的最佳方式與途徑。

第二，由於個人從公共空間中走出，個人就不再是「普遍的主體」中的一分子，也不是時代的代言人。它關注的只是個人的內心體驗與心理狀況，於是，個人的私人欲望、個人的原生態生命意識成爲個人關注的焦點。正是這樣，身體的體驗、身體感受，身體生存的空間成爲個人體現其價值的最佳對象。

身體成爲個人的表現對象後，並沒有抹殺身體的價值尺度，因爲身體本身並不是一個孤立的肉體，它那裏蘊藏著深廣的內容。從根本上看，身體的出場意味著，傳統意義上的考察價值、意義，包括權力、國家、生產力的角度發生了根本性的變革。

在西方世界，當資本主義成爲維護經濟的絕對利益的制度後，身體的問題，一直是思想家們關注的中心。身體在三個向度上，成爲關注的中心。首先在價值尺度上，身體成爲人存在的價值標準，在身體的價值尺度面前，人的身體成爲基礎的眞理才是眞理，尼采在一百多年前就曾發出如此堅定的聲音：「要以身體爲準繩。……因爲，身體乃是比陳舊的『靈魂』更令人驚異的思想。無論什麼時代，相信身體都勝似相信我們無比實在的產業和最可靠的存在。」〔註 19〕在尼采那裏，身體是與「權力意志」聯繫在一起的，它體現了走向超人的力量，超人的身體是最高級的身體，它是「權力意志」上陞到最高級別的體現。其次，在權力的剖析上，身體成爲最佳的著眼點。馬克思對資本主義的觀察與分析，在很大程度上是建立在對身體的觀察上的。他認爲資本主義制度是讓人的身體退回到動物的水平的社會制度。在資本主義制度下，人成了只知道吃、喝、睡、住的動物，而喪失了作爲人的全部特性；人的感覺器官也變成爲只知道滿足生理需要的器官。他認爲，只有在共產主義社會，人的器官才能最終恢復爲人的本來面目，讓人成爲自然的、眞正意義上的人。正因爲這樣，他才對共產主義充滿憧憬。與馬克思從身體出發關注宏觀的、制度性權力不同，福柯特別關注微觀意義上的權力，即文化權力。

〔註 19〕尼采：《權力意志》，灕江出版社，2000 年版，第 172 頁。

在他看來，身體上蘊藏著權力的力量，權力通過對身體進行規訓、禁忌，在身體上形成壓制性的力量，使身體成爲權力的馴服對象與生產方式。最後，從對經濟邏輯的批判來看，身體也是重要的方式。弗洛伊德較早發現了被理性力量壓抑的性的重要意義，在他看來，人的本質特徵不是經濟邏輯所推崇的抽象的理性邏輯，而是被它所壓抑的性。他通過對理性的層層發掘，發現了被理性壓抑的性，最終把它從被壓抑的深淵中解放出來。馬爾庫塞進一步把弗洛伊德的性上陞爲對抗工業社會的全部力量。在他看來，身體的愛欲才是人從理性的邏輯中走出來，抵制工業邏輯的根本性力量。

在西方思想界，身體中蘊藏著巨大的革命性潛能，現代社會的全部秘密都能在身體中找到答案。伊格爾頓在他的專門以身體來透視現代思想家的思想的著作《美學意識形態》中說：「對肉體的重視性的重新發現已經成爲新近的激進思想所取得的最可寶貴成就之一。」〔註 20〕他甚至雄心大發地要把身體與傳統社會分析的概念，如國家、階級、生產力結合起來。他說：「我試圖通過美學這個中介範疇，把肉體的觀念與國家、階級矛盾和生產方式這樣一些更爲傳統的政治主題重新聯繫起來。」〔註 21〕

與身體在西方思想界中已經是一個探討以久的概念不同，在中國，身體作爲一個美學範疇，是一個全新的概念。但是，我們有理由相信，與西方思想世界中的身體一樣，在中國文學中，身體將是一個給人帶來震撼的概念。

第二節　性的本體化敘事

身體敘事的對象往往以性爲最基本的內容，在一定意義上講，小說中的性即是身體的另一個代名詞。因而考察 90 年代小說中的身體，從性入手，是一個有效而可能的途徑。

由 20 世紀 50 年代至今的當代文學中，對性的描寫大致可以分爲四個階段。第一個階段，50 年代到 70 年代，在這一段時間內，性、身體是小說迴避的對象。在歷史理性的觀照下，在意識形態的「關愛」中，小說中人物的身體成爲一個迴避的話題。在正面人物形象中，思想、品德取代了身體，統一

〔註 20〕特里・伊格爾頓：《美學意識形態》，王杰、傅得根等譯，廣西師範大學出版社，1997 年版，第 7 頁。

〔註 21〕特里・伊格爾頓：《美學意識形態》，王杰、傅得根等譯，廣西師範大學出版社，1997 年版，第 8 頁。

的著裝遮蔽了身體。而在反面人物形象中，臉譜化的身體描寫代替了每一個個體人的身體的形象刻畫。最典型的表現是「文化大革命」樣板戲中，人的身體成爲政治意識形態的直接符碼。

第二個階段，從 70 年代末到 80 年代末期，性是政治、文化的載體，是作爲確立「大寫的人」的一個方面。在 70 年代末，愛情描寫爲身體的出場提供了可能。但是這一時期的愛情，如果從性愛的角度來考察的話，也只能是無性的愛。新時期最初的「傷痕」、「反思」文學，常常把性愛作爲一個被錯誤的時代剝奪了的人的正常權利的一部分來描寫的。魯彥周的《天雲山傳奇》周克芹的《許茂和他的女兒們》即是這樣的代表作。在隨後出現的改革文學中，性愛是作爲改革人物魄力的一個佐證，如蔣子龍的《喬廠長上任記》。以張弦的《被愛情遺忘的角落》爲代表的另一類小說中，性愛則是作爲一種理性的、先進的文化存在，是對舊的、醜陋的文化的一種鞭韃。

隨之出現的尋根小說中的性愛描寫，既突進到了文化的層面，又把「性愛」作爲一種人性和生命狀態來描寫。王安憶在「三戀」中肯定了性愛的合理性，在肯定性愛的基礎上，批判了特定文化和政治背景對「性」的扭曲；劉恒的《伏羲伏羲》揭示了傳統文化對生命的壓抑和性的扭曲；莫言的《紅高粱》批判了性原有的文化背景、意識形態，張揚了「我爺爺」和「我奶奶」朝氣蓬勃的性愛。這種充滿了原始生命力的人性因素，同時又是民族生命力的象徵。這些小說始終把「性」當作一種文化、政治意識形態的代碼，它負重著小說對文化、歷史、現實的觀照與表達。這時期的性描寫，實際上寄寓了深廣的民族寓言意味，正如傑姆遜曾經說過的，在第三世界裏的利比多也是政治寓言。

第三個階段，80 年代末至 90 年代初的先鋒小說中的性，是表現「人之死」的手段。這些小說中的「性」，不再是美好的，也不能證明人性的美好，因而它不是人的生命力的象徵，它彰揚的是「人」的醜惡，是「大寫的人」死亡的確證。葉兆言的《棗樹的故事》中的性愛，沒有任何的倫理意味，完全是一種赤裸裸的生理衝動。土匪頭子白臉是岫雲的殺夫仇人，但是她卻與他保持了幾十年的性關係。蘇童的《米》中的五龍，對待性絕對是動物性的，他奇特的性愛方式，反映了人的畸形生活空間。先鋒小說中的性，不僅是動物性的而且是病態的。先鋒小說對性愛的本能化、欲望化的描寫，其目的在於摧毀中國小說對於「人」的一整套理想主義的話語，解構「人」的神話。但是從根本上講，先鋒小說對性的描寫並沒有走出先前小說的套路。

這三個階段的身體敘述中，性是作爲文化、政治或是作爲人性的代碼出現的，它還沒有取得獨立的力量。對性的描寫走得更深入的，則是 90 年代中後期的文學，這是性的描寫的第四個階段。在 90 年代，性作爲身體描寫的一個重要層面，獲得了極大的發展。在這裏，性不僅是小說的表現對象，而且是小說的敘事動力及邏輯力量。性作爲身體的一部分，小說家並不滿足於考察附著於它的種種因素，而是把它作爲考察「人」的基本立足點，與先前小說僅把性當作表現對象來展示它的附著價値，有著本質的區別。正因爲如此，在 90 年代的許多小說中，性得到本體化的表現，它支撐著小說文本全部敘事邏輯，生成著小說的全部意義。在這裏，性、身體成爲考察歷史、意義與自我的根本出發點，它將以往文學裏的歷史／身體、意義／身體、自我／身體等二項對立等級秩序中，處於劣勢的身體解放出來，重新定義它們的關係。因此在 90 年代文學中，身體不再是被動的，而是與歷史交融爲一體，並且是考察「人」的意義、探詢「人」的自我的立足點。

首先，在 90 年代的小說中，歷史與身體的關係得到了根本性的改變。歷史與身體的關係是歷史必須面對的重要問題，因爲，歷史對於身體來說是外在的，歷史的理性力量需要身體感性的支撐。一部歷史實質上是一部感性肉體的消亡史。在肉體的消亡中，歷史意義再生了。歷史總是緊張地監視著身體，使其在理性力量的高壓下束手就範。歷史與身體的這種關係，取消了身體作爲感性存在的合法性，同時又彰顯了個人生存的意義之所在：超越身體、皈依歷史。但是，《生存的意味》（1993 年）向我們顯示了歷史是怎樣地鑲嵌在身體之中。它表現了歷史不是外在的而是內置於身體的，歷史推動著身體的行動，支配人的生存。最終小說表明：生存的意味不是其它，就是身體自身的運動，是身體決定了人的成長史。

小說開始描寫了一位年僅三十、風華正茂的美麗少婦芬的死。死亡成了小說中芬的存在的最終意味，但是小說所關心的並不是一件謀殺案，小說用倒敘手法去挖掘芬的死的必然性因果關係鏈。在這個關係鏈中，小說找到了決定、影響芬一生的根本因素：影響了芬的一生的根本環節是，在她童年時父母留下的陰影。於是芬的生命就這樣與歷史融在一起。

芬的童年，父母的生活給她帶來的是屈辱、通姦和槍殺。在芬五歲那一年，她目睹了母親與人通姦的場面，這一場面使芬恐懼得差點驚叫起來，「但是這一景象的奇特與男人和母親動作神情的怪異，帶有極大的神秘性，似乎一下喚醒了芬本能的直覺的感悟力，喚醒了芬多年以前那個悠遠懵懂的記憶」〔註 22〕。這一場景及隨後同村人關於母親性生活的引導性語言，過早地啓蒙了芬的性意識。而父親對母親做派的反映，只是痛心而又窩囊的哭泣。於是，在芬的幼小的心裏，滋生了對母親的憎恨和對父親的蔑視。在芬的眼裏，父親是賤骨頭，雖然後來他把刀捅進了那個與母親通姦的人的胸中。但是在臨刑前，父親並沒有如芬所期待的那樣表現出英雄氣概，反而在車上哭鬧，又拉屎又撒尿。

父母輩的歷史在芬的童年中留下了深深的烙印，歷史與芬的生命體驗的交匯處，是芬的生命剋星大軍。大軍這個男人一方面喚醒了芬對於性的萌動，另一方面又給了她男人的力量。芬的人生中，歷史與身體的交匯沖刷，使她必然選擇大軍：

> 芬所以對她命中的剋星大軍總有那種身不由己的依戀，也許正是由於芬認爲假如大軍殺了人是絕不會在刑車上大哭大叫，又拉屎又拉尿。也許芬還認爲假如母親是嫁給了大軍這樣的男人，那麼她是絕不敢以肉體去接受民兵連長的改造的，自己的童年也絕不至於如此陰鬱。芬從小就是多麼仰慕、多麼期待、多麼渴望這樣的男人，儘管這樣的男人出現在芬的生活中，在帶給芬安全感的同時也帶來了很大的不安全感。〔註 23〕

對芬而言，大軍體現爲性的對象化存在。還在芬小時候，「每當上課時，大軍的小手突然伸向芬的腿部時，芬總是一聲不響地悄悄地用自己的手一個一個扳開大軍鐵鈎似的精瘦的手指，然後將他的手推回去，按在大軍自己的腿上。」〔註 24〕支配芬這樣做的，是她還只有五歲時，受母親的「刺激」而萌發的性意識。芬在幼小年紀時就對大軍產生了性意識，這決定了以後她與大軍間的命運糾葛。她嫁給和她父親一樣懦弱的年榮華，再次與大軍相逢時，自幼小時積澱的性意識，使她對大軍燃起火一般的激情。另一方面，她對大軍產生了奇怪執拗的感覺，使她既怕他，又不由自主地依賴他。因爲在她看

〔註 22〕張旻：《生存的意味》，陳曉明編選《中國超情感小說選》，青海人民出版社，1995 年版，第 208～209 頁。

〔註 23〕張旻：《生存的意味》，第 212～213 頁。

〔註 24〕張旻：《生存的意味》，第 207 頁。

來，這是一種安全感。但是，從一定意義上說，這又是造成她災難的不可擺脫的力量，大軍的凶頑最終成爲芬死亡的直接原因。在芬這裏，性本身是一個集結，一方面它是自少年起萌發的本能，這個本能影響了一個人的全部人生，成爲年少及成年後生存的、具有決定性影響的力量；另一方面，它又和歷史有著千絲萬縷的聯繫，父輩的歷史生活場景是喚醒性的根本力量，它同時又喚醒了芬對力量的依賴。這種對於力量的依賴和性糾合在一起，成爲芬人生旅程中的全部內容。大軍無疑是這種力量的肉身存在。他給予了芬全部的希望，同時又不可避免地摧毀了芬的全部，包括生命。《生存的意味》將歷史與性緊密地結合在一起，揭示了歷史與性的糾纏：歷史是影響個人生存的全部決定力量，但是，歷史對於個人的影響絕不是外在的，它和性、身體緊密地結合在一起。它們是個人生命的緣起，伴隨著個人的成長，同時也是造成個人的死亡的全部因素，構成了一個人的全部生命史與精神史。

其次，在90年代文學中，性、身體還是探詢人存在意義的尺度。這一點在述平的《此人與彼人》、和北村的《強暴》中得到鮮明的表現。這些小說表明，人的意義不是外在於身體的，而是受到身體的制約。身體是決定人的意義的有無、變更的根本因素。

《生存的意味》在性、身體的描寫中展開了歷史與人的糾纏。歷史與性一起構成了生命的決定性力量，同時性也是人的歷史構成。述平的《此人與彼人》（1995年）則在歷史與性的關聯基礎上，探討了人的生存意義與身體間的聯繫。喬兵與小燕曾有過充滿詩意的精神之戀，他「跟白小燕通信了兩年多，他們僅僅限於接吻水平，在她離開後，他保留下來的只是他這些年寫給她的那些詩歌」〔註25〕。白小燕離開喬兵以後，喬兵成爲一個性場健將，成爲一個收集女性陰毛的收藏家。在他看來，白小燕走後，他的這些性行爲「都是對這個女人的一種遙遠的回答。他用自己身體不斷地回答男人女人的問題」〔註26〕。在喬兵看來，歷史在這裏最終只是一個物質的存在：性與女性陰毛。曾經的詩意與精神之戀不可保留，也是不眞實的，只有物質性的存在，才是具體而又可保留的。歷史改變了喬兵，使他開始有可能從身體出發來思考全

〔註25〕張旻：《生存的意味》，陳曉明編選《中國超情感小説選》，青海人民出版社，1995年版，第159頁。

〔註26〕述平：《此人彼人》，陳曉民編選，《中國超情感小説選》，青海人民出版社，1995年版，第159頁。

部的人的生存意義的問題。喬兵的遭際構成了這個物質時代的背景與布景。

也正是在這個時代，尙小木借著感冒的力量，爬上了同事胡穎的床。尙小木對他和胡穎之間的關係深感恐懼，於是利用喬兵對性的獵取來擺脫胡穎。在尙小木的安排和喬兵的算計下，胡穎成爲喬兵的性對象。但這場身體的遊戲並沒有僅停止在遊戲的層面上，它最終引發的是對生命意義的思考。胡穎的懷孕與流產，是這場身體遊戲的轉折點。在與喬兵交往一段時間後，胡穎懷上了喬兵的孩子，這時她看到了身體孕育的是生命，而不再是男女之間簡單的遊戲。這個生命的孕育，最終成爲審視胡穎的力量和對象，成爲胡穎生命的審判者。它使胡穎明白，身體、性不再是人生的最終停泊地，在身體、性之外還有一個超越性的存在。這個生命所需要的，也遠非胡穎身體的歡愉所能承載得起的。喬兵在他與胡穎的嬰兒流產後，也大徹大悟地領悟到生命的意義。他看到了自己的墮落。但是，他認爲，沒有經過身體墮落的震撼而得到的生命意義，是脆弱的，是不堪一擊的，就像他與白小燕的柏拉圖之戀一樣。他說：

> 這是一個被墮落的表象覆蓋的世界，愛在深處的某個地方，在我們重新認識到愛的眞義之前，我們甚至得對罪惡和墮落有深度的體驗，品嘗墮落帶給我們的深深的痛楚，在罪的盡頭愛才會出現，就像潘多拉的那個盒子一樣，希望隱藏在最底層，若不如此，我們所宣揚的和理解的愛都不過是種種幻想而已，它們在沉重的罪惡面前不堪一擊，頃刻之間就會化成碎片，然後——隨風飄散……〔註27〕

在喬兵看來，身體、性是人的生命意義的試金石，沒有它，人生意義是空洞無力的。尙小木經受了胡穎的折磨，後來又經過妓女麗麗的淬火，他最終明白家庭的重要性，主動去承擔家庭責任，履行丈夫的義務。而靠出賣肉體爲生的麗麗，在與之長期保持性關係的老幹部死後，也感到了性放縱後的死亡氣息，感受到來自生命深處的透骨的寒冷。

也許在人們看來，《此人與彼人》最終所表述的，只不過是司空見慣的倫理道德教義。但是，《此人與彼人》所看重的不是小說所傳達的意義，而是這些意義的生成方式。胡穎退出性遊戲，麗麗對自己人生的悲哀，喬兵對人生的領悟，尙小木對家庭的皈依，作爲人生的最終的結果，的確平淡無奇，沒

〔註27〕述平：《此人與彼人》，陳曉明編選《中國超情感小說選》，青海人民出版社，1995年版，第195頁。

有什麼新意。但是述平卻借這些最為熟悉的人生意義，傳達著、思考著決定這些內容的基本力量：身體。此前，這些人生意義的教義，要麼是詩意的、天啓式的、與生俱來的、無法擺脱和不證自明的，要麼是在一定社會倫理的功利性標準下衡定的。但在《此人與彼人》這裏，這一切最終都是那樣與我們貼近。正是身體，也只有身體才是人生意義的著眼點。無論是尚小木的不負責任的推諉，還是喬兵的傷心抑或是麗麗的墮落，抑或是胡穎的遊戲，這些人，最終在身體、性面前，不得不思考人生的意義，重新作出人生的選擇。這裏沒有歷史的規範，道德的教訓，功利的威逼。在身體面前，一切自有其最為根本的評價。身體也因而成為思考人生的一切問題的基點與最後的歸宿。

在這個物質化時代裏，精神已成為稀薄的空氣，《此人與彼人》從身體著眼來思考人生意義這些精神性的問題，它看重的是思考問題的著眼點，而並不在於思考的結果。雖然《此人與彼人》多少帶有理想的色彩，但是，還是給這個墮落的物質世界塗抹上一層溫馨的色調。

在人們的印象中，北村是一位深信烏托邦精神的人，他的寫作在很大程度上是以對「人」的終極性價值的思考為旨歸。但在《強暴》中，我們可以看到北村貼近身體，從身體出發思考「人」的問題。

在進入《強暴》文本分析之前，我們有必要從北村的寫作理路中清理出些進入文本的路徑。身體、靈、魂三個核心話語是我們進入北村小說的關鍵。在北村看來，身體的要求要由屬魂的事物（思想、愛情、理想等）來滿足，靈的要求也只能由屬靈的事物（公義、聖德、光明、信心等）來滿足〔註28〕。在《強暴》中，北村觸目驚心地指出身體、靈、魂三者中身體的重要性。這篇小說中的人的身體狀態與靈、魂二者的存在狀況是緊密相連的。

在小說的開頭，劉敦煌和妻子美嫻是順義街人們羨慕的對象。在人們眼裏，這一對夫妻珠聯璧合，尤其是他們美滿生活的象徵——鋼琴聲，在順義街人們心中猶如教堂裏的音樂，是那樣聖潔而又令人嚮往。但是平靜而美好的生活，在一次事變後便改變了。美嫻在下班的途中被人劫持至小山坡上強姦了。美嫻的身體事件開始改變劉敦煌的生活。他開始疏遠、冷淡美嫻，也不願接近她。這一身體事件開始動搖劉敦煌的靈，他漸漸地對美嫻失去了信心。而讓劉敦煌始料不及的是，他和美嫻之間的愛情也失去了，他再也激不起對美嫻的愛情，他只有在色情畫報——這個沒有靈也沒有魂的物體——的

〔註28〕參見謝有順《不信的世代與屬魂人的境遇》，《作家》，1996年第一期。

刺激下，才能繼續和美嫻之間的性關係。與同事馬玉的偷歡，讓劉敦煌重新找回在美嫻面前的自信。劉敦煌的靈由於美嫻的身體事件而失去，卻在與馬玉的偷歡中又重新找回。他開始喜歡美嫻，也開始和美嫻過正常的夫妻生活。但是，他和馬玉之間的偷歡最終卻被美嫻發現了。這一發現徹底讓他們失去了魂，他們的愛情也徹底失去了。美嫻在外與強姦她的青年相好上了，爾後她又被青年的同夥輪姦。靈與魂的喪失，使劉敦煌和美嫻陷入肉體的狂歡。但是在家裏二人卻無法有身體的接觸。不過小說並不想闡明沒有了靈、魂，身體只是一堆無用的肉體的流俗觀點。事實上，後來美嫻淪爲妓女，在黑暗中，嫖妓的劉敦煌在美嫻的身上，成功地完成了性活動。當劉敦煌與美嫻二人的靈、魂全部都失去了，只有身體的時候，身體與身體的接觸才成爲可能。劉敦煌與美嫻的靈、魂的喪失，由身體的淪喪開始，他們的生命下降過程，也是由身體開始。靈、魂並不能阻擋身體的下滑，事實上，身體的下滑卻拉扯著靈、魂一起下沉，由於身體的消失，靈、魂便一起消失。

北村在《強暴》中並沒有貶抑身體而張揚靈與魂，相反在身體的下降中看到了靈魂的下滑。無論是述平在身體的支點上看到人的希望，重新審視人的全部意義，還是北村從身體洞悉人的全部奧秘，他們只不過想表示，只有從身體這裏出發，我們才可以認識這個時代的人的意義。

最後，身體還是尋找自我的基本依據和最後的歸宿。在相當長的一段時期中，自我只是一個精神的問題，與身體無關。當歷史、意義最終成爲身體的檢測對象時，自我與身體的關聯的問題就不再是虛妄的命題。衛慧的小說《上海寶貝》，開始涉及身體與自我的問題。在《上海寶貝》中，歷史已經缺席，作爲歷史象徵的父輩並不能影響小說中人物的人生。天天的生父在國外已失去，母親嫁給了外國人遠在天涯，母親與天天之間的關係只被金錢維繫。可以說在天天生命的深處，父輩是虛妄的。倪可的父母親雖然健在，但是他們的價值觀並不能影響倪可。在她的心中，父輩的價值觀只是被嘲弄諷刺的對象。《上海寶貝》在歷史缺席的狀況下，探討了人的自我存在的可能。自我存在、自我認同並不是以精神爲對象爲前提。小說中倪可愛上了天天，但是這只是一種純精神意義上的愛情。天天沉溺於幻想、沉溺於藝術，與倪可之間只是純精神之戀，因爲他是個性功能障礙者。但天天的精神烏托邦並不能戰勝身體的困惑。在身體存在的意義上，天天只能依靠吸毒的快感來完成。對天天而言，精神性自我，需要身體的自我來填充、補償。最後，在對性無能的身體的憎惡中，天天離開了人世。對於倪可而言，與天天在一起，是對精神烏托邦的嚮往，這個沉浸於藝術中的男人，是倪可精神最後的依靠；對天天的眷戀，以及對沉浸於毒品中的天天的拯救，是倪可對自我精神的召喚。因爲，「對於我這樣一個年輕女孩而已，詩意的抒情永遠還是賴以生存的最後一道意象。我會用流淚的眼睛看窗前的綠葉，用嘶啞的嗓音唱『甜蜜蜜』，用纖弱的手指抓住時光飛逝中的每一道小小縫隙，抓住夢想流動中的每一個溝坎，抓住上帝的尾巴一直向上，向上」〔註 29〕。

但是，馬克這個德國男人的出現，徹底地擊碎了倪可的精神外殼，這個男人的身體在倪可看來具有無窮的力量。雖然倪可很清晰地認識到，她和馬克之間只有欲望，馬克也無法代替天天在她心目中的地位。但是，倪可卻一而再、再而三地用自己的身體應和馬克身體的召喚。最後天天自殺，倪可不得不面對精神虛無的生活。在這個世界上，歷史已退位，精神也如潮退卻，只有這個異國的馬克的身體擊活著倪可的身體。但是這個身體是否是眞實的？異國對於倪可而言，是自我無法把握和控制的對象。只有身體存在的「我」是一個完整、眞實的自我麼？在小說的結尾，倪可只有這樣問自己：「是啊，我是誰？我是誰？」〔註 30〕

《上海寶貝》描繪了沒有歷史、精神死亡時代的身體困境。當「人」的歷史之維，精神之維坍塌之後，當「人」只有一個眞實的身體之後，這個「人」的全部面目還會眞實嗎？如何給自我一個命名，成爲困惑這個時代的命題。如果說衛慧在《上海寶貝》中還是小心翼翼地探詢身體與自我的關係的話，那麼，棉棉在《糖》中，驚世駭俗地、肯定地指出，要以身體思考人，思考人與人之間的關係，以身體來感知世界。她把身體與自我的關係提昇爲這個時代的嶄新的問題。

在棉棉的《糖》中，身體成了確認自我、探究人生的憑藉。在《糖》裏，「我」對人生的追問寄寓於身體對人生的體驗中。對於「我」來講，沒有歷史，沒有精神，沒有人生的現成答案可以依憑。「我們」這些人過著自娛自樂的生活，不願走進社會，也不知怎樣走進社會。「我」與社會正統價值觀和信仰徹底脫鈎，是一個純粹的「另類」人。從剛剛進入青春期，「我」就成爲一個問題女孩，世界與人生全是陌生的，「我」陷入與世界短路的狀態中，「我」

〔註 29〕衛慧：《上海寶貝》，春風文藝出版社，1999 年版，第 178 頁。
〔註 30〕衛慧：《上海寶貝》，春風文藝出版社，1999 年版，第 264 頁。

開始不相信所有人的話，除了吃進嘴裏的東西，「我」覺得沒有什麼可以相信的。「當我不相信一切，我就完了，而在 16 歲時就他媽的完了。奇怪的日子到來了。我的聲音由於激動而變得越來越嘶啞。對著鏡子或桌子隨時隨地玩著自己的身體，我並不是想瞭解，我只是想自己跟自己玩。」〔註 31〕

對於「我」而言，只有自己的身體及自己身體所能感知的東西才是最爲眞實的，除此之外，沒有什麼可以不經過自己身體體驗就可相信的事。「我」以後的人生因而成爲用身體來體驗人生的酸甜苦辣之旅。

「我」曾經和賽寧相愛多年，在與他相愛的歲月裏，「我」承受著賽寧的不忠與乖張，但是對賽寧的愛一直是「我」多年的堅守。有一次「我」聽到賽寧已死的傳聞後，「我」沾上了毒品、酗酒，爲賽寧的死，「我」差點還貼上了自己的性命。在對賽寧的思念中，「我」飽受病痛的折磨。但是，幾年後賽寧又重新出現了，原來賽寧的死竟是謠傳。經受這次心靈的折磨，「我」無法再激起對賽寧的愛。「我」曾想做一名賢妻良母，好好地把自己嫁掉，也有過這一生中的唯一的一名未婚夫，但是，這個男人的死，讓「我」成爲這起兇殺案的嫌疑犯。「我」的人生因而成爲失控的人生。當這一切成爲過去後，「我」驚訝地發現，原來所相信的，所堅守的竟是如此不眞實。

賽寧與「我」的經歷讓「我」對愛情產生了深深的懷疑，愛與性高潮之間到底是什麼關係，成爲「我」諦聽生命的關鍵。與賽寧相識不久，「我」曾把聆聽賽寧愛的誓言的感覺當作幸福當作「高潮」。後來，「我」與其它男人的身體接觸，才發現所謂幸福、所謂高潮並不是什麼精神性的體驗。「我」聽到男人說「我愛你」都是在射精的時間〔註 32〕。在身體與愛之間，「我」發現男人依戀的不是愛，而是物質性的身體。

在選擇了一個絕對不愛「我」，「我」也絕對不愛的人作爲性夥伴時，「我」找到了高潮，這一次讓「我」對以往的人生徹底失望了。「我」領悟到了，也明白了，只有自己的身體才是最可以相信的，「我」開始相信「我」的身體，「我」最相信「我」自己的身體，無限的生機隱藏在「我」的身體裏〔註 33〕。衡量人與世界的關係的關鍵就在於身體。在對身體的諦聽中，「我」自己在練習分清什麼是愛，什麼是愛人，什麼是朋友，什麼是有性關係的朋友。

〔註 31〕棉棉：《糖》，中國戲劇出版社，2000 年版，第 18 頁。
〔註 32〕棉棉：《糖》，中國戲劇出版社，2000 年版，第 138 頁。
〔註 33〕棉棉：《糖》，中國戲劇出版社，2000 年版，第 144 頁。

對於棉棉而言，身體絕非僅是肉體，身體之外的世界和身體絕非斷然為二的，在身體與客觀世界，身體與人，身體與「我」自己之間的全部聯繫都蘊藏在身體之中。《糖》描寫了「我」失控的人生與努力的人生，最後都成為不真實的背景。對於「我」而言，只有身體最為真實，擁有身體就能擁有自我與人生的全部意義的可能。所以，對於「我」來說，聆聽身體，與探討真理，追求自我沒什麼差別。「無數次乏味的努力，在我自己的浴缸裏，我和我身體一起在月光下，好像只要我們在一起，就算失去了全世界，我們起碼還擁有對方。我的身體冷漠而脆弱，我想如果有一天我可以不靠男人到達高潮，我一定會大哭一場。」〔註 34〕於是在「我」這裏，人生的全部意義，人與世界的全部關係轉化為「我」與身體的關係。

身體浮出歷史的地表標誌著，在 90 年代，對人的關懷從先驗的價值中走出，對人的自我關懷的視點開始下移。我們絕不能否認身體存在的價值。身體的出場表明，一切外在於人身體的價值、意義，以及它們存在的合理性的判斷標準都是身體。這種趨向粉碎了虛無的、飄渺的精神對人的規範與束縛。

第三節　金錢與身體

如果我們把 90 年代的身體作為對人的關懷的基礎，那麼我們在討論這個時代裏的人面臨的困境時，也必須從身體出發。在 90 年代，身體不只是簡單的物體，它是生命的存在，它是人存在的標誌，它是生命的全部，包含了人的肉體和人的精神。因此，人的淪喪，不是外在於人的價值、意義的去勢，而是作為生命的身體淪為物，成為消費社會的物體系中的一個構件，一個功能。90 年代小說一個十分重要趨勢，就是表現當對金錢的追逐成為這個時代的主題時，物質社會中人的心理結構與心理特徵。它所要表達的基本主題是：身體成為金錢構造的消費社會機器的一部分，人作為生命的存在意義被取消，在金錢面前，成為金錢發揮功能的中介、載體與對象。

在中國現代小說史上，對金錢的表現大致經歷了三個不同的時期。第一個時期是以《子夜》為代表的政治表現模式時期。在《子夜》中，金錢是政治符碼，是相關階級的特徵，也是一個階級控制另一個階級的工具。佔有金錢體現為一定階級的本能。這種對金錢的表現一直延伸到 80 年代初的小說

〔註 34〕棉棉：《糖》，中國戲劇出版社，2000 年版，第 212 頁。

中。在張賢亮的《靈與肉》中，在許靈均眼裏，金錢同樣具有階級的色彩，在他看來，到美國去繼承父親的事業，就是去擁有資產階級的金錢，是對祖國的背叛。這篇小說以《靈與肉》命題，以肉對應金錢，已經顯示了金錢與肉體的緊密關係，這一關聯在 80 年代文學中得到繼續的體現。在 80 年代初期，由於金錢是資產階級的代名詞，個人追逐金錢在一定意義上是對資產階級生活方式的嚮往，因而是不合法的。這種境遇的變化，在《黑娃照相》中才得以改觀。在這篇小說中，金錢對個人而言是解放性的力量，也是一個民族的合理性的追求。因而在小說中，我們可以看到個人對金錢的追求是被提倡的，受到鼓勵的。由於得到主流意識形態的許可，金錢的合法性得到認可。在小說史上，這篇小說對金錢的描寫的變化，是個轉折點。

第二個階段，是在 80 年代中期的新寫實小說中，金錢由階級的本能、國家的意願變爲個人性的。在前一個階段中，金錢總與一個龐大的主題相連。而在這一時期，金錢開始與個人的日常生活相聯繫。在《一地雞毛》《太陽出世》中，金錢成爲個人生活中不可或缺的物質符碼。在《一地雞毛》中，讓小林感到尷尬的是缺錢，因而缺乏物質。於是，偷水、與保姆的糾葛等人生難堪場面常會出現；而讓小林感到生活有滋味的是，由於保姆被辭退，節省出來了部分錢；有人給他送禮，物質也充實了。在《太陽出世》中，在趙勝天那裏，金錢則與女兒的生活緊密相關：沒有錢只能吃質量差的奶粉，有錢就可以吃好質量的奶粉，而奶粉的質量的好壞對於女兒的影響又是那樣巨大而明顯。

在上述兩個階段，金錢對於人而言，只是方式、手段，而在第三個階段，金錢開始上陞爲目的。金錢成爲人的目的，這是 90 年代小說獨有的主題。在這一階段，由於金錢成爲人的目的，身體與金錢的關聯的描寫就成了這一階段小說表現的中心主題。何頓的小說標誌著在 90 年代小說對金錢的描寫達到了一個嶄新的階段。在他的小說中，對金錢的攫取是人的唯一的價值追求。這些人從精神、知識高塔上走下，開始認同金錢的價值。《生活無罪》中的曲剛認爲:「世界上錢最大,錢可以買人格買自尊買卑賤買笑臉，還可以買殺人。」鄧和平不安心工作，把對金錢的追求與佔有視爲個人最大的魅力（《弟弟你好》）。《只要你過得比我好》中的何強的人生信條是：「現在這個社會只談兩件事，談錢玩錢，人玩人。」《我們像葵花》中的人物的人生追求歸結爲一句話：「要心懷大『財』，發狠搞。」這些小說敘寫了人追求金錢的欲望，在這種欲望的支使下，他們放棄了原來的理想、知識，在社會中過著追逐金錢的欲望生活。但是，在何頓的小說中，金錢是作爲個人價值實現的途徑，它與身體還沒有發生關係。當然，他的小說也寫到了金錢與女性身體之間的關聯，但是在這裏，金錢與身體的聯繫還不是小說表現的重點，它只是作爲男性擁有金錢的一種價值體現方式。而在朱文的《我愛美元》（1995 年）中，金錢與身體的關係則發生了根本性的變化。在這篇小說中，金錢與身體之間的交換關係最終確立，人的倫理道德觀念完全崩潰。父親順道來看望兒子，兒子找人陪父親看電影，爲父親找妓女。父子之間的倫理界限完全消失。正是這樣，金錢與身體之間才能以物質的關係交換。《我愛美元》中的金錢多少與得到女性的身體的程度直接相聯繫。沒有錢就意味著得不到異性的身體，甚至在「我」和與「我」長期保持身體接觸的王晴之間，也只存在著金錢的關係。當「我」爲父親找妓女，因錢不夠，希望王晴和父親睡覺時，遭到了她的拒絕。《我愛美元》標誌著，在以金錢爲價值中心的社會中，金錢無可避免地要與身體發生關係。如果說，在《我愛美元》中身體與金錢的關係具有擺脫倫理道德的解放功能，那麼，在隨後的許多作品中，當身體落入了金錢邏輯的魔掌，成爲金錢的忠實隨從時，身體的解放功能隨即消失，取而代之的是身體的淪喪，它意味著，考察這個時代的人的生存困境的獨特方式的降臨。

在許多小說中，金錢成爲個人追逐的目的後，導致了人的心理與價值的偏離。正如西美爾在談到貨幣由方式成爲目標後所談到的一樣：

> 從來沒有一個物體擁有價值惟獨是因爲它作爲手段的性質，因爲它可以轉換爲更多確定的價值，它徹底而毫無保留地發展爲一個心理學的價值絕對物，發展爲統治我們實際意識的一個相當引人注目的最終目的……貨幣本質的內在二極性在於它是絕對方式，從而在心理學上成了許多人的絕對目標。〔註 35〕

在金錢成爲人的最終目的後，身體成爲金錢價值系統中的一個環節，身體沉溺在金錢的芳香中，這意味著，人開始沉淪了。在 90 年代小說中，人的淪喪主要表現爲身體的淪喪。身體的淪喪在 90 年代小說中主要有三個層面，首先是作爲生命整體的身體，由於精神維度的塌陷，淪爲物；其次，由於身體淪爲物，它緊接著成爲金錢主宰的社會邏輯中的交換對象，生命功能蛻變爲交換功能；最後，身體成爲經濟社會系統中的符碼，成爲抽象的功能構件。

〔註 35〕西美爾：《貨幣哲學》，華夏出版社，2002 年版，第 232 頁。

張欣的小說形象地再現了身體淪爲物的第一步：人的身體之外的價值、準則紛紛被金錢打碎。在張欣的小說中，愛情、友情、公義等等都被金錢打敗。她的小說《愛又如何》描繪了這個被金錢主宰的時代的典型景象。可馨和沈偉本是一對恩愛夫妻。但是他們的愛情在可馨辭職後受到極大的威脅。女兒天宜因她的辭職公費醫療沒有了，僅有的積蓄都流向了醫院。可馨只得進一家編輯部打工，爲了賺錢，她還把夜晚——這個屬於夫妻倆的時間——都用來寫稿，疏遠了丈夫。這時，丈夫的父母搬來一起住，公公又突發腦溢血。在這個關頭，金錢成了這個家最需要的東西。沈偉漸漸與可馨疏遠，每夜晚歸在外當車夫，又不作任何解釋，以至夫妻感情裂痕漸漸增大。歸根結底，是金錢離間了沈偉與可馨間的愛情。爲寫稿，可馨與沈偉分居；因誤解，可馨拒絕與沈偉的身體接觸。在愛宛那裏，金錢與愛情則是另一種闡釋模式。愛宛早年與一供銷員相愛，當供銷員成爲煙老闆後，提出以替愛宛承包商場作風險擔保爲代價，解除了與愛宛的婚約。愛宛獨自支撐，成爲事業的成功者。愛宛看上了一臉詩人氣質的拜倫。但是倆人之間並不存在眞正的愛情，而只是建立在需要基礎上的金錢關係。對於愛宛而言，她的愛情早已死去，她只是需要拜倫的所謂詩人氣質，哪怕這只是一個假象。因爲，她並沒有斷絕與煙老闆的關係。拜倫只是喜歡愛宛的強悍，需要愛宛的金錢。而有了金錢的拜倫則在外租房，與其它女人同居。

《愛又如何》不僅表現了愛情的虛幻，而且還表現了地位、身份的虛無。沈偉雖然是宣傳部幹部，是哲學研究生，但是爲了金錢，他不得不同其它車夫一樣與乘客砍價。菊花早年本是可馨的保姆，但是可馨並沒有身份的優越感，倒過來，她卻爲有錢的菊花辦事，從中分紅。

《愛又如何》表現了人的價值與金錢價值相抗衡的過程。在以金錢爲中心價值的社會中，人的其它的一切價值已漸漸淡化。「貨幣價值作爲唯一有效的價值出現，人們越來越迅速地同事物中那些經濟上無法表達的特別意義擦肩而過。……生活的核心和意義一再從我們手邊滑落。」〔註 36〕金錢打碎了身體之外的一切價值。在金錢成爲中心價值的社會裏，人能眞實地觸摸到的只有身體。對於愛宛而言，拜倫的詩歌是否能讀懂，他是否眞的浪跡天涯，這一切本來就是虛幻的，所以愛宛並不想從可馨那裏聽到拜倫的眞實情況。

〔註 36〕西美爾：《金錢、性與現代生活風格》，劉小楓編，顧仁明譯，上海學林出版社，2001 年版，第 8 頁。

對於拜倫而言，他與愛宛保持身體接觸，只是想從愛宛那裏換取到金錢。所謂愛情，所謂詩歌，只是他用來交換金錢的一種價值符碼。雖然在愛宛那裏，他是詩人，浪漫的流浪者，但是在他自己租住的房子中，他是個與女性同居者，是黃色小說製造者。在拜倫看來，身體只是作為交換的物出現的，從而實現了身體成為貨幣的交換價值的第一步。

緊隨張欣之後，邱華棟在小說中表現了身體怎樣由生命體蛻變為物，進一步展現了金錢向人身體的逼近。在他看來，身體是人存在的全部憑證。身體成為物，實質上是人的淪喪，也是人性的失敗。《環境戲劇人》表現了身體這個物質的抵抗者的死亡。《環境戲劇人》的主要情節是「我」為了創作一個環境戲劇尋找合作者龍天米。但龍天米卻一直沒有出場，她是「我」尋找的對象。「我」的尋找過程實際上演繹了龍天米在男人圈裏漂移的歷史，也是對物質世界摧毀龍天米的過程的揭示。「我」尋找龍天米，是想用我們此在的身體演繹環境戲《回到愛達荷州》。小說中的愛達荷州，象徵著理想，也是身體最終意義的指歸。在「我」看來，身體是對抗物質社會的武器，身體停泊著關於人性的全部意義，正是這樣，小說一而再，再而三提到各種環境戲。但是以身體抵抗物質世界的努力失敗了。當「我」企圖尋找到龍天米、提昇龍天米的身體的時候，物質世界卻一步一步地拉攏著龍天米。「我」在尋找龍天米，而龍天米卻在尋找讓她懷孕的男人。「我」尋找著身體及身體的意義，而龍天米尋找的是身體生理變化的原因。最後，身體的意義輸給了物質世界的拉攏，龍天米死去了。「我」的環境戲最終失敗了。

對身體及身體之上的意義的尋找，是邱華棟尋求、確立人的全部努力。他的小說力圖挽救在物質世界下沉的身體。但是物質世界還是讓身體無法回歸到人的價值之上。最終這個身體常常徹底地成為物，並被物掩蓋、被物利用。

《時裝人》是邱華棟小說中極有意義的一篇。這篇小說極具意味地再現了現代物質社會生活中人的生存狀況。小說的情節極為簡單。概而言之，即是一隊時裝表演隊被大猩猩所襲，大猩猩先後殺死了四名時裝人，最後被警察打死。在小說的深層意義上，是從身體著眼考察這個時代的人的生存狀況：人淪為動物。在時裝人身上，傳統意義上的服飾被時裝代替，隱喻著身體受理念約束的歷史的終結。在傳統社會，理念及文化制度規定一個人的身份，是人的全部含義。而在時裝表演中卻不是這樣，是人的身體決定時裝，服飾受制於身體。傳統社會中，理念對於人而言，是身體的服裝；而在現代社會中，時裝使理念失去了永久性，受制於身體，經常變換成爲時裝的特色。但是時裝的變幻性及其對感官的刺激，在一定程度上又剝離了身體。這個變幻的、刺激的時裝最終掩蓋了身體，遮蔽了身體。使從理念世界中解放出來的身體再次受到易逝性、刺激性的制約。這樣身披時裝的人「成了流動的人，面具的人，靈魂外化的人，不確定的人，包裝的人」〔註 37〕。在邱華棟那裏，時裝「人」由於過分依賴時裝，最終又陷入了非人的狀態，正是這樣，大猩猩才一次又一次攻擊時裝人，剝其時裝，穿在自己身上。邱華棟的觀點很明確，被物所遮蓋的身體只是動物的身體，它不是人的。人的身體在這時已蛻化爲物。

在身體蛻化爲物之後，它進一步地成爲金錢邏輯體系中的中介，成爲金錢的交換價值實現的一個環節。邱華棟的小說十分鮮明地表現了這一主題。在他的小說《生活之惡》中，眉寧發揮了身體與金錢的交換功能，她用貞操換得了一套三室一廳的房子。在她眼裏，人其實是物質的，因而貞操也是物質的，用貞操與三室一廳房子交換，她認爲是值得的，這個房子她需掙十年的錢才能買到。但是在這個交換鏈上，這才是第一步。在這一步，眉寧是自己賣掉了自己，而在整個交換鏈上，她最終被一個叫何維的男人發給了另一個男人。

《手上的星光》中的林薇，這個從鄉村走來的歌手，在城市，一度窮得連房租也交不起。隨後，她把身體作爲交換的資源，與娛樂圈不同的人進行交換，最後成爲一位成功人士，出了唱片，演了電影。廖靜如是個潦倒的畫家，在她成了楊笑的情人後，成爲一名走俏的畫家。但是，爲了獲取更大的成就，爲了賣出更多的畫，她嫁給了畫廊經理；而爲把自己的畫賣到美國，她又把畫廊經理給甩了，嫁給了一個紐約派詩人、畫家，到美國去了。

眉寧、林薇、廖靜如等人對金錢的追求，對物的追求使她們的個性精神潰退，最終導致身體的淪喪。身體淪爲交換的物品，成爲具有交換價值、使用價值的物。這是邱華棟小說的一個十分重要的主題。他的小說進一步展示了人與物質世界的遭遇：在這個世界上，人最終蛻變爲符號。其精神性存在維度，在這個物質的海洋中，進一步成爲一個沒有任何實存的符碼。這也是 90 年代小說的另外一個主題。

〔註 37〕邱華棟：《把我捆住》，中國華僑出版社，1996 年版，第 205 頁。

《直銷人》敘寫了一個人被物所包圍的心靈體驗。直銷人先後給「我」家裏裝上了攝像機、電視機、淋浴器等物，最後，「我」太太居然在家裏裝上一張床，這是一張奇特的床，即使「我」出差，太太也能有「我」在家一樣的感受。「我充分感到非常荒謬，一張有奇特功能、讓人做美夢的床就能替代丈夫。以至我不得不發問：我是可以被人替代的，我還有意義嗎？我只是一個符號，一個象徵，一種位置，一種配置嗎？」〔註 38〕在人與物之間，人被物所規定、引導、制約，人的一切特性都被取消。人成了一個空洞無物的能指，一個起區別性的符號。

在《公關人》中，「我」的朋友 W 是一個公關人，在他從事公關後，「我」感到他已喪失了一個人的豐富性，他的身體不再是他作爲人的標誌性存在。小說這樣敘述從事公關後的 W 的印象：

> 我忽然發現，無論我如何去想，我都記不起來 W 的面孔來。就像 W 一樣只成了一個符號，我發現他好像已沒有十分鮮明的特徵了，就如同他的姓氏 W，可以是吳王魏衛任何一個。這幾年他的公關人生涯已將他變成了一個橡皮泥似的人物，遇見什麼樣的人他就成爲什麼樣的人。〔註 39〕

在公關生涯中 W 感到了商品社會對人的擠壓，對人的豐富性的掠奪。在以金錢爲價值標準的時代，人的身體的淪落，成爲人的最大的悲哀，人的身體最終被金錢擠壓成爲面具，W 這樣敘述他作爲一個公關人的人生：

> 我自從當了公關人，才眞正開始同人打交道。原來我是一個沉溺於內心、認爲時間是凝止不動的人，可是，我後來發現一切都在迅速的發生著變化。我一共與一萬八千多人有過公關接觸，這一點，在三年的公關人工作中我統計過。後來我就突然對研究人發生了興趣。在內心之中我把他們歸類整理。可最近得出的結論卻是：人是貧乏的，人的肉體是讓人厭棄的，人的靈魂沒有固定的面孔，只有面具才眞正能顯現出當代人的靈魂。〔註 40〕

在眉寧及同行者那裏，個人的身體是金錢交換價值實現的中介，人性的維度讓位於金錢的價值功能；如果說在《生活之惡》《手上的星光》中，眉寧

〔註 38〕邱華棟：《把我捆住》，中國華僑出版社，1996 年版，第 226 頁。
〔註 39〕邱華棟：《把我捆住》，中國華僑出版社，1996 年版，第 209 頁。
〔註 40〕邱華棟：《把我捆住》，中國華僑出版社，1996 年版，第 215 頁。

們的身體是以物的形式淪爲金錢的中介，那麼，在《直銷人》中，「我」在金錢的威逼下，萎縮爲金錢所構築的社會體系中的一個功能與構件，在《公關人》中，「我」的朋友 W 作爲人的豐富性完全喪失，成爲以金錢爲唯一追求的社會體系中的一個漂浮的符號。總之，在以金錢爲唯一價值目的的社會邏輯中，身體最終被抽象爲經濟社會中的一個符碼，在金錢的強大功能體系中，身體成爲這個體系的一個構件，爲這個體系最大限度地攫取財富服務，人，連同身體，不可避免地成爲金錢的忠實的效命者。這才是 90 年代人所面對的最大的生存困境。

如果說，在中國小說史上一個相當長的時期內，金錢與身體二者並沒有構成壓制性力量的主體與客體，那麼，在 90 年代，這種情況則發生了根本性的變化。當金錢成爲社會的主宰力量的時候，人因爲身體的消失而面目模糊。據約翰・奧尼爾的考察，在歷史上相當長的時期中，人類以身體爲模型構想自然與社會：「人類首先是將世界和社會構想爲一個巨大的身體。以此出發，他們由身體的結構組成推衍出了世界、社會以及動物的種屬類別。」「我們的身體就是社會的肉身。」〔註 41〕但是在金錢成爲統治力量的現代社會，國家、社會、家庭的設想，開始發生變更，人們更青睞抽象可計算的測量之物，如數據、線條、符號、代碼、指數等等。身體喪失了構想自然和社會藍圖的意義，在這樣的社會裏，「人的每一種生理、精神和情感的需求最後都將被物化成化學物質或職業服務。」〔註 42〕因而，人的身體最後淪喪爲經濟軌道中運行的分子。在一定意義上講，在金錢成爲統治力量的社會中，「人」的精神的喪失還不是根本性的問題，最重要的是，人的身體在經濟的邏輯力量下被壓製成爲抽象的社會法則。因此，在考察 90 年代的文學時，考察身體的變遷、身體的現狀，成爲考察「人」的生存狀況的最佳著眼點。

第四節　身體：女性主體意識的建構

自 20 世紀 70 年代末以來，中國女作家的文學創作取得了長足的發展，成爲近二十年來中國文學中最亮麗的一道風景線。但是，在 80 年代的文學創

〔註 41〕約翰・奧尼爾：《身體形態——現代社會的五種身體》，張旭春譯，春風文藝出版社，1999 年版，第 10、17 頁。

〔註 42〕約翰・奧尼爾：《身體形態——現代社會的五種身體》，張旭春譯，春風文藝出版社，1999 年版，第 15 頁。

作中，女性作家的性別意識往往消融在社會意識之中。即使在以女性的身體作爲表現的主體的一些女性小說中，如王安憶的「三戀」、鐵凝的《麥秸垛》等作品，女性的身體與性仍然只是作爲生命意識的形式，作爲文化批判、文化審視的對象出現的。而在其間失去的，是女性自身的性別意識，女性主體意識被遮蔽。

因此，90 年代以前的女性寫作，展現的是被監視、被禁制的女性身份。在監視中，在禁制中，女性是無法確立女性主體的，這正如福柯所言：「用不著武器，用不著肉體的暴力和物質上的禁制，只需要一個凝視，一個監督的凝視，每個人就會在這一凝視的重壓之下變得卑微，就會使他成爲自身的監視者，於是看似自上而下的針對每個人的監視，其實是由每個人自己加以實施的。」〔註 43〕女性被歷史、文化規定著，也即被歷史與文化秩序監視著，無法越出疆界。在監視中，女性順從著這種歷史與文化秩序，最終也失去了自己。

90 年代以來，女性作家的寫作開始發生了根本性的變革，女性作家的小說文本迥異於歷史上的女性小說文本及同時期男性作家的小說文本，表現出特有的姿態。這時期的女性小說開始書寫自己，把自己鑲嵌在文本中。女性小說家把女性寫進文本的一個鮮明的特徵是：女性小說文本關注的不再是社會政治、社會精神症候，而是自己的身體。正是身體的介入，使 90 年代女性小說文本發生了革命性的變化：女性主體意識在覺醒。女性小說對身體的關注及描寫標誌著，女性小說進入了新的歷史階段。

以林白的《一個人的戰爭》陳染的《私人生活》爲典型代表的女性寫作，以其突兀的特徵彰顯了這個時期的女性寫作的現象、意義和價值。這就是，她們以寫女性自己的身體爲突破口，建構起女性主體的自我。這一鮮明的女性寫作特點，成爲女性小說獨特的文學史意義。

在父權居於統治地位的社會文化中，女性的身體及其欲望始終是處於男性目光的監視與需求之中的。瑪麗·伊格爾頓這樣看待女性的身體與欲望，她說：「女性欲望，婦女的需求在陽性中心社會中受到極端的壓抑、歪曲，對它的表達成了解除這一統治的重要手段。身體作爲女性的象徵被損害、被擺佈，然而卻未被承認。身體這萬物和社會發展的永恒源泉被置於歷史、文化、

〔註 43〕轉引自李銀河，《女性權力的崛起》，中國社會科學出版社，1997 年版，第 127 頁。

社會之外。」〔註 44〕由此看來，從身體入手，展開女性小說敘事，無疑具有重新樹立被貶抑、被禁錮的女性自我的功能。對此，法國女權主義文學理論家埃萊娜·西蘇有過集中明確的論述。在西蘇那裏，身體既是女權主義政治批判男性中心主義的焦點，也成了女作家重新認識世界、認識他人與體驗自身、表述自身的重要媒介。在《美杜莎的笑聲》《齊來書寫》等論著中，西蘇明確指出:「我個人而言，我以身體書寫小說。……我緊依身體和本能書寫……以身體構成文本」，「婦女必須通過她們的身體來寫作，她們必須創造無法攻破的語言，這語言將摧毀隔閡、等級、花言巧語和清規戒律」〔註 45〕。在西蘇看來，女性的身體並非僅僅是肉體，它蘊含了豐富的女性生理、心理、文化信息，它既是人的生理屬性又是人的社會屬性的呈現者。女性身體是女性生命的豐富載體，是生命體驗的領域，也是生命體驗的媒介。用身體書寫，是指用一種關於身體的語言去表達女性身體對抗邏各斯中心主義的全部體驗，在本質上，它是一種解放等級森嚴的男女二元對立的文化策略，以身體全部鮮活的體驗作爲表現女性的生命內容。

90 年代女性小說的身體寫作姿態對男性邏各斯的反叛，首先體現爲女性從男性社會關係中逃離，回歸到女性自身。這爲女性開始諦聽自己的身體提供了必不可少的前提。因而逃離成爲女性小說寫作的一個重要主題，它也是走近身體的一個十分重要的步驟。

林白的《一個人的戰爭》中，多米是一個逃跑主義者，她最終從男人的世界中逃離了。多米曾經是一個專注於自己身體的人，那時她在身體的自我撫摸中體會到自己作爲一個女性的存在；但在「傻瓜的愛情」中，多米由於渴望男性而跌入命運的深淵。多米強烈地幻想在男人中確證自我，這種想法注定了多米的失敗。她說:「認識 N 的時候我三十歲，這是一個充滿焦灼的年齡，自二十五歲之後，我的焦慮逐年增加，生日使我絕望，使我黯然神傷，我想我都三十歲了，我還沒有瘋狂地愛一個男人，我眞是白白地過了這三十年啊！」〔註 46〕多米的失敗之處在於她喪失了自我，把一個豐富的充滿生命意識的身體降爲物，以男人對女性身體的標準來取代女性主體意識。「我無窮

〔註 44〕瑪麗·伊格爾頓:《女權主義文學理論》，胡敏等譯，第 359 頁，第 39 頁，湖南文藝出版社 1989 年版。

〔註 45〕瑪麗·伊格爾頓:《女權主義文學理論》，胡敏等譯，第 359 頁，第 39 頁，湖南文藝出版社 1989 年版。

〔註 46〕林白:《一個人的戰爭》，江蘇文藝出版社，1997 年版，第 207 頁。

無盡地愛他，盼望他每天都來，來了就盼望他不要走，希望他愛我。其實我跟他做愛從未達到高潮，從未有過快感，有時甚至還會有一種生理上的難受。但我想他是男的，男的是一定要的，我應該做出貢獻。」〔註 47〕在這裏，多米回到了男性價值中心，把自己的身體當成別人的物。當「我」把身體奉獻當作「我」的義務時，「我」的不幸就難免來臨。「我」企圖用婚姻來捆住 N，以維持我們的關係，甚至到了後來，爲了他，「我」還打掉了腹中的孩子。但是多米在男性價值系統中確證自我的嘗試，最終還是失敗了。她開始逃跑，從男性價值中心逃離。這次逃離，在一定意義上是多米對自己的拯救，她嘗試重新找回當年的自己。但是，在對男性的幻想中，多米失去的太多，剩下的身體已骨瘦如柴。當多米從男性那裏逃離出來，決定自己嫁給自己時，她這時才重新擁有自己的身體，擁有自己。在《一個人的戰爭》中，林白其實在講述一個女人只能回歸身體，才能擁有自我的故事，因而她這樣來給「一個人的戰爭」下定義：「一個人的戰爭意味著一個巴掌自己拍自己，一面牆自己擋住自己，一朵花自己毀滅自己。一個人的戰爭意味著一個女人自己嫁給自己。」〔註 48〕在小說的結尾，多米終於找到自己，回到自己的身體，在自己的身體中，她重新成爲了一個女人。

女性的逃離，歸根結底是女性從男性眼光中走出，用自己的眼光來看自己。這個眼光的替代物在女性小說文本中，常常是鏡子。鏡子是女性對自身的確證。在男權社會，女性的身體從屬於男權文化之眼，女性的一切價值之源不是女性自己，也不在女性的身體本身，男權文化規範了女性的一切。在男權社會裏，男性的眼睛才是女性的價值之源。在 90 年代女性小說文本中，當女性面對鏡子，從鏡子中看到自己的身體時，她不是以從屬地位的身份，而是以主體的身份，在感知自己，在思維自己。這時的她，既是感知的主體，又是思維的主體，同時還是話語的主體。鏡子對男性目光的替代，暗示了女性以主體的姿態開始出現在男性面前。陳染的《與往事乾杯》中，肖濛拿著一面鏡子認識女性的身體。在《無處告別》中，黛二小姐在鏡前審視著自己：「她把手在自己弱不禁風的軀體上撫摸了一下，一根根肋骨猶如繃緊的琴弦，身上除了骨架上一層很薄的脂肪，幾乎沒有多餘的東西，然而一雙飽滿

〔註 47〕林白：《一個人的戰爭》，江蘇文藝出版社，1997 年版，第 211 頁。
〔註 48〕林白：《一個人的戰爭》，江蘇文藝出版社，1997 年版，第 225 頁。

的乳房卻在黛二小姐瘦骨伶仃的胸前綻開。」〔註 49〕在男性的眼光中，瘦骨伶仃的黛二絕對不可能是美的。然而，正是鏡子，讓黛二小姐在自己的身體上看到了美。《私人生活》中「禾寡婦的房間，在我的記憶中始終有一種更衣室的感覺，四壁鑲滿了無形的鏡子，你一進入這樣的房間，就會陷入一種層見迭出，左右旁通的迷宮感」〔註 50〕。鏡子對於禾寡婦來說，是自己的另一半，在她寡居的日子裏，正是鏡子讓禾寡婦自己獨立成爲一個封閉而又安全的世界。在《一個人的戰爭》中，鏡子具有極其重要的意義，它與多米的生命具有神秘的聯繫。在多米幼年時，鏡子是多米的想像：

想像與眞實，就像鏡子與多米，她站在中間，看到兩個自己。

眞實的自己，鏡中的自己。〔註 51〕

鏡子使多米的幻想在一定程度上得以實現，它使多米認識到了自己。鏡子因而成爲象徵，成爲多米發現自己、實現自己的儀式中不可缺少的物品。如果說幼年時的鏡子是幻想的實現，是多米的身體成爲自己的身體的一種可能性；那麼，當多米長大後，獨居者梅琚的房間裏的鏡子則是對多米命運的一種啓示、一種召喚，它像深淵等待著多米的來臨。當多米來到梅琚的房間，她這樣描寫這個房間：

鏡子很多。

一進門正對著的牆上就是一面半邊牆大的鏡子，如同劇場後臺的化裝室。

落地的穿衣鏡。

梳妝鏡。某個牆角放著巴掌寬的長條鏡子。〔註 52〕

梅琚這個女人年齡大約在四十到五十之間，容貌身材都保養得很好。她獨身居住，她是她自己的。對梅琚來說，鏡子是自己人。當站在房子中間，梅琚感到有許多雙眼睛看她，通過鏡子，她不感到孤獨，也不需要別人的眼睛來看自己。鏡子使梅琚自己擁有自己的身體，使自己擁有自己的生命。梅琚房間的鏡子曾召喚多米去擁有自己的身體。但是那時的多米，不可能聽到鏡子的召喚，她沒有在鏡子中留住自己。她走了出來，與男人戀愛，把自己

〔註 49〕陳染：《無處告別》，時代文藝出版社，1993 年版，第 45 頁。
〔註 50〕陳染：《無處告別》，時代文藝出版社，1993 年版，第 56 頁
〔註 51〕林白：《一個人的戰爭》，江蘇文藝出版社，1997 年版，第 22 頁。
〔註 52〕林白：《一個人的戰爭》，江蘇文藝出版社，1997 年版，第 109～110 頁。

的身體交給了N。當多米失望後，從N處逃離時，她已經骨瘦如柴，她失去了青春，失去了自己。逃到北京的多米已經失去了靈魂。在地鐵口流浪的多米，遇到了梅琚，她把多米帶回了自己的家。在梅琚的家中，多米重新看到了鏡子：

> 梅琚家中的鏡子依然如故，仍是那樣地布滿了各個房間，面對任何方向都會看到自己。多米在這樣的房間裏心裏覺得格外地安寧，一種多米熟悉的青黃色光從鏡子的深處逶迤而來……她想這種布滿了鏡子青黃色光線的房間也許正是一種特別的時光隧道，只要心會念咒語，就能到達別的時光中。〔註53〕

歷經磨難的多米，這時才從梅琚房間的鏡子中領悟到，把身體交給別人是失敗的。從鏡子中，她發現了找回自己的可能，當年鏡子對多米的召喚，多米現在聽到了。當梅琚房間的鏡子把多米帶到走向自己的通道後，多米在鏡子中發現了重新找到自己的可能性：

> 這個女人在鏡子裏看自己，既充滿自戀的愛意，又懷有隱隱的自虐之心。任何一個自己嫁給自己的女人都十足地擁有不可調和的兩面性，就像一匹雙頭的怪獸。〔註54〕

在鏡子中，多米看到了自己嫁給自己的可能，也看到了自己重新回到自身的可能。在鏡子中，她重新完成了自己，也重新回到了自己的身體當中。

女性從男性社會中逃離之後，在「鏡子」的召喚中，女性找回了自己的身體。女性在鏡子中，發現了自己身體的無窮魅力。當女性發現自己的身體時，女性的身體不再屬於男人，只是女性自己的。沒有了男性，女性從女性那裏發現了身體的美。這誠然具有同性戀傾向，但的確是女性對女性自身自然化的表現，是把女性從男性的規範權力中解放出來的方式與途徑。對此，瑪麗・伊格爾頓有過精闢的論述：「女同性戀的存在，不是作爲一種『性選擇』或『另一種生活方式』，甚至不是作爲少數人的選擇，而是一種對統治秩序的最根本的批評，是婦女的一種組織原則。」〔註55〕在女性小說文本中，表現女性從男性眼光中走出來，發現和表現女性身體，的確是一個較爲普遍的文

〔註53〕林白：《一個人的戰爭》，江蘇文藝出版社，1997年版，第224頁。
〔註54〕林白：《一個人的戰爭》，江蘇文藝出版社，1997年版，第224頁。
〔註55〕瑪麗・伊格爾頓，《女權主義文學理論》，胡敏等譯，湖南文藝出版社，1989年版，第39頁。

學現象。林白的小說《致命的飛翔》《瓶中之水》《迴廊之椅》都表現了女同性戀傾向。而陳染的《私人生活》則對這種女同性戀作了較爲清晰而又集中的描寫。

陳染在《私人生活》中描繪了男人與女人間的身體接觸，及女性與女性身體接觸的不同的意味。小說中，T 先生是倪拗拗的老師，他在倪拗拗眼中是虛僞的化身。他喜歡倪拗拗，但是在公眾場合，他表現出十分厭惡倪拗拗的樣子；在課堂上，他一本正經，在私下，他顯示出對倪拗拗「私部」的攻擊性。而禾寡婦，這位在倪拗拗年少時就接觸的女性，對她的態度迥然不同。和禾寡婦在一起，倪拗拗享受到了母親般的愛欲。禾寡婦對倪拗拗的愛，是母親般的自然，令她心裏湧滿感激和喜悅之情。誠然，禾寡婦與倪拗拗之間也有身體的撫摸。但是在倪拗拗看來，這種身體接觸完全不同於 T 先生對她的攻擊與傷害。T 先生只是關注倪拗拗的私部，而禾寡婦給予她的是全身心的愛撫。即使禾寡婦與倪拗拗的身體接觸，有性欲發泄的成分，但這也是一個女性應有的身體需求。倍倍爾曾說過：「人有各種自然的欲望，其中，除了爲生存而吃喝的欲望之外，最強烈的是性欲，繁殖種類的欲望是『生存意志』的最高表現。這種欲望深深地蘊蓄在每一個正常發育的人體內，在其成熟以後，滿足這一欲望是其身心健康的基本條件。」〔註 56〕對於禾寡婦而言，性的生殖功能在現實中不存在了，但是這並不意味著禾寡婦不存在宣泄性欲的必要。作爲一個女性，禾寡婦有性欲，同樣有滿足性欲的必要。

但是，異性戀與女同性戀在發泄性欲上存在著本質的不同。男性身體是以陰莖爲中心的集中化了的身體。而女性的身體則不同，她們的身體是完整的，她的眼、舌、耳、鼻、皮膚及口等都充斥著性欲。換而言之，男性的性欲發泄的渠道是單一的，而女性則是多方面的。禾寡婦對倪拗拗的愛撫、親吻，符合有生命的女性的生理需要和特徵。

這些對於年幼的倪拗拗來說，自然是個一個謎。當她長大成人後，她漸漸地發現了並尋找著這種女性對女性的依戀。在 T 先生與禾寡婦之間，倪拗拗漸漸有了自己的認識。她與 T 先生之間，只是一種欲望關係，只是一部分身體與器官間的關係。而她與禾寡婦之間，則是一種更加深沉的關係，是一種母女般的關係。在情感上，倪拗拗十分需要禾寡婦，與禾寡婦的身體接觸

〔註 56〕〔德〕奧古斯特・倍倍爾：《婦女與社會主義》，葛斯、朱霞譯，中央編譯出版社，1995 年版，第 90 頁。

使倪拗拗感到更加全面地回到自身；在與禾寡婦相擁時，她們找到天然的默契與和諧。倪拗拗與禾寡婦間的關係，意味著女性與女性的全面擁有，也展現了女性身體返回女性自身的方式與途徑。而女性與女性的聯盟則是女性在男性社會中尋求性別空間的一個十分有力的措施。

男性對女性的控制不僅僅體現在男性對女性身體的控制權上，而且他體現在控制著女性對身體的認識和瞭解。男性控制了社會道德律令，把女性對自己身體的認識和瞭解，不是看作一種知識行爲，而是看作一種道德評價。通過道德評價，女性被剝奪了對自己身體——尤其是對女性的性器官——瞭解的權利，在 90 年代女性小說中，由身體入手對性及其體驗的描寫，成爲小說中的一大景觀。《一個人的戰爭》中，林白對年幼的多米認識身體的衝動的描寫，顯示了女性從父權陰影中走出來，認識自己身體，找尋自我的一種努力。年幼的多米，尚在五六歲時，便顯示出了對身體認知的衝動，在幼兒園，多米躲在蚊帳中，自己撫摸自己，體驗其中的快感；六歲左右，她長久地在閣樓上衝著生殖器模型瞪眼睛；八歲時，她開始撫摸自己的乳房……。除了對自己身體的關注外，多米還對別人的身體充滿關注。對兒童這種身體認知活動，埃萊娜・西蘇有過精闢的議論：「我曾不止一次地驚歎一位婦女向我描述的一個完全屬於她自己的世界，從童年時代起她就暗暗地被這世界所縈繞。一個尋覓的世界，一個對某種知識苦心探索的世界。它以對身體功能的系統體驗爲基礎，以對她自己的色情熾熱而精確的質問爲基礎。這種極豐富並有獨創性的活動，尤其是關於手淫方面，發展延伸了，或者伴隨著各種形式的產生，一種眞正的美學活動，每個令人狂喜的階段記載著幻境，一部作品，美極了。美將不再遭禁止。」〔註 57〕

在西蘇看來，女兒童專注於自己的身體不存在道德上的羞恥，相反，它是美的。女性對身體的關注及對快感的體驗，體現了未被社會權力、文化禁錮的人的天性。這種關注是人固有之，它是人的天性，在對身體的關注中，性別方面的倫理道德觀念被消融，人的天性被凸現。

兒童對身體的關注體現了人的固有欲求，同樣，成年女性的自慰也不能和道德相聯繫。女性的性欲不應該只是功能性的，只能用來生育或滿足男性。它應該是生理性的，是女性自己生命中的一部分；即使沒有男性，或當男性

〔註 57〕埃萊娜・西蘇：《美杜莎的笑聲》，黃曉紅譯，見張京媛主編《當代女性主義文學批評》，京大學出版社，1992 年版，第 201 頁。

成爲女性迴避的對象時，女性的自慰仍是對女性身體的關心，它同樣是女性正常的生理活動。

在 90 年代的女性小說中，關於女性自慰的描寫成爲一個較爲普遍的現象。在《一個人的戰爭》中，結束了傻瓜愛情後，在梅琚的住處，多米的自慰使她終於明白了女性的命運掌握在自己的手中。自己掌握自己的身體，是重新回到自己的唯一方式。她的自慰，讓她感受到了自己的存在，這個存在讓她感到她曾經把自己交給一個男人是一件愚蠢的事。多米在自慰中最終完成了一個女性對於人生道路的總結以及對於自己的確證。同樣，在《私人生活》中的倪拗拗看來，她的自慰是對禾寡婦的懷念，是她對擁有自己身體的歲月的懷念，也是對於伊楠的懷念。在自慰中倪拗拗完成了一個人對於自己的體認與把持。

90 年代的女性小說的身體敘事，由「逃離」開始，通過多種方式，最終返回女性自己的身體。在身體中，女性完成了一個獨立於男性之外的女性主體的確認。其積極意義是值得肯定的。伊萊恩・肖瓦特在評價西蘇爲代表的法國女性主義者的女性美學時指出：「法國女性主義者關於女子性欲/文本的理論以顯露出美杜莎的面貌而大膽地衝破父權制禁忌，她們的理論不論是基於女性器官如陰蒂、陰道或子宮，還是集中研究記號學的脈動、分娩或女性的愉悅，都是對菲勒斯話語進行令人振奮的挑戰。」但是對於西蘇女性小說美學思想的弱點，伊萊恩・肖瓦特也一針見血地指出：「女性美學強調女性生理經驗的重要性非常危險地接近性別歧視的本質論。」〔註 58〕同樣，90 年代中國女性小說中的身體敘事，對於中國女性文學來講，僅是女性尋求主體的步驟之一，女性要眞正地完成主體性建構，還必須從身體出發，再次轉向歷史、社會、政治、經濟等闊大的現實層面，在「人」的背景上展開女性探索，才能眞正尋找到出路。

〔註 58〕〔美〕伊萊恩・肖瓦特，《我們自己的批評：美國黑人和女性主義文學理論中的自主與同化現象》，張京媛主編《當代女性主義文學批評》，北京大學出版社，1992 年版，第 257～258 頁。

主要參考文獻

作品類

1. 北村：《瑪卓的愛情》，武漢：長江文藝出版社，1996 年。
2. 陳曉明編選：《中國超情感小說精選》，南寧：青海人民出版社，1995 年。
3. 陳子伶、石峰編：《1983～1984 短篇小說爭鳴集》，濟南：山東文藝出版社，1985 年。
4. 陳子伶、石峰編：《1985 爭鳴小說集》，濟南：山東文藝出版社，1987 年。
5. 程紹武主編：《被雨淋濕的河》，北京：北京十月文藝出版社，1998 年。
6. 陳應松：《豹子最後的舞蹈》，瀋陽：春風文藝出版社，2004.1 版。
7. 陳應松：《松鴉爲什麼鳴叫》，武漢：長江文藝出版社，2005.5 版。
8. 陳應松：《馬嘶嶺血案》，北京：群眾出版社，2005.7 版。
9. 陳應松：《狂犬事件》，武漢：武漢出版社，2005.9 版。
10. 陳應松：《魯迅文學獎獲獎作家叢書・陳應松小說》，北京：中國社會出版社，2006 版。
11. 陳應松：《太平狗》，天津：百花文藝出版社，2006.10 版。
12. 池莉：《池莉文集・紫陌紅塵》，南京：江蘇文藝出版社，1995 年。
13. 池莉：《池莉文集・一冬無雪》，南京：江蘇文藝出版社，1995 年。
14. 池莉：《池莉文集・細腰》，南京：江蘇文藝出版社，1995 年。
15. 池莉：《池莉文集・眞實的日子》，南京：江蘇文藝出版社，1995 年。
16. 池莉：《池莉文集・午夜起舞》，南京：江蘇文藝出版社，1998 年。
17. 池莉：《池莉文集・致無盡歲月》，南京：江蘇文藝出版社，1998 年。
18. 池莉：《池莉文集・驚世之作》，南京：江蘇文藝出版社，2000 年。
19. 戴錦華編選：《世紀之門》，北京：社會科學文獻出版社，1998 年。

20. 格非：《敵人》，廣州：花城出版社，1993 年。
21. 格非：《樹與石》，南京：江蘇文藝出版社，1996 年。
22. 韓東：《我的柏拉圖》，西安：陝西師範大學出版社，2000 年。
23. 韓少功：《韓少功自選集》（四卷），北京：作家出版社，1996 年。
24. 鐵凝：《鐵凝文集》（四卷），北京：作家出版社，1997 年。
25. 洪峰：《重返家園》，武漢：長江文藝出版社，1993 年。
26. 賈平凹：《賈平凹文集》（十四卷），西安：陝西人民出版社，1998 年。
27. 藍棣之 李復威主編：《褐色鳥群——荒誕小説選萃》，北京：北京師範大學出版社，1992 年。
28. 藍棣之 李復威主編：《世紀病：別無選擇——「垮掉的一代」小説選萃》，北京：北京師範大學出版社，1992 年。
29. 藍棣之 李復威主編：《一半是火焰，一半是海水——通俗小説選萃》，北京：北京師範大學出版社，1992 年。
30. 林白：《子彈穿過蘋果》，石家莊：河北教育出版社，1995 年。
31. 林白：《林白文集》，南京：江蘇文藝出版社，1997 年。
32. 魯迅：《魯迅全集》，北京：人民文學出版社，1981 年。
33. 魯羊：《在北京奔跑》，西安：陝西師範大學出版社，2000 年。
34. 江曉天主編：《中國新文藝大系（1976～1982）中篇小説集》，北京：中國文聯出版公司，1986 年。
35. 劉醒龍：《劉醒龍文集．疼痛溫柔》，北京：群眾出版社，1997 年。
36. 劉醒龍：《劉醒龍文集．荒野隨風》，北京：群眾出版社，1997 年。
37. 劉醒龍：《劉醒龍文集．鄉村彈唱》，北京：群眾出版社，1997 年。
38. 劉醒龍：《劉醒龍文集．鄉村彈唱》，北京：群眾出版社，1997 年。
39. 劉醒龍：《劉醒龍文集．無樹菩提》，北京：群眾出版社，1997 年。
40. 劉醒龍：《聖天門口》，北京：人民文學出版社，2005 年出版。
41. 馬原：《虛構》，武漢：長江文藝出版社，1993 年。
42. 棉棉：《糖》，北京：中國戲劇出版社，2000 年。
43. 邱華棟：《城市戰車》，北京：作家出版社，1997 年。
44. 邱華棟：《把我捆住》，北京：中國華僑出版社，1996 年。
45. 邱華棟：《哭泣遊戲》，武漢：長江文藝出版社，1997 年。
46. 《人民文學》編輯部編：《1979 年全國優秀短篇小説評選獲獎作品集》，上海：上海文藝出版社，1980 年。
47. 《人民文學》編輯部編：《1980 年全國優秀短篇小説評選獲獎作品集》，

上海：上海文藝出版社，1981 年。
48. 《人民文學》編輯部編：《1981 年全國優秀短篇小說評選獲獎作品集》，上海：上海文藝出版社，1982 年。
49. 中國作家協會編：《1982 年全國優秀短篇小說評選獲獎作品集》，上海：上海文藝出版社，1983 年。
50. 上海文藝出版社編：《神聖的使命》，上海：上海文藝出版社，1979 年。
51. 孫甘露：《訪問夢境》，武漢：長江文藝出版社，1993 年。
52. 述平：《有話好好說》，北京：中國電影出版社，1997 年。
53. 史鐵生：《史鐵生作品集》，北京：中國社會科學出版社，1995 年。
54. 史鐵生：《務虛筆記》，濟南：山東文藝出版社，2001 年。
55. 蘇童：《蘇童文集・少年血》，南京：江蘇文藝出版社，1993 年。
56. 蘇童：《蘇童文集・世界兩側》，南京：江蘇文藝出版社，1993 年。
57. 蘇童：《蘇童文集・婚姻即景》，南京：江蘇文藝出版社，1993 年。
58. 蘇童：《蘇童文集・世界兩側》，南京：江蘇文藝出版社，1993 年。
59. 蘇童：《蘇童文集・末代愛情》，南京：江蘇出版社，1994 年。
60. 蘇童：《蘇童文集・後宮》，南京：江蘇出版社，1994 年。
61. 蘇童：《蘇童文集・米》，南京：江蘇文藝出版社，1996 年。
62. 蘇童：《蘇童文集・蝴蝶與棋》，南京：江蘇文藝出版社，1996 年。
63. 蘇童：《蘇童文集・水鬼手冊》，南京：江蘇文藝出版社，2000 年。
64. 唐達成主編：《中國新文藝大系（1976～1982）短篇小說集》，北京：中國文聯出版公司，1986 年。
65. 王朔：《王朔文集》，北京：華藝出版社，1995 年。
66. 《文藝報》社編：《1977～180 全國獲獎中篇小說集》，北京：上海文藝出版社，1981 年。
67. 衛慧：《水中的處女》，石家莊：花山文藝出版社，2000 年。
68. 衛慧：《蝴蝶的尖叫》，長沙：湖南文藝出版社，2000 年。
69. 衛慧：《上海寶貝》，瀋陽：春風文藝出版社，2000 年。
70. 衛慧：《像衛慧那樣瘋狂》，珠海：珠海出版社，2000 年。
71. 王安憶：《王安憶自選集——米尼》北京：作家出版社，1996 年。
72. 王安憶：《王安憶自選集——香港的情與愛》北京：作家出版社，1996 年。
73. 王安憶：《王安憶自選集——海上繁華夢》，北京：作家出版社，1996 年。
74. 王安憶：《王安憶自選集——漂泊的語言》北京：作家出版社，1996 年。

75. 王安憶：《王安憶自選集——小城之戀》，北京：作家出版社，1996 年。
76. 王安憶：《王安憶自選集——長恨歌》，北京：作家出版社，1996 年。
77. 舒楠、興安主編：《中國小說精萃》（共 10 冊），北京：農村讀物出版社，2004 年。
78. 小說選刊編輯部編：《1983 年全國優秀短篇小說評選獲獎作品集》，北京：作家出版社，1984 年。
79. 葉兆言：《葉兆言文集・愛情規則》，南京：江蘇文藝出版社，1994 年。
80. 葉兆言：《葉兆言文集・棗樹的故事》，南京：江蘇文藝出版社，1994 年。
81. 葉兆言：《葉兆言文集・殤逝的英雄》，南京：江蘇文藝出版社，1994 年。
82. 葉兆言：《葉兆言文集・愛情規則》，南京：江蘇文藝出版社，1994 年。
83. 葉兆言：《葉兆言文集・古老的話題》，南京：江蘇文藝出版社，1994 年。
84. 葉兆言：《沒有玻璃的花房》，南京：作家出版社，2003 年。
85. 余華：《我能否相信自己——余華隨筆集》，北京：人民日報出版社，1999 年。
86. 余華：《現實一種》（二卷），西寧：青海人民出版社出版；2002 年。
87. 張欣：《你沒有理由不瘋》，北京：北京出版社，1999 年。
88. 張欣：《歲月無敵》，武漢：長江文藝出版社，1996 年。
89. 中國作家協會創作研究部選編：《新時期爭鳴作品叢書》，長春：時代文藝出版社，1994 年。
90. 中國作家協會創研部選編：《最後一幅肖像》，長春：時代文藝出版社，2000 年。
91. 朱文：《人民到底需不需要桑拿》，西安：陝西師範大學出版社，2000 年。
92. 張承志：《黑駿馬》，武漢：長江文藝出版社，1996 年。
93. 張煒：《張煒文集》（六卷），上海：上海文藝出版社，1997 年。
94. 中國作家協會編：《1982 年全國優秀短篇小說評選獲獎作品集》，上海：上海文藝出版社，1983 年。
95. 中國作家協會編：《1984 年全國優秀短篇小說評選獲獎作品集》，北京：作家出版社，1985 年。
96. 中國作家協會編：《1985～1986 年全國優秀短篇小說評選獲獎作品集》，北京：作家出版社，1988 年。

文論類

1. 〔美〕阿瑟・阿薩・伯傑：《通俗文化、媒介和日常生活中的敘事》，姚媛譯，南京：南京大學出版社，2000 年。
2. 〔英〕安吉拉・默克羅比：《後現代主義與大眾文化》，田曉菲譯，北京：

中央編譯出版社，2001 年。
3. 〔英〕安東尼・吉登斯：《現代性與自我認同》，北京：三聯書店，1998 年。
4. 〔英〕安東尼・吉登斯：《現代性的後果》，上海：譯林出版社，2000 年。
5. 〔英〕安東尼・吉登斯等：《自反性現代化》，北京：商務印書館，2001 年。
6. 〔美〕艾愷：《世界範圍内的反現代化思潮》，貴陽：貴州人民出版社，1991 年。
7. 〔以〕艾森斯塔德：《現代化：抗拒與變遷》，北京：中國人民大學出版社，1988 年。
8. 〔俄〕巴赫金：《小説理論》，石家莊：河北教育出版社，1998 年。
9. 白燁編：《文學論爭二十年》，武漢：華中師範大學出版社，1998 年。
10. 〔德〕本雅明：《發達資本主義時代的抒情詩人》，北京：三聯書店，1989 年。
11. 〔德〕本雅明：《機械複製時代的藝術》，北京：三聯書店，1989 年。
12. 〔德〕本雅明：《經驗與貧乏》，天津：百花文藝出版社，1999 年。
13. 〔德〕本雅明：《本雅明文選》，北京：中國社會科學出版社，1999 年。
14. 〔德〕本雅明：《德國悲劇的起源》，北京：文化藝術出版社，2001 年。
15. 〔美〕波林・羅斯諾：《後現代主義與社會科學》，張國清譯，上海：上海譯文出版社，1998 年。
16. 〔英〕布洛克：《西方人文主義傳統》，董樂山譯，北京：三聯書店，1997 年。
17. 曹文軒：《中國八十年代文學現象研究》，北京：北京大學出版社，1988 年。
18. 曹文軒：《20 世紀末中國文學現象研究》，北京：北京大學出版社，2003 年 6 月版。
19. 蔡翔：《一個理想主義者的精神漫遊》，杭州：浙江文藝出版社，1987 年。
20. 陳鼓應：《悲劇哲學家尼采》，北京：三聯書店，1994 年。
21. 陳江風：《天人合一：觀念與華夏文化傳統》，北京：三聯書店，1996 年。
22. 陳思和等著：《理解九十年代》，北京：人民文學出版社，1996 年。
23. 陳思和主編：《中國當代文學史教程》，上海：復旦大學出版社，1999 年 9 月，第 1 版。
24. 陳平原：《文學史的形成與建構》，桂林：廣西教育出版社，1999 年。
25. 陳美蘭：《文學思潮與當代小説》，武漢：武漢大學出版社，1994 年。

26. 陳劍暉：《新時期文學思潮》，廣州：廣東高等教育出版社，1989 年。
27. 陳曉明：《解構的蹤跡：歷史、話語與主體》，北京：中國社會科學出版社，1994 年。
28. 陳曉明：《表意的焦慮——歷史祛魅與當代文學變革》，北京：中央編譯出版社，2002 年。
29. 陳曉明：《無邊的挑戰——中國先鋒文學的後現代性》，長春：時代文藝出版社，1993 年。
30. 陳曉明：《仿眞的年代：超現實主義文學流變與文化想像》，太原：山西教育出版社，1999 年。
31. 〔美〕大衛・戈伊科奇、約翰・盧克、蒂姆・馬迪根編：《人道主義問題》，杜麗燕等譯，北京：東方出版社，1997 年。
32. 〔美〕戴安娜・克蘭：《文化生產：媒體與都市藝術》，趙國新譯，上海：譯林出版社，2001 年。
33. 〔美〕戴維・埃倫費爾德：《人道主義的僭越》，李雲龍譯，北京：國際文化出版公司，1988 年。
34. 〔英〕戴維・洛奇：《小說的藝術》，王峻岩等譯，北京：作家出版社，1998 年。
35. 戴錦華：《隱形書寫——90 年代中國文化研究》，南京：江蘇人民出版社，1999 年。
36. 戴錦華主編：《書寫文化英雄——世紀之交的文化研究》，南京：江蘇人民出版社，2000 年。
37. 〔美〕丹尼爾・貝爾：《資本主義文化矛盾》，趙一凡等譯，北京：三聯書店，1989 年。
38. 〔美〕丹尼爾・貝爾：《意識形態的終結》，南京：江蘇人民出版社，2001 年。
39. 〔法〕德里達：《一種瘋狂守護著思想——德里達訪談錄》，何佩群譯，上海：上海人民出版社，1997 年。
40. 鄧曉芒：《靈魂之旅——九十年代文學的生存境界》，武漢：湖北人民出版社，1998 年。
41. 丁帆、許志英主編：《中國新時期小說主潮》（上下卷），北京：人民文學出版社，2002 年。
42. 〔美〕杜維明：《道、學、政：論儒家知識分子》，錢文忠、盛勤譯，上海：上海人民出版社，2000 年。
43. 〔英〕多米尼克・斯特里納蒂：《通俗文化理論導論》，閻嘉譯，北京：商務印書館，2001 年。

44. 董之林：《走出歷史的霧靄》，西安：陝西人民教育出版社，1991 年。
45. 〔德〕恩斯特・卡西爾：《人論》，甘陽譯，上海：上海譯文出版社，1985 年。
46. 〔德〕恩斯特・卡西爾：《國家的神話》，范進等譯，北京：華夏出版社，1999 年。
47. 樊星：《世紀末文化思潮史》，武漢：湖北教育出版社，1999 年。
48. 〔美〕費斯克：《理解大眾文化》，王曉玨、宋偉傑譯，北京：中央編譯出版社，2001 年。
49. 費振鐘、王干《「人本」與「文本」(論綱)》《鍾山》，1988 年，第 2 期。
50. 〔奧〕弗洛伊德：《夢的解析》，丹寧譯，北京：國際文化出版公司，2001 年。
51. 〔奧〕弗洛伊德：《精神分析學引論》，北京：商務印書館，1984 年。
52. 高亮華：《人文主義視野中的技術》，北京：中國社會科學出版社，1996 年。
53. 〔美〕格里芬：《後現代精神》，北京：中央編譯出版社，1998 年。
54. 〔德〕哈貝馬斯：《作爲「意識形態」的技術與科學》，上海：學林出版社，2002 年。
55. 韓毓海主編：《20 世紀的中國文學：學術與社會文學卷》，濟南：山東文藝出版社，2001 年。
56. 〔美〕漢娜・阿倫特：《人的條件》，竺乾威等譯，上海：上海人民出版社，1999 年。
57. 〔美〕海登・懷特：《後現代歷史敘事學》，北京：中國社會科學出版社，2003 年。
58. 〔美〕海登・懷特：《形式的內容：敘事話語與歷史再現》，臺北：文津出版社，2005 年。
59. 賀桂梅：《80 年代文學與五四傳統》，北京博士論文，2000 年。
60. 賀仲明：《中國心象：20 世紀末作家文化心態考察》，北京：中央編譯出版社，2002 年。
61. 〔德〕海德格爾：《存在與時間》，北京：三聯書店，1987 年（三聯書店 1999 年出版修訂譯本）。
62. 黄克劍：《人韻——一種對馬克思的讀解》，北京：東方出版社，1996 年。
63. 黄子平：《沉思的老樹的精靈》，杭州：浙江文藝出版社，1986 年。
64. 〔美〕赫伯特・馬爾庫塞：《審美之維》，桂林：廣西師範大學出版社，2001 年。
65. 〔美〕赫伯特・馬爾庫塞：《愛欲與文明》，黃勇、薛民譯，上海：上海譯文出版社，1987 年。
66. 〔美〕赫舍爾：《人是誰》，貴陽：貴州人民出版社，1994 年。
67. 何火任：《當前文學主體性問題論爭》，福州：海峽文藝出版社，1986 年。
68. 〔美〕亨利．詹姆斯：《小說的藝術》，朱文等譯，上海：上海譯文出版社，2001 年。
69. 黃修己：《中國新文學史編纂史》，北京：北京大學出版社，1995 年。
70. 洪子誠：《中國當代文學史》，北京：北京大學出版社，2000 年。
71. 洪治綱：《守望先鋒——兼論中國當代先鋒文學的發展》，桂林：廣西師範大學出版社，2005 年。
72. 季紅眞：《文明與愚昧的衝突》，杭州：浙江文藝出版社，1986 年。
73. 〔意〕加林：《意大利人文主義》，李玉成譯，北京：三聯書店，1998 年。
74. 〔美〕傑姆遜：《後現代主義與文化理論》，唐小兵譯，北京：北京大學出版社，1997 年。
75. 〔美〕傑姆遜：《快感：文化與政治》，王逢振等譯，北京：中國社會科學出版社，1998 年。
76. 〔美〕傑姆遜：《政治無意識》，王逢振 陳永國譯，北京：中國社會科學出版社，1999 年。
77. 〔法〕克勞德．列維．斯特勞斯：《結構人類學》，陸曉禾等譯，北京：文化藝術出版社，1989 年。
78. 〔美〕勞拉．斯．蒙福德：《午後的愛情與意識形態》，林鶴譯，北京：中央編譯出版社，2000 年。
79. 〔英〕萊士列．斯蒂文森編著：《人學的世界》，李燕 趙健傑譯，北京：中國人民大學出版社，1992 年。
80. 〔美〕蘭瑟：《虛構的權威：女性作家與敍述聲音》，北京：北京大學出版社，2002 年。
81. 〔法〕利奧塔：《非人——時間漫談》，北京：商務印書館，2000 年。
82. 李歐梵：《現代性的追求：李歐梵文化評論精選集》，北京：三聯書店，2000 年。
83. 李瑜青等：《人本思潮與中國文化》，北京：東方出版社，1998 年。
84. 李世濤主編：《知識分子立場——自由主義之爭與中國思想界的分化》，長春：時代文藝出版社，2000 年。
85. 李世濤主編：《知識分子立場——激進與保守之間的動蕩》，長春：時代文藝出版社，2000 年。
86. 李世濤主編：《知識分子立場——民族主義與轉型中國的命運》，長春：時代文藝出版社，2000 年。

87. 李澤厚：《李澤厚哲學文存》，合肥：安徽文藝出版社，1999 年。
88. 李劼：《個性・自我・創造》，杭州：浙江文藝出版社，1989 年。
89. 林毓生等：《五四：多元的反思》，三聯書店（香港）有限公司，1989 年。
90. 林建法編：《中國當代作家面面觀》（上、下），瀋陽：春風文藝出版社，1994 年。
91. 林建法、徐連源主編：《中國當代作家面面觀——尋找文學的靈魂》，瀋陽：春風文藝出版社，2003 年。
92. 林樹明：《多維視野中的女性主義文學批評》，北京：中國社會科學出版社，2004 年。
93. 林丹婭：《當代中國女性文學史論》，廈門：廈門大學出版社，2003 年。
94. 林舟：《生命的擺渡——中國當代作家訪談錄》，深圳：海天出版社，1998 年。
95. 劉小楓：《現代性社會理論緒論——現代性與現代中國》，上海三聯書店，1998 年。
96. 劉小楓：《沉重的肉身——現代性倫理的敘事緯語》，上海人民出版社，1999 年。
97. 劉小楓：《詩化哲學》，山東文藝出版社，1986 年。
98. 劉小楓：《走向十字架的眞——20 世紀基督教神學引論》，生活・讀書・新知三聯書店上海分店出版，1995 年。
99. 劉小楓：《現代性社會理論緒論》，上海三聯書店，1998 年。
100. 劉心武、張頤武：《劉心武 張頤武 對話錄》，桂林：灕江出版社，1996 年。
101. 劉曉波：《選擇的批判——與李澤厚對話》，上海：上海人民出版社，1988 年。
102. 劉曉波：《形而上學的迷霧》，上海：上海人民出版社，1989 年。
103. 劉再復：《劉再復論文選》，香港：大地圖書公司，1986 年。
104. 劉再復：《性格組合論》，上海：上海文藝出版社，1986 年。
105. 劉大楓：《新時期文學本體論思潮研究》，天津：天津社會科學院出版社，2000 年。
106. 陸梅林、盛同主編：《新時期文藝論爭輯要》（上、下）重慶：重慶出版社，1991 年。
107. 〔德〕馬克思：《1844 年經濟學哲學手稿》，中共中央馬克思、恩格斯、列寧、斯大林著作編譯局譯，北京：人民出版社，2000 年。
108. 《馬克思主義文藝理論研究》編輯部編：《馬克思　恩格斯論人道主義附當代國外學者關於人性和人道主義的論述》，北京：光明日報出版社，1982

年。

109. 〔德〕馬克思・韋伯：《儒教與道教》，王容芬譯，北京：商務印書館，1995 年。
110. 〔英〕馬・佈雷德伯里　詹・麥克法蘭編：《現代主義》，胡家巒等譯，上海：上海教育出版社，1992 年。
111. 〔英〕瑪麗・伊格爾頓編：《女權主義文學理論》，長沙：湖南文藝出版社，1990 年。
112. 〔美〕馬泰・卡林內斯庫：《現代性的五副面孔：現代主義、先鋒派、頹廢、媚俗藝術、後現代主義》，北京：商務印書館，2003 年。
113. 〔德〕麥克斯・施蒂納：《唯一者及其所有物》，金海民譯，北京：商務印書館，1997 年。
114. 蒙培元：《中國哲學主體思維》，北京：人民出版社，1993 年。
115. 馬原編：《中國作家夢——當代文壇精英訪談錄》（上下），武漢：長江文藝出版社，1996 年。
116. 〔英〕邁克・費瑟斯通：《消費文化與後現代主義》，劉精明譯，上海：譯林出版社，2000 年。
117. 孟繁華：《1978：激情的歲月》，山東教育出版社，1999 年。
118. 〔捷〕米蘭・昆德拉：《小說的藝術》，孟湄譯，文化生活譯叢，1995 年。
119. 〔法〕米歇爾・福柯：《性史》，姬旭升譯，青海人民出版社，1999 年。
120. 〔法〕米歇爾・福柯：《知識考古學》，謝強、馬月譯，生活・讀書・新知三聯書店，1998 年。
121. 〔法〕米歇爾・福柯：《規訓與懲罰》，劉北成、楊遠嬰譯，生活・讀書・新知三聯書店，1999 年。
122. 〔法〕米歇爾・福柯：《瘋癲與文明》，劉北成、楊遠嬰譯，生活・讀書・新知三聯書店，1999 年。
123. 〔法〕米歇爾・福柯：《臨床醫學的誕生》，上海：譯林出版社，2001 年。
124. 〔法〕米歇爾・福柯：《詞與物——人文科學考古學》，上海：上海三聯書店，2001 年。
125. 〔荷〕米克・巴爾著：《敘述學：敘事理論導論》，譚君強譯，北京：中國社會科學出版社，1995 年。
126. 南帆：《文學的維度》，上海：上海三聯書店，1998 年。
127. 南帆：《衝突的文學》，上海：上海社會科學院出版社，1992 年。
128. 〔德〕尼采：《悲劇的誕生》，熊希偉譯，北京：華齡出版社，1996 年。
129. 〔德〕尼采：《查拉斯圖拉如是說》，尹溟譯，北京：文化藝術出版社，1997 年。

130. 歐陽謙：《人的主體性和人的解放——西方馬克思主義的文化哲學初探》，濟南：山東文藝出版社，1986 年。

131. 潘知常：《美學的邊緣——在闡釋中理解當代審美觀念》，上海：上海人民版社，1998 年。

132. 裴毅然：《二十世紀中國文學人性史論》，上海：世紀出版集團、上海書店出版社，2000 年。

133. 〔法〕皮埃爾・布迪厄：《藝術的法則——文學場的生成和結構》，劉暉譯，北京：中央編譯出版社，2001 年。

134. 錢理群：《返觀與重構》，上海：上海教育出版社，2000 年。

135. 〔英〕喬・艾略特等著：《小說的藝術》，張玲等譯，北京：社會科學文獻出版社，1999 年。

136. 〔英〕齊格蒙・鮑曼：《立法者與闡釋者——論現代性、後現代性與知識分子》，洪濤譯，上海：上海人民出版社，2000 年。

137. 〔法〕讓・博德里亞爾：《完美的罪行》，王爲民譯，北京：商務印書館，2000 年。

138. 〔法〕讓・博德里亞爾：《消費社會》，劉成富、全志鋼譯，南京大學出版社，2000 年。

139. 〔法〕讓・弗朗索瓦・利奧塔爾：《後現代狀況：關於知識的報告》，車槿山譯，北京：生活・讀書・新知三聯書店，1997 年。

140. 〔法〕讓・弗朗索瓦・利奧塔爾：《非人——時間漫談》，羅國祥譯，北京：商務印書館，2000 年。

141. 人民出版社編輯：《人是馬克思主義的出發點——人性、人道主義問題論集》，北京：北京大學出版社，1981 年。

142. 人民文學出版社編：《西方現代派文學問題論爭集》，北京：人民文學出版社，1984 年。

143. 〔法〕薩特：《存在與虛無》，陳宣良等譯，北京：生活・讀書・新知三聯書店，1997 年。

144. 申丹：《敘述學與小說文體學研究》，北京：北京大學出版社，1998 年。

145. 〔英〕史蒂文・盧克斯：《個人主義》，閻克文譯，南京：江蘇人民出版社，2001 年。

146. 石傑：《史鐵生小說的宗教精神》，《中國人民大學學報》，1994 年，第一期。

147. 〔美〕斯特拉桑：《身體思想》，王業偉、趙國新譯，長春：春風出版社，1999 年。

148. 社科院外文所編：《文藝學和新歷史主義》，北京：社會科學文獻出版社，

1993 年。

149. 〔英〕索珀：《人道主義與反人道主義》，廖申白、楊清榮譯，北京：華夏出版社，1998 年。
150. 〔瑞〕索緒爾：《普通語言學教程》，商務印書館，1985 年。
151. 宋耀良：《十年文學主潮》，上海文藝出版社，1988 年。
152. 〔英〕特里・伊格爾頓：《美學意識形態》，王杰、傅德根、麥永雄譯，桂林：廣西師範大學出版社，1997 年。
153. 〔英〕特里・伊格爾頓：《後現代主義的幻象》，華明譯，北京：商務印書館，2000 年。
154. 〔英〕特里・伊格爾頓：《歷史中的政治、哲學、愛欲》，北京：中國社會科學出版社，1999 年。
155. 〔英〕特里・伊格爾頓：《二十世紀西方文學理論》，西安：陝西師大出版社，1986 年。
156. 汪暉：《汪暉自選集》，桂林：廣西師範大學出版社，1997 年。
157. 王若水：《為人道主義辯護》，北京：生活・讀書・新知三聯書店，1986 年。
158. 汪繼芳：《「斷裂」：世紀末的文學事故》，南京：江蘇文藝出版社，2000 年。
159. 汪民安主編：《身體的文化政治學》，鄭州：河南大學出版社，2004 年。
160. 汪民安：《身體、空間與後現代性》，南京：江蘇人民出版社，2006 年。
161. 王緋：《畫在沙灘上的面孔——90 年代世紀末文學的報告》，太原：山西教育出版社，1999 年。
162. 王曉明主編：《批評空間的開創：二十世紀中國文學研究》，北京：東方出版中心，1998 年。
163. 王曉明主編：《在新意識形態的籠罩下——90 年代的文化和文學意識分析》，南京：江蘇人民出版社，2000 年。
164. 王曉明主編：《人文精神尋思錄》，北京：文匯出版社，1996 年。
165. 王曉明：《半張臉的神話》，廣州：南方日報出版社，2000 年。
166. 王逢振主編：《先鋒譯叢・性別政治》，天津：天津社會科學院出版社，2001 年。
167. 王瑤主編：《中國文學研究現代化進程》，北京：北京大學出版社，1996 年。
168. 王又平：《新時期文學轉型中的小說創作潮流》，武漢：華中師範大學出版社，2001 年。
169. 〔美〕韋勒克、沃倫：《文學理論》，北京：三聯書店，1984 年。

170. 吳義勤：《中國當代新潮小說》，南京：江蘇文藝出版社，1997年。
171. 〔美〕威廉・巴雷特：《非理性的人——存在主義哲學研究》，楊照明、艾平譯，北京：商務印書館，1999年。
172. 〔英〕威廉斯：《文化與社會》，北京：北京大學出版社，1991年。
173. 夏中義：《新潮學案》，上海：生活・讀書・新知上海三聯書店，1997年。
174. 〔法〕西蒙娜・德・波伏娃：《第二性》，北京：中國書籍出版社，1998年。
175. 謝冕 張頤武：《大轉型——後新時期文化研究》，哈爾濱：黑龍江教育出版社，1995年。
176. 邢賁思：《歐洲哲學史上的人道主義》，上海：上海人民出版社，1979年。
177. 興安編：《蔚藍色天空的黃金——當代中國 60 年代出生代表性作家展示》，北京：中國對外翻譯出版公司，1995年。
178. 徐坤：《雙調夜行船：九十年代的女性寫作》，太原：山西教育出版社，1999年。
179. 新文藝出版社編輯：《「論『文學是人學』」批判集》（第一集），上海：新文藝出版社，1958年。
180. 許子東：《爲了忘卻的集體記憶：解讀50篇「文化大革命」小說》，北京：生活・讀書・新知三聯書店，2000年。
181. 徐賁：《走向後現代與後殖民》，北京：中國社會科學出版社，1996年。
182. 〔瑞士〕雅各布・布克哈特：《意大利文藝復興時期的文化》，何新譯，北京：商務印書館，1979年。
183. 尹昌龍：《1985：延伸與轉摺》，濟南：山東教育出版社，1999年。
184. 〔美〕約翰・奧尼爾：《身體形態——現代社會的五種身體》，張旭春譯，瀋陽：春風文藝出版社，1999年。
185. 於可訓：《新詩史論與小說批評》，北京：國際文化出版公司，1997年。
186. 於可訓：《批評的視界》，北京：中國文學出版社，1994年。
187. 於可訓：《中國當代文學概論》，武漢：武漢大學出版社，1999年。
188. 於可訓：《文學風雨四十年》，武漢：武漢大學出版社，1989年。
189. 〔加〕查爾斯・泰勒：《現代性之隱憂》，北京：中央編譯出版社，2001年。
190. 趙毅衡：《神性的證明：面對史鐵生》，《花城》，2001年，第1期。
191. 趙毅衡：《當說者被說的時候——比較敘述學導論》，北京：中國人民大學出版社，1998年。
192. 趙毅衡：《新批評——一種獨特的形式主義文論》，北京：中國社會科學出版社，1986年。

193. 趙園：《論小說十家》，杭州：浙江文藝出版社，1987 年。
194. 〔美〕詹姆斯・費倫：《作爲修辭的敘事：技巧、讀者、倫理、意識形態》，北京：北京大學出版社，2002 年。
195. 張京媛編：《新歷史主義與文學批評》，北京：北京大學出版社，1993 年。
196. 張京媛編：《女性主義與文學批評》，北京：北京大學出版社，1993 年。
197. 張頤武：《從現代性到後現代性》，南寧：廣西教育出版社，1997 年。
198. 張志忠：《1993：世紀末的喧嘩》，濟南：山東教育出版社，1999 年。
199. 張志忠主編：《中國當代文學藝術主潮》，北京：中國社會科學出版社，1994 年。
200. 張志忠：《九十年代的文學地圖》，太原：山西教育出版社，1999 年。
201. 張清華：《中國當代先鋒文學思潮論》，南京：江蘇文藝出版社，1997 年。
202. 中國社會科學院哲學研究所《國内哲學動態》編輯部編：《人性、人道主義問題討論集》，北京：人民出版社，1983 年。
203. 周作人：《藝術與生活》，長沙：嶽麓書社，1989 年。
204. 周介人 陳保平主編：《幾度風雨海上花》，上海：上海三聯書店，1996 年。
205. 周憲：《中國當代審美文化研究》，北京：北京大學出版社，1997 年。
206. 朱寨 張炯主編：《當代文學新潮》，北京：人民文學出版社，1997 年。
207. 朱大可、張閎主編：《21 世紀中國文化地圖》（第一卷），桂林：廣西師範大學出版社，2003 年。
208. 朱大可、張閎主編：《21 世紀中國文化地圖》（第二卷），桂林：廣西師範大學出版社，2004 年。

後　記

1999 年我開始跟隨於可訓先生問學，攻讀博士學位，一晃快二十年了。博士論文《「人」的出場與嬗變——近二十年中國小說中的人的話語研究》答辯完也有十三年的時光。眞是印了那句光陰似箭的俗語。2008 年在博士學位論文基礎上修改而成的著作《「人」的出場與嬗變——近三十年中國小說中的人的話語研究》由中國社會科學出版社出版。拙著出版後，先後獲得了中國當代文學研究優秀成果表彰獎、武漢市社會科學優秀成果獎二等獎，算是有了些好評。但是卻沒有想到還有機會再版。這次再次出版的機緣，要歸功於李怡先生的關心與支持，特向他表示由衷的感謝！

這次出版經過再次修改，刪除了部分內容，訂正了些字句，爲了更加突出核心內容，題目也特地改成《中國新時期小說「人」的話語流變論（1976～2006）》。2008 年出版時於可訓先生的序言仍然保留，以表不忘師訓之心！

謹記於湖大琴園。

2015 年國慶節